TIMELAPSE

Nadia Richard

TIMELAPSE

Michel Lafon

118, avenue Achille-Peretti – CS70024
92521 Neuilly-sur-Seine Cedex
www.lire-en-serie.com

I

De grands yeux verts, un petit bout de nez tout rond. Des cheveux bruns et lisses sur un front trop haut. Ce garçon n'avait pas idée de l'attention toute particulière que j'étais en train de lui porter à travers mon objectif. Cachée derrière un muret, accroupie sur des cailloux boueux dans une posture à deux doigts de me donner une crampe, je tentais de viser ma cible sans me faire repérer. Tel un chasseur, j'allais appuyer sur la détente quand quelqu'un m'attrapa par les épaules, me faisant sursauter.

– Sam, *arrête* de prendre les gens en photo à leur insu, tu vas vraiment finir par passer pour une folle ! s'exclama Tim de sa grosse voix.

En sursautant, je lâchai mon appareil qui s'écrasa sur le sol. En vérifiant que l'objectif qui m'avait coûté une fortune fonctionnait encore malgré l'impact, je lui répondis, agacée :

– T'es con, tu m'as fait peur !

Je me redressai pendant qu'il regardait ma cible s'éloigner avec satisfaction.

– Tout le monde va finir par te prendre pour une folle, j'te l'dis, moi.

– Tim, tu veux me laisser travailler cinq secondes, s'il te plaît ? Tu viens de me faire louper quelque chose de beau, là.

– Ben la prochaine fois, tu me photographieras moi, et puis voilà. Comme ça, il sera encore plus beau, ton « quelque chose », termina-t-il, sûr de lui.

Sa mine boudeuse n'aurait trompé personne, il était jaloux, sans que je sache de quoi ni pourquoi.

Je regardai grommeler mon ami de toujours. Il avait beau être d'un an mon cadet, il n'avait pas le respect de ses aînés.

– Bon, je vais aller rejoindre Anna, mon cours va commencer.

– T'es sérieuse ? Tu m'abandonnes, là ? s'écria-t-il comme s'il s'agissait de la pire des trahisons.

– Si tu voulais qu'on soit tout le temps ensemble, t'avais qu'à choisir les mêmes options que moi, c'est tout, ironisai-je en m'éloignant pour rejoindre ma camarade flanquée devant l'entrée du bâtiment.

Je savais bien que la seule raison de son caprice était qu'il n'avait pas envie de rester seul. Ses parents étaient tous les deux retraités et un peu étouffants ; rentrer chez lui à 16 heures, c'était la promesse de s'ennuyer sévère jusqu'au lendemain.

– De toute façon, elle est plus bonne que toi, Anna ! me lança-t-il de loin, tentant vainement de me provoquer.

Sans répondre, je me retournai en souriant, pour lui faire comprendre que son petit jeu n'avait pas d'emprise sur moi. Je me fichais bien de savoir s'il la trouvait « bonne », tant qu'il était mon ami. Anna, c'était une autre histoire, je n'appréciais cette fille qu'à petite dose.

– Il est pas là, M. Barat ? demandai-je, suffisamment fort pour annoncer ma présence.

Anna leva brusquement la tête de son téléphone avant de me le braquer sous le nez, ignorant ma question.

– Ah ! Sam ! Regarde ma dernière photo Instagram, stylée, non ?

– Ouais, euh… ben c'est toi, quoi ! constatai-je, un peu gênée, en louchant sur l'écran.

– Décidément, tu m'étonneras toujours, avoir si peu de sens esthétique et aimer à ce point la photo, quel paradoxe !

C'était plié, elle m'agaçait déjà. Ça aura été rapide, cette fois. En la regardant arranger ses longs cheveux blonds décolorés dans le reflet de son téléphone, je tentai de me raisonner… Après tout, on ne peut pas s'entendre avec tout le monde…

– Eh ! fais pas cette tête, c'est pour ça qu'on prend des cours, hein ! rigola-t-elle, tout en vérifiant cette fois l'état de son maquillage. *J'y crois pas !* Tu pouvais pas me dire que mon gloss avait coulé ? J'ai l'air d'une cruche depuis au moins dix minutes !

Si je ne m'étais rendu compte de rien, l'affront était manifestement impardonnable aux grands yeux bleus d'Anna, qui s'empressa aussitôt de frotter frénétiquement les commissures des lèvres avant de remettre une énième couche de gloss.

– Et sinon ? T'as des idées, pour le concours ? reprit-elle d'un air supérieur.

– Ouais, un peu, j'y travaille, quoi… balbutiai-je.

En réalité, je n'en avais aucune, et ça semblait rassurer Anna. Si mes six victoires consécutives aux derniers concours photo de l'année m'avaient valu une réelle complicité avec M. Barat, il n'en était pas de même avec les élèves, qui avaient plutôt tendance à trouver ces victoires un peu douteuses. Pour ma part, je me contentais de vivre ma passion à fond, sans me soucier du regard de mes camarades. Si mon travail plaisait à mon professeur, c'était bien là l'essentiel.

– Il est sexy, quand même…

– Quoi ? répondis-je, émergeant de mes pensées.

– M. Barat ! Il est sexy, tu trouves pas ? dit-elle à voix basse, alors que l'intéressé passait près de nous.

– Euh… Ouais, si tu le dis.

J'avais beaucoup de respect pour mon professeur, j'étais sincèrement sensible à la façon dont il nous enseignait son art, mais jamais il ne me serait venu à l'esprit d'aller draguer un enseignant. Ce n'était indiscutablement pas le cas d'Anna, qui ne lâchait pas des yeux l'objet de sa convoitise du jour. Je dois dire que question détermination, elle battait tout le monde haut la main, surtout lorsqu'il s'agissait de garçons.

* * *

Il faisait encore jour lorsque je quittai la fac, et la lumière rasante du coucher de soleil éclairait les fleurs naissantes des arbres d'une couleur jaune orangé chaleureuse. Une fois chez moi, je découvris la maison étonnamment vide. Les charpentes de bois craquaient pendant que j'enlevais mes chaussures, et le tic-tac sonore de l'horloge, qui annonçait bientôt 19 heures, commençait presque à m'inquiéter : mes parents ne rentraient pas souvent aussi tard, d'autant plus que mon petit frère, Charles, avait déjà dû quitter la crèche depuis plusieurs heures.

– Surpriiiiiise !

Leur enthousiasme me fit sursauter. Ce n'était pas faute d'avoir essayé d'éviter le sujet, mais à l'évidence ils y avaient quand même pensé. On était le 18 mars, et j'avais aujourd'hui dix-huit ans, une occasion en or pour mes parents de me mettre au centre d'une attention dont le seul effet était pourtant de me mettre mal à l'aise. Sans protester, je les embrassai joyeusement, me promettant de leur rappeler plus tard que j'avais horreur de fêter mon anniversaire.

– On a réservé le restaurant pour 20 heures, mon cœur, tu penses pouvoir te préparer d'ici là ? demanda ma mère, impatiente.

– Ça me paraît jouable, dis-je. J'ai le temps de me faire une petite beauté ?

– Bien sûr, répondit-elle, maternelle, tout en m'enlaçant. Joyeux anniversaire, mon bébé, me chuchota-t-elle au creux de l'oreille.

Elle savait que je n'aimais pas ça, mais en bonne maman gâteau, elle ne pouvait pas s'empêcher de fêter le jour de la naissance de son premier enfant. C'était plus fort qu'elle, évidemment.

* * *

Je n'avais que vingt minutes devant moi, et pas mal de boulot avant de ressembler à quelque chose. Jack Johnson envahit l'espace sonore de ma chambre pendant que je me dirigeais vers la salle de bains en chantant ses paroles à tue-tête. Tout en dansant et en claquant des doigts au rythme de la musique, je détachai mes cheveux châtains tout ébouriffés pour tenter de les dompter en un joli chignon. L'entreprise était ambitieuse, mais pas désespérée. Un petit trait d'eye-liner pour faire ressortir le vert de mes yeux, et le tour était joué, je ressemblais presque à quelque chose. D'un pas chaloupé, je repassai dans ma chambre, qui ressemblait plus à celle de l'ado que j'étais encore qu'à celle d'une adulte. J'ouvris l'armoire qui renfermait le peu d'habits encore à ma taille qu'il me restait : comme les anniversaires, je n'aimais pas beaucoup faire les boutiques… et vu le dénuement de ma penderie, j'allais devoir m'y remettre rapidement. Alors que je tentais de faire un choix solennel entre deux misérables T-shirts, la musique s'était arrêtée sans que j'y touche. Tout en maudissant ce fichu ordinateur qui n'arrêtait pas de buguer, je profitai du silence pour appeler mes parents afin de vérifier si j'étais dans le timing. Ou plutôt si je n'étais pas trop en retard.

– Maman ? Papa ? *Maaaamaaaaan* ? criai-je en tournant la tête vers la porte entrouverte de ma chambre.

Sans réponse, je conclus que j'avais encore quelques confortables minutes devant moi. La musique n'avait pas repris, mais je m'en souciais peu. Tout en continuant de chanter en dansant pieds nus sur ma moquette rose, j'enfilai et enlevai toutes les tenues que j'avais, les laissant en boule sur le lit. Une fois mes essayages terminés, la montagne de tops, pulls et robes entassée sur ma couette me fit penser que, finalement, l'épisode shopping pouvait encore attendre un peu. Un dernier regard dans le miroir me plut suffisamment pour que je veuille bien me montrer. Éteignant la lumière, je quittai gaiement la pièce. L'écho de mes pas dans l'escalier de bois me parut plus fort que d'habitude : « Merde, j'ai grossi ? » pensais-je, un peu inquiète, alors que je terminais ma course vers le salon. En me promettant de ne pas abuser des plaisirs culinaires dans les prochains jours à venir, je cherchais mes parents qui, de toute évidence, n'étaient plus là.

– Papa ? Maman ?

Sans réponse, je poursuivis ma route jusque dans la cuisine où ma mère, figée, me fit sursauter.

– Maman… c'est bon, je suis prête, on peut y aller… dis-je en me retournant vers le salon. Maman ! m'agaçai-je, alors qu'elle restait immobile, fais pas genre j'ai mis trop de temps, j'ai été hyper rapide !

Si sa blague ne m'avait pas fait rire, je constatai avec bonne humeur qu'il n'était encore que 19 h 40, et que j'avais donc mis moins de vingt minutes à me préparer. Décidément, j'étais même plus rapide que mon père le matin ! Je sortis en enfilant mon manteau, quand je l'aperçus, immobile, lui aussi.

– Oh ! mon Dieu, ce qu'ils sont lourds… grommelai-je pour moi-même en m'approchant de lui.

Je continuai plus fort :

– Allez, papa, c'est bon, j'ai mis à peine vingt minutes à me préparer, vous êtes relous, là !

Mais mon père ne bougeait toujours pas. Mon frère, qu'il tenait dans ses bras, me parut bien trop sage lui aussi, pour une fois. Jamais il n'aurait pu rester immobile plus de cinq secondes.

Et je réalisai soudain ce qui me gênait depuis tout à l'heure.

Il n'y avait plus un son dans la maison, pas un bruit, pas un mouvement.

Pas même le tic-tac de l'horloge.

II

L'atmosphère était étrange, pesante, pas un bruit, pas un souffle d'air, aucun mouvement. Au fur et à mesure que mon cœur s'emballait, je remarquais des détails stupéfiants : des feuilles volantes étaient suspendues dans les airs, immobiles, alors que les arbres dont elles tombaient ne se balançaient plus au gré du vent devenu absent. Plus aberrant encore, le chien des voisins était lui aussi, comme les feuilles, figé en l'air pendant que son maître ne bougeait plus, lui non plus. Étais-je devenue folle, ou seulement en train de rêver ? Je fermai les yeux et me pinçai fort le poignet pour être bien sûre que je ne rêvais pas. La douleur fut vive, mais moins que celle qui m'assomma quand j'ouvris les yeux sur cette invraisemblable réalité : le temps était figé.

Paniquée, je courus me réfugier à l'intérieur de la maison, où ma mère n'avait toujours pas bougé. Quasi hystérique, je tentai de la secouer, en vain ; sa peau était glacée, gelée, plus dure que le marbre. Des larmes sèches coulaient sur mon visage, j'étais persuadée de devenir folle à lier.

Étais-je en train de rêver ? Je me souvenais de cet étrange sentiment de réalité que j'avais déjà pu ressentir dans mes songes. Combien de fois m'étais-je prise au jeu de mes propres chimères ? Pour autant, cette fois-ci et malgré mes efforts, je n'arrivais pas à me détacher de l'effroyable sensation de réel qui m'imprégnait, tout était trop précis. Je me souvenais exactement de ce que j'avais fait auparavant, et je savais précisément ce que j'étais censée faire après. J'avais l'impression d'être coincée au beau milieu d'une photographie géante, sans la moindre idée de comment pouvoir en sortir. Je n'étais pourtant pas sans savoir qu'une photographie avait des limites. En dehors du cadre, tout s'arrêtait. Quelles étaient les limites de celle-ci ? Si je m'éloignais suffisamment de l'épicentre de ce phénomène, le temps reprendrait-il son cours ?

Le silence se faisait assourdissant et mon rythme cardiaque résonnait avec violence dans mes tympans alors que j'arpentais la ville, fébrile, à l'affût du moindre mouvement. J'avais beau crier à m'en briser la voix, celle-ci s'étouffait aussitôt, absorbée par le silence omniprésent. Il encombrait l'atmosphère, me prenait à la gorge jusqu'à m'en couper le souffle. Mes hurlements de panique, de désespoir m'épuisaient en vain. Les statues de cire devant lesquelles je passais ne bougeaient pas plus que celles de mes parents. Les voitures et leurs passagers étaient immobiles aussi. Dans ce décor aux allures de film d'horreur, ce que je croyais n'être qu'un rêve s'apparentait désormais bien plus à un cauchemar devenu ma réalité.

Adossée à un mur, je me laissai doucement tomber à terre. J'étais démunie ; crier, prier, pleurer, implorer, rien n'avait d'impact sur la prison de cire à laquelle j'étais désormais condamnée. La semi-pénombre du début de soirée donnait une atmosphère irréelle et inquiétante à ces visages immobiles. J'étais morte de peur, et surtout, j'étais épuisée. Que pouvais-je faire ?

À part me réfugier dans mon lit, pas grand-chose, manifestement. C'était la décision la plus évidente. Peut-être qu'après une nuit de sommeil tout repartirait comme avant ? Je pris soin de prendre un itinéraire sur lequel je risquais de voir le moins possible de personnes figées, elles m'angoissaient. Une fois chez moi, sans passer par la cuisine dans laquelle la statue de ma mère n'avait bien entendu pas bougé, je courus vers mon lit pour m'y cacher. Sous les couvertures, le silence était moins pesant, moins lourd… et après quelques minutes qui me parurent durer des heures, le sommeil m'emporta enfin, salvateur.

La sensation légère et agréable que l'on ressent au réveil, cet instant où l'on plane encore entre rêve et réalité ne dura pas longtemps pour moi, ce matin-là. Avais-je vraiment rêvé toute cette histoire qui m'angoissait encore ? Sans percevoir le silence couvert par le froissement des draps dont je m'extirpais, je courus vers le salon où l'horloge n'avait toujours pas repris son tic-tac assourdissant. Du haut de l'escalier, je vis le corps de ma mère encore figé dans la cuisine. Le cœur lourd, je descendis lentement et bruyamment, pendant que des larmes coulaient pudiquement sur mes joues roses. Rêve et réalité n'avaient plus de définition dans ma tête. L'horloge, qui n'avançait plus, indiquait toujours insupportablement la même heure, et pour la première fois je m'autorisai enfin à émettre une conclusion : le temps s'était bel et bien arrêté.

Sans prendre la peine d'évaluer les probabilités que celle-ci soit juste, je m'interrogeai plutôt sur mon sort. Pourquoi moi ? Pourquoi me retrouvais-je seule au milieu d'un monde qui avait cessé de tourner ? Étais-je la seule à ne pas être figée ? D'autres personnes avaient-elles, elles aussi, échappé à ce sort funeste ? Le temps repartirait-il un jour ? Et si oui, quand ?

De toute évidence, la réponse ne se trouvait pas au milieu de mon salon. Motivée pour me vider l'esprit et tenter de penser à autre chose, je pris mon appareil photo et sortis à la conquête de ce nouveau monde insensé. Après tout, la lumière rasante du coucher de soleil m'offrait une chance en or de faire des photos extraordinaires.

Armée de mon appareil photo, je commençai à prendre les paysages et leurs couleurs chaudes sous tous les angles. Je m'amusai même à photographier une feuille restée en l'air à trois cent soixante degrés. Face à l'adversité, les gens réagissent parfois bizarrement, et c'était mon moyen à moi de ne pas devenir complètement folle. Un brin de nostalgie m'envahit malgré tout. Tim adorait venir m'embêter quand je prenais des photos. Si je n'en avais pas eu conscience, je compris alors malgré moi que la présence de Tim faisait elle aussi partie de mon amour pour la photo, à sa façon. Refusant d'assumer les larmes émues qui me montaient aux yeux, je me surpris à piquer un sprint en criant très fort. Je n'avais aucune idée de mon état mental, mais pour sûr je frisais la folie. Après avoir couru jusqu'à n'avoir plus de souffle, je me retrouvai au milieu d'une galerie marchande peuplée de statues immobiles et effrayantes. Parmi elles, des inconnus. Des hommes, des femmes, des enfants aussi dont je n'avais encore jamais croisé la route. Je reconnaissais tout de même malgré moi quelques visages que j'étais à peu près sûre d'avoir déjà vus à la fac, dans la rue ou ailleurs. De plus près, leurs expressions racontaient chacune une histoire différente. Tantôt heureux, soucieux, tristes ou pressés, petit à petit, les statues de cire cessèrent de m'effrayer. Mon malheur solitaire, aussi insupportable qu'il fût, avait définitivement quelque chose de fascinant.

Sans aucune notion du temps, je flânai. J'eus le loisir de profiter de tous les avantages d'être seule au monde : shopping gratuit, open-bar au supermarché, j'étais habillée et nourrie pour tout l'été ! Pourtant, bien vite, j'eus épuisé toutes les idées d'occupations que j'avais pu trouver, et le vide dévorant de ce silence pesant m'envahit une nouvelle fois. Sans crier gare, l'angoisse s'empara à nouveau de moi,sans que je puisse m'en défaire ; j'eus soudain envie de vomir. Mes mains tremblaient et mon cœur battait trop fort. Si personne ne me dérangeait, personne ne pouvait me rassurer non plus. Et de retour chez moi, la maison ne m'apporta pas le réconfort que j'étais venue y chercher. En refermant la porte derrière moi, je pensais à ce qui m'avait semblé avoir duré deux jours. Mélancolique, je commençais à me faire à l'idée que peut-être ma vie se terminerait de cette façon, seul être animé dans un monde figé.

Pour chasser le silence, je continuais de me forcer à chanter et à danser tout en enfilant mon pyjama. J'étais prête à affronter ma deuxième « nuit » de sommeil depuis que le temps s'était arrêté, quand la voix de ma mère au seuil de ma porte me fit sursauter :

– Samantha, tu te moques de moi ? gronda-t-elle. Qu'est-ce que tu fais en pyjama ? Ça fait déjà un quart d'heure qu'on t'attend !

III

– Maman ?

Jamais un regard furieux ne me rendit si heureuse. Aussitôt suspendue à son cou, je la serrai aussi fort qu'il m'était possible de le faire, comme pour m'assurer qu'elle était bien vivante.

– Oui, oui, oui, y a pas de « maman » qui tienne, grogna-t-elle. Tu t'habilles, maintenant ? Et que ça saute ! ordonna-t-elle en quittant la pièce.

Je m'exécutai aussi vite que possible, sans comprendre par quel miracle les choses avaient pu se remettre en ordre.

J'étais enfin libérée… Mais pour combien de temps ?

* * *

19 mars

Dix-huit ans et un jour. Ou trois, du coup, je ne savais plus vraiment comment compter le temps. En me levant, la boule présente au creux de mon ventre ne manquait pas à l'appel. J'eus soudain très peur. Avais-je rêvé ce redémarrage du temps ? Avant tout, il fallait que je m'assure que mon repas d'anniversaire, bien vivant, ne s'était pas déroulé que dans ma tête. Fébrile, je fus rapidement rassurée. Le bonheur de découvrir ma petite famille tout affairée à préparer la journée qui commençait entre le salon, la cuisine et la salle de bains ne me parut jamais plus intense que ce matin-là. Même les voitures qui roulaient dans l'allée me donnèrent envie de sourire, j'étais heureuse de retrouver une vie normale.

Cette heureuse constatation m'emplit soudain de doutes. Avais-je vraiment vécu dans ce monde peuplé de statues de cire ? Sans y réfléchir plus longtemps, je me souvins des photos que j'avais prises pendant que le temps s'était arrêté. Après avoir profité de mes parents et de mon frère avant qu'ils ne s'en aillent, je me précipitai dans ma chambre et me ruai sur mon appareil. Les clichés ne mentaient pas. De toute évidence, je n'étais pas devenue folle. Je regardai défiler les photos témoins de cet incroyable évènement. Si elles faisaient sans aucun doute partie d'une de mes meilleures séries de photos, elles m'inquiétaient malgré tout. J'avais peur de devoir à nouveau subir les caprices de l'espace-temps.

Au fil de la journée, je fus néanmoins surprise de constater que rien ni personne ne semblait présenter les séquelles de cet arrêt du temps. Ni mes parents, ni mon frère, ni même Tim n'avaient un comportement spécial ou des remarques particulières. Quoique Tim me parût un peu plus stressé qu'à son habitude. Ce matin-là, ses taches de rousseur frétillaient sur son petit nez, et ce détail que j'adorais annonçait toujours quelque chose de sa part. Après un léger temps d'hésitation, il me tendit effectivement un petit paquet sur lequel était écrit mon prénom.

– Joyeux anniversaire ! s'exclama-t-il avec un grand sourire.

– Merci, balbutiai-je, gênée, feignant l'incompréhension.

– Fais genre, ouais. Je suis désolé, t'en parles jamais, aussi, de ton anniversaire ! Forcément, j'oublie, moi ! se défendit-il par anticipation. Ouvre !

Je déchirai le papier, qui révéla une petite peluche… or j'avais horreur des peluches. J'eus beaucoup de mal à cacher mon déplaisir, et lui sa vexation.

– Ben dis-le, si t'aimes pas, hein, grogna-t-il, froissé.

– Mais… ! me défendis-je, tu sais que j'aime pas les peluches, gros malin !

Ses longs cils roux frétillaient de mécontentement.

– Arrête, je vais pas sauter en l'air pour une peluche, non plus ! Merci, Tim ! dis-je en l'embrassant sur la joue.

Ma démarche le fit rougir, mais pas suffisamment pour qu'il en oublie sa déception. Il ne lâcha plus un mot jusqu'à ce que nous arrivions en cours de physique, et dans ces cas-là il valait mieux ne pas insister. Sinon il se sentait obligé d'en rajouter en en faisant des tonnes. J'avançais parmi la foule rassurante des étudiants en mouvement, laissant Tim à sa mauvaise humeur. J'appréciais la cohue réconfortante qui régnait dans cette université, quand une idée me traversa l'esprit : et si M. Delatour pouvait répondre à mes interrogations ? Après tout, la relativité du temps, c'était une question de physique, non ? Je pressai le pas sans m'en rendre compte, alors que Tim peinait à me suivre, partagé entre l'envie de rester auprès de moi et celle de continuer à faire la gueule. Sans lui prêter attention, j'entrai dans la salle, déçue de constater que trop d'élèves étaient déjà présents pour que je puisse me permettre de m'entretenir avec le prof tout de suite. À l'évidence, j'allais devoir attendre la fin du cours pour pouvoir poser les questions qui m'intéressaient. Et s'il me parut interminable, j'étais contente de sentir le temps passer de nouveau. M. Delatour avait toujours impressionné ses étudiants. Son air glacial et ses remarques sèches suffisaient généralement à tous nous tenir à distance. Aussi, je ne fus pas surprise de constater son étonnement lorsqu'il leva les yeux de la pile de papiers qu'il remettait en ordre sur son bureau.

– Mademoiselle Delorme, que me vaut ce plaisir ? lança-t-il froidement en terminant de ranger ses affaires.

Il connaissait mon nom. Dans un amphithéâtre de deux cents élèves, c'était surprenant. Stressée malgré moi sans trop savoir pourquoi, je pris mon courage à deux mains pour lui poser les questions qui m'obsédaient. Pendant que la classe se vidait, je fus surprise de constater le plaisir que prenait mon professeur à me démontrer la théorie de la relativité d'Einstein.

– Le temps n'est pas absolu, m'expliqua-t-il, il faut plutôt le considérer comme un « espace-temps » qui peut être déformé par ce qui l'entoure.

Devant mon air interrogateur, il poursuivit, amusé :

– La gravité, par exemple, est intimement liée au temps. Plus elle s'intensifie, plus il ralentit son cours. Qu'est-ce qui vous fait rire ?

J'avais peut-être pris un ou deux kilos, mais certainement pas suffisamment pour créer une singularité gravitationnelle à même de figer le monde entier !

– Merci, monsieur, dis-je poliment après avoir écouté attentivement toutes les informations qu'il avait bien voulu me communiquer.

Contrairement aux cours tristes et monotones auxquels il nous habituait chaque jour, M. Delatour avait cette fois-ci fait preuve d'une passion que je ne lui connaissais pas. Aussitôt, il reprit son ton sec habituel :

– Autre chose, mademoiselle ?

– Merci monsieur, j'en ai assez appris pour aujourd'hui ! répondis-je.

– Bien. Bonne journée, dans ce cas, termina-t-il, soudain très froid.

Son visage s'était refermé en un instant. Alors qu'il quittait la pièce, je restai pantoise… et pas franchement plus avancée qu'avant. Les théories qu'il m'avait exposées étaient passionnantes, mais de toute évidence elles ne s'appliquaient pas à mon cas.

Je ne fus ni surprise ni heureuse de voir que Victoire m'attendait à la sortie de la salle. Depuis que mes notes avaient dépassé les siennes en physique, elle se donnait un mal fou pour me faire vivre l'enfer. Des interclasses au réfectoire, elle aimait me tomber dessus régulièrement, sans que je puisse vraiment répliquer.

– Tu lui veux quoi, à mon oncle ? m'agressa-t-elle gratuitement.

Je voulus l'ignorer, mais elle m'arrêta sèchement en m'attrapant par le bras. Ma respiration s'accélérait au fur et à mesure qu'elle rapprochait son visage du mien.

– Tu ne réponds pas ? souffla-t-elle, menaçante.

Je pris une profonde inspiration pour me calmer, ignorant la douleur lancinante dans mon bras, avant de me dégager.

– Laisse-moi tranquille, Victoire, répondis-je calmement. Ton oncle est mon professeur. À partir de là, mes échanges avec lui ne te regardent pas. À moins que tu n'aies peur qu'on te pique la seule personne qui accepte encore de t'accueillir chez elle ?

J'avais tapé très fort sur son point faible, et c'était bien là l'objet de ma démarche. Sa vengeance promettait d'être terrible, et pourtant sa réaction m'étonna : en replaçant ses longs cheveux lisses et noirs devant sa poitrine, elle me sourit.

– À plus tard, chérie.

C'était carrément pire que de recevoir une énorme gifle en public. Cette réaction en disait long sur son côté perfide, elle était pire qu'un serpent, ça crevait les yeux. Elle allait prendre le temps de préparer sa vengeance, je le savais. La boule de stress qui grandissait dans mon ventre s'atténua un peu quand j'aperçus Tim, qui devait m'attendre depuis dix bonnes minutes. À sa mine déconfite, je compris rapidement que le soulagement ne serait qu'éphémère.

– Oh ! non, s'il te plaît, fais pas la tête, pas toi !

– C'est pas ça, me coupa-t-il sèchement.

– Qu'est-ce qu'il t'arrive alors ? demandai-je, moqueuse.

Ses petits yeux noisette me firent enfin l'honneur d'un regard accusateur.

– T'as pas le sentiment d'avoir oublié quelque chose ?

– Tim, arrête ! Je t'ai prévenu en plus que j'aurais des questions à poser au prof à la fin du cours !

À l'évidence, je n'y étais pas du tout. Alors qu'il s'éloignait après m'avoir flanqué sa peluche dans les bras, me laissant seule face à ma culpabilité, je voyais déjà s'approcher au loin les copines de Victoire. Décidément, cette journée s'annonçait presque pire que la précédente.

Pour elles, ça ne faisait aucun doute, j'étais restée à la fin du cours pour draguer Delatour. Alors qu'elles persiflaient sur mon passage, je choisis de ne pas répondre. Pourquoi devrais-je me défendre si j'étais innocente ? Lasse de leur débilité chronique, je quittai tristement la fac, ma peluche sous le bras, le regard droit et le cœur lourd. Décidément, ma dix-huitième année ne commençait pas sous les meilleurs auspices.

* * *

Si je savais relativiser, j'étais incapable d'oublier ces deux jours hors du temps. J'avais besoin de comprendre, sans qu'aucune théorie ne semble pouvoir expliquer ce que j'avais vécu. Comment le temps s'était-il arrêté ? Et surtout, comment avait-il redémarré ? S'il s'agissait de moi, il fallait absolument que je définisse par quelle action, quelle pensée ou quelle parole j'arrivais à avoir un impact sur le temps. Si je n'avais rien à voir avec tout ça, je devais alors découvrir qui – ou quoi – gérait cette immense mascarade, et surtout pourquoi moi ? Pourquoi étais-je la seule à rester consciente alors que le reste du monde se figeait ? Et s'il s'agissait seulement des prémices d'un arrêt total du temps ?

Dès mon retour au foyer familial, ces interrogations sans réponses me donnèrent l'énergie et le courage nécessaires pour reconstituer la scène. Depuis le salon jusqu'à la musique, la montagne de fringues sur le lit et le trait d'eye-liner, j'avais répété minutieusement toutes les étapes de « l'avant », en vain. Jamais le temps ni la musique ne s'arrêtèrent. Je rangeai le bazar que j'avais mis dans la pièce et m'assis pour regarder une nouvelle fois les clichés hors du temps que j'avais pris, jusqu'à en oublier l'heure qui défilait. Un coup d'œil à ma montre m'informa que j'étais déjà en retard pour mon cours de photo. Je pris rapidement mon manteau, mon appareil et mon sac avant d'entamer une course contre la montre jusqu'à la fac.

* * *

Une fois arrivée, essoufflée, je choisis une place au hasard pour reprendre mes esprits. Cet endroit me transporta rapidement dans un état tout à fait différent de celui dans lequel je me trouvais depuis l'incident. Cette atmosphère, ces objectifs partout, cette salle qui m'était si familière m'apaisèrent enfin, j'étais bien. Sans prêter attention à Anna qui entrait à ce moment dans la salle, M. Barat m'apostropha :

– Mademoiselle Delorme ? On ne vous dérange pas, j'espère ? plaisanta-t-il.

À sa remarque, je compris que j'avais peut-être adopté une posture un peu trop « à l'aise » pour reprendre mon souffle.

– Excusez-moi monsieur, répondis-je, gênée, en me redressant.

– Tiens, racontez-nous plutôt pourquoi vous aimez la photo, pendant que vos camarades arrivent !

Si je savais que l'exercice de début de cours finirait bien

par tomber sur moi un jour, je ne l'attendais pas avec impatience, l'oral étant loin d'être mon point fort. En me levant, je commençai, un peu contrainte, à parler de ce qui me plaisait dans ma passion. Je butais sur mes phrases, comme souvent lorsque je cherchais mes mots, et soudain tout se figea. Mon professeur, qui avait profité de mes quelques secondes d'hésitation pour écrire au tableau, me tournait le dos. Et en observant le reste de la classe, je constatai que plus personne ne bougeait. La bulle de chewing-gum d'Anna était arrêtée en pleine expansion, et le stylo que mon voisin faisait tourner entre ses doigts ne bougeait pas plus. Mon sang ne fit qu'un tour, le cauchemar recommençait, et la panique m'envahit. Dans une angoisse infinie, je fis face par anticipation aux nouvelles heures de solitude et d'épouvante qui m'attendaient pour sûr. J'avais peur, j'étais terrifiée à l'idée de rester à jamais coincée dans cette prison hors du temps.

Je tentai malgré tout de me calmer pour me concentrer sur la situation. Si c'était bel et bien moi qui avais arrêté le temps, je devais trouver comment. Que venais-je de dire, exactement ?

– Forcément quand on aime quelque chose, on fait en sorte de trouver le temps de s'y consacrer.

Mes mots tombèrent à plat et furent aussitôt absorbés par un silence surnaturel. Répéter cette phrase n'y changea rien. Le stress s'empara de moi alors que je parlais, seule.

– Réfléchis, réfléchis, *réfléchis* !…

Les trente visages jusqu'alors inanimés se retournèrent soudain vers moi. Leurs expressions hallucinées, narquoises et pour d'autres méprisantes m'informèrent que le temps avait repris son cours. J'étais sous le choc, mais surtout, je ne savais pas quoi faire.

– Excusez-moi, dis-je en me rasseyant, rouge comme une pivoine.

À ce moment, alors que mon cerveau continuait de réfléchir à toute allure, un élément commun à toutes les situations me vint en tête.

C'était si simple.

Ma main.

Mes doigts.

Aussi simple qu'un claquement de doigts.

IV

Silence. Si je cherchais mes mots quelques secondes plus tôt, là, je restai carrément interdite : il m'était impossible de parler, ce qui n'échappa pas à M. Barat.

– Tout va bien, mademoiselle ? s'inquiéta-t-il.

– Excusez-moi, monsieur, je ne me sens pas très bien. Est-ce que je peux sortir une seconde ?

– Bien sûr. Revenez quand vous irez mieux !

Désemparée, je quittai la salle sous le regard de mes camarades. C'était donc ça ? Un simple claquement de doigts, et le temps cessait sa course ? Dehors, tapie dans l'ombre de la nuit, je renouvelai aussitôt l'expérience… en vain. Si mes doigts claquaient gaiement entre eux, rien ni personne ne se figeait plus. Perplexe, je regardai mes mains, le sol, et de l'extérieur la classe déjà illuminée. Il faisait frais, froid, même. Et c'était joli de les regarder tous de loin. Quelques instants plus tard, mes expériences terminées et mes émotions apaisées, je pris la décision de retourner dans la salle au milieu de laquelle M. Barat rappelait le sujet du prochain concours photo.

– Mademoiselle Delorme, ça va mieux ? Vous avez

entendu ? Le prochain concours photo a pour thème « On s'envole » ! me lança-t-il gaiement.

– Oui je sais monsieur, vous nous l'avez annoncé la semaine dernière déjà. J'étais là, répondis-je poliment en allant m'asseoir.

– Je compte sur vous pour nous montrer vos talents ! Comme à votre habitude... continua-t-il dans un regard complice.

– Je n'y manquerai pas, monsieur.

Je savais d'ores et déjà que ce compliment me coûterait très cher. Anna, poussée par son esprit de compétition, ne me lâcherait plus jusqu'à ce qu'elle découvre enfin quel axe du sujet j'avais décidé d'exploiter. Effectivement, elle me rattrapa rapidement pendant que je tentais de quitter la classe discrètement.

– Du coup, tu comptes en faire quoi, de ce sujet ? m'interpella-t-elle.

J'aurais voulu trouver une réponse claire et précise pour écourter au plus vite cette conversation. Malheureusement, les derniers évènements m'avaient trop pris la tête pour me laisser le temps de réfléchir au sujet du concours.

– Je sais pas encore, soufflai-je, épuisée d'avance par cet échange qui s'annonçait interminable.

– Allez, ça y est. Tout ça parce que *madame* a eu besoin de sortir pendant le cours, ça y est, elle fait genre elle en a rien à taper du concours ! Hé, tu me la feras pas, celle-là, pas à moi. Si tu veux la jouer comme ça, libre à toi, mais j'te préviens, cette fois-ci, tu auras de la concurrence !

Si le prof m'aimait bien et me le faisait sentir, j'avais gagné sa considération à force de travail. Les six derniers concours photo, dont j'étais effectivement l'heureuse gagnante, n'avaient pas été faciles à traiter. Je concevais qu'Anna puisse souhaiter que la lumière se pose un peu sur elle pour une fois. Mais son attitude restait excessive, son besoin d'exister avait quelque chose d'un peu désespéré. Acculée, je tentai sans espoir de me montrer sincère :

– Si t'as des idées en trop, n'hésite pas à m'en donner, de mon côté cette fois-ci, c'est le néant.

Au-delà de tout ce que j'aurais pu imaginer, elle me répondit sèchement : « Ha ! Tu peux rêver, ouais ! » avant de tourner les talons fièrement. À défaut d'une idée, j'avais au moins gagné un peu de tranquillité.

* * *

Une fois rentrée chez moi, et après plusieurs tests infructueux, une conclusion s'imposait : claquer des doigts n'avait pas ou plus d'effets. Décevant, mais prévisible. J'étais donc toujours incertaine d'être à l'origine de ces arrêts du temps. Je continuais à m'interroger, lorsqu'une idée me traversa l'esprit : l'humeur pouvait avoir de vrais effets sur le corps et sur l'esprit, pourquoi pas sur un potentiel « pouvoir » ?

J'avais du mal à me vider la tête. Plus j'y pensais, moins j'y parvenais. Je devais à tout prix trouver une occupation qui me détende. Le concours photo, auquel je n'avais toujours pas réfléchi, se présenta comme une évidence à mes yeux. La photo m'avait toujours servi de défouloir, pourquoi s'en priver ? D'autant plus que décevoir M. Barat par une absence de rendu n'était pas tout à fait dans mes plans. Ainsi, dès le lendemain, pleine d'ambition, je m'étais calée confortablement dans le local photo aménagé dans le sous-sol de la fac. C'était spacieux, calme, et cette ambiance aux lumières rouges m'inspirait beaucoup. Alors que je commençais tranquillement à développer quelques-uns des clichés pris pendant le premier arrêt du temps, qui auraient éventuellement pu coller avec le sujet, j'entendis le pas lourd et disgracieux d'Anna qui, décidément, avait plus de flair pour me suivre que je n'aurais pu le soupçonner. D'abord discrète, puis intrusive, la jolie blonde vint s'installer très – trop – près de moi. Un long moment, je feignis de ne pas l'avoir remarquée, quand ses démonstrations pour s'annoncer se firent de plus en plus pressantes.

– Tu pourrais dire bonjour, quand même !

– Bonjour, répondis-je aimablement.

À l'insistance de son regard, je compris qu'elle n'était pas venue me déranger dans l'unique but de m'espionner, elle avait quelque chose à me dire ou à me raconter. L'étincelle dans son œil ne trompait pas, il s'agissait de quelque chose de très important pour elle. Vaincue, par politesse, je ne pus rester silencieuse plus longtemps.

– Tout va bien ? cédai-je.

– T'as entendu parler du nouveau mec qui vient d'arriver ? s'empressa-t-elle de débiter. Je viens juste de le croiser, là. *Il est ca-non*. Mais vraiment, je crois que t'as même pas idée. J'en ai discuté avec les filles, du coup, alors apparemment, figure-toi qu'il habitait ici y a longtemps ! Et ses parents ont de nouveau déménagé pour revenir s'installer ici, donc il a fait le choix de les suivre et de changer d'université pour être près d'eux. Trop mignon, non ?

Je me fichais bien des nouvelles futures conquêtes d'Anna, d'autant plus que j'étais affairée à bien d'autres choses. Concentrée sur mon travail, je ne l'écoutais que d'une oreille. Ses histoires de mecs étaient toutes similaires et insipides : à ses yeux, chaque proie potentielle devenait rapidement un homme à marier. Face à mon silence dont elle devait connaître la signification, elle insista en bidouillant son appareil photo :

– Non, mais en plus d'être trop mignon dans tous les sens du terme, le mec est dans notre cours de physique ! J'te le dis, je vais me le faire direct. Je laisse aucune chance à personne ! Pour une fois qu'il y a un beau gosse, il est pour moi !

Au bout de quelques minutes de silence, vaincue par mon indifférence, elle quitta la salle, vexée. La sensation de liberté qu'elle laissa derrière elle me fut trop agréable pour ne pas aimer cette fille, elle me rappelait les plaisirs simples de la vie. Je plaignais déjà ce pauvre garçon que je ne connaissais même pas, sans pouvoir m'empêcher de me réjouir pour moi-même, puisque j'allais avoir la paix un bon moment, grâce à lui.

* * *

J'avais consacré ma journée entière au rendu pour M. Barat. Au moment de quitter la salle pour rejoindre mon cours d'anglais qui n'avait pas l'avantage de son créneau horaire – 18 heures jusqu'à 20 heures, les couloirs vides me rappelèrent à la condition de ma génération : passé la fin du mois de novembre, plus personne ne venait en cours après 16 heures. Si terminer si tard était effectivement contraignant, les couloirs vides étaient pesants, et le nombre restreint d'étudiants en cours, plus rebutant encore. J'étais crevée, et certainement physiquement plus proche du zombie que de la fée Clochette.

Et dans le vide intersidéral des couloirs labyrinthiques de la fac, j'ai croisé ce garçon. Grand, brun, assez bien bâti, des épaules larges, une démarche élégante, le regard envoûtant… Mon sang n'a fait qu'un tour. Je l'ai trouvé tellement beau, le temps m'a paru si court que sans réfléchir j'ai voulu l'arrêter pour mieux le regarder. Sans savoir vraiment si ma démarche allait servir à quelque chose, je me suis mise à claquer des doigts comme une idiote, en le fixant de façon insistante. En plus du fait qu'il m'a certainement prise pour une folle, évidemment, et comme j'aurais dû m'y attendre, mon intention de figer le temps fut un échec total. Il se retourna en rigolant :

– Ça t'arrive souvent de claquer des doigts toute seule comme ça ?

Sa voix était grave, suave, sensuelle. Non seulement il avait lancé sa blague d'un ton moqueur, mais en plus les mots me manquèrent pour y répondre. Sans même oser me retourner, j'ai continué d'avancer comme si de rien n'était. Si ce n'était pas déjà le cas, j'étais désormais certaine qu'il allait me prendre pour une attardée. Qu'est-ce qui m'avait pris d'essayer de figer le temps de manière si impromptue ?!

* * *

Honteuse, je terminai mon chemin jusqu'à mon cours. Qui était ce jeune homme qui m'avait fait un tel effet alors que je n'avais croisé son regard qu'une seule seconde ? Entre la peur et l'ironie, je m'interrogeai soudain sur l'identité du garçon dont Anna m'avait parlé plus tôt : s'agissait-il de la même personne ? Bien heureusement, mon université était immense et les étudiants, nombreux. Avec un peu de chance, je ne le recroiserais plus jamais, et l'humiliation dont j'étais seule coupable et victime à la fois serait vite oubliée de lui autant que de mon ego. Force m'était de constater que je ne l'avais de toute façon jamais croisé auparavant, et que nos emplois du temps étaient donc certainement incompatibles. Pendant cet interminable cours d'anglais, je me surpris à penser plusieurs fois à lui. La théorie selon laquelle la nouvelle cible d'Anna et lui pouvaient être la même personne me paraissait de plus en plus plausible, et l'idée de le recroiser en cours ne me plaisait que très peu. Dans le doute, je me promis de prêter plus attention aux récits d'Anna, qui se ferait sans doute un plaisir de me décrire une fois de plus le nouvel objet de ses fantasmes.

La perspective de cette enquête me ravit : bien que l'objet de mes réflexions soit tout autre depuis plusieurs jours, je trouvais enfin un centre d'intérêt nouveau pour me dégager l'esprit. Ou, tout du moins, l'occuper par autre chose que des expériences temporelles. Quoi qu'il en soit, je serais vite fixée, le prochain cours de physique aurait lieu dès le lendemain.

V

Seule au beau milieu du grand salon, ma mère travaillait comme souvent sur son ordinateur, l'air concentré. Comme elle, j'essayais de rester *focus* sur mon objectif sans trop me faire repérer : ce soir, j'avais décidé de m'exercer sur elle. Le fait de me concentrer sur cet inconnu m'avait apporté la relaxation intérieure qui me manquait depuis quelques jours pour pouvoir tenter de figer le temps – si tant est qu'il s'agisse bien de ma volonté, évidemment –, et je me sentais prête à passer ce cap. Depuis le canapé, je restais silencieuse et concentrée, tel un prédateur. Dans l'attente du moment opportun, je ne lâchais pas ma proie du regard. Je sentis mon cœur s'emballer au fur et à mesure que ma respiration s'accélérait. Je jouais gros. J'avais peur que le temps se fige de nouveau sans que je puisse y remédier. Mais la curiosité eut rapidement raison de mes craintes ; je pris une grande inspiration et, incertaine, les yeux clos, je fis claquer mes doigts.

Silence.

Le bruit de mon cœur qui cognait contre ma poitrine, les papillons dans mon ventre et ma respiration trop rapide m'empêchaient d'entendre si l'espace sonore s'était envolé en même temps que l'espace temporel. Une seconde passa, puis deux, puis trois, et la raison s'empara de moi : il fallait ouvrir les yeux. À cet instant, je compris que je ne m'étais pas trompée, mes doigts avaient bien eu un effet fantastique sur le temps. Je n'étais plus en proie à la peur, j'étais stupéfaite. La règle semblait incontestable : plus j'étais calme, plus c'était simple.

Forte de mes constatations nouvelles, alors que le temps était figé, j'étais bizarrement très à l'aise. Même ma mère, changée en statue de cire, ne me faisait plus peur, je maîtrisais la situation. Sereine, je décidai donc de profiter de cet instant de calme avec elle pour lui raconter toutes ces histoires qui vivaient en vrac dans ma tête : le temps, le concours, Anna, ce garçon… La main sur son épaule, je terminai mon récit, en l'illustrant par le fameux geste que je reproduis sans réfléchir. Aussitôt, ma mère se défigea et poussa un cri d'horreur :

– Samantha ! Enfin, ça va pas de me faire peur comme ça ? Qu'est-ce qu'il te prend ?

Mon sang ne fit qu'un tour, les mots s'échappèrent de ma bouche sans même que je puisse y réfléchir :

– Pardon maman, je voulais juste te faire une blague… balbutiai-je, désemparée.

– Bon, laisse-moi travailler, tu vois bien que je suis concentrée ! gronda-t-elle.

Malgré sa vive réaction, elle était dans une sorte de transe un peu spéciale, difficile à définir. Soudain, l'angoisse m'envahit. Sans que je ne puisse l'expliquer, il me sembla que le cours du temps n'avait pas repris de façon normale ; cette sensation lourde d'absence d'espace sonore était encore présente, malgré la mobilité de ma mère. Je commençai à avoir chaud. Le stress m'envahit, je me sentais comme une enfant qui vient de faire une grosse bêtise. Le cœur lourd, je sortis de la maison un instant pour observer l'état actuel des choses. J'avais raison de m'inquiéter, mes impressions étaient malheureusement bonnes. Dehors, j'observais, impuissante, ce phénomène qui me devenait familier. Pas de vent, des voitures immobiles, aucun mouvement. Rien, à part ma mère et moi. Claquer des doigts était devenu vain, rien ne changeait. M'étais-je trompée encore une fois sur les « règles » ? Remarque, il n'y en avait peut-être pas… J'étais condamnée à attendre patiemment de découvrir quel était le nouveau subterfuge pour défiger le temps, avec une problématique dans les pattes en plus cette fois-ci, ma mère.

Le fait de ne pas être tout à fait seule alors que le temps était figé me rassurait. Même si elle paraissait dans un état second, ma mère était manifestement capable de tenir une conversation normale, ce qui m'enleva de l'esprit que j'étais définitivement seule au monde. Malgré cela, je préférais éviter qu'elle ne remarque que le temps s'était arrêté. Heureusement pour moi, la nuit camouflait le décor immobile.

Après de longues minutes à expliquer à ma mère que je voulais qu'on reste seules ici sans sortir de la maison de tout le week-end, son côté *stone* commença à m'inquiéter. J'avais presque envie de la secouer pour lui remettre les idées en place.

– Ça va, maman ?

– Très bien, mon cœur, me répondit-elle platement.

– T'es fatiguée, tu veux aller te coucher ? m'inquiétai-je.

– Oui.

Ses réponses étaient fermées, ses yeux, vitreux. Le choc de mon apparition soudaine auprès d'elle, peut-être ? Anxieuse, je pris l'initiative de l'emmener jusqu'à sa chambre et de la coucher. Elle sombra immédiatement dans un sommeil lourd, en respirant fort et lentement. J'avais peur. Peur qu'elle découvre dans quel état j'avais mis le monde, peur qu'elle me déteste de l'avoir emmenée dans une faille spatio-temporelle dont elle aurait sans doute préféré ne pas connaître l'existence.

* * *

Pendant qu'elle dormait, je tentais de trouver une explication logique à ce phénomène. Quelle était la faille entre ma théorie et la pratique ? Qu'avais-je fait différemment ? En répétant le cours des évènements dans ma tête, je me souvins : lorsque ma mère s'était défigée, je la touchais. Pourtant, en la couchant, je l'avais touchée également, sans que ça ne change encore son état. Soudain, la solution m'apparut comme une évidence. Comment avais-je pu être aussi bête ? Aussitôt, je remontai dans sa chambre pour tester l'exactitude de mes conclusions. Comme elle dormait, j'échappai à toute question, libre de faire toutes mes petites expériences tranquillement. Tremblante, je mis ma main sur elle, et le cœur battant je fis de nouveau claquer mes doigts. Son corps inerte se glaça aussitôt pendant que je frôlais le malaise – j'avais l'impression de l'avoir tuée. Par précaution et sans attendre, je descendis dans le salon sur le canapé, et fis claquer mes doigts une fois de plus dans l'espoir de faire repartir le temps. Instantanément, le silence fit place aux bruits d'ambiance naturels du temps, ma mère hurla, et je compris : le cours du temps était reparti.

* * *

Si ma mère s'était « réveillée » en panique, c'est que j'avais commis une erreur. Sans comprendre, puisqu'elle était censée se souvenir de ce que nous avions vécu au même titre que moi, je la vis descendre l'escalier un peu titubante, mais sans ce côté *stone* qui m'avait tellement inquiétée. La mine soucieuse, elle entreprit de me raconter ce qu'elle venait de vivre :

– Samantha, tu as vu quelque chose de bizarre ?

– De quoi tu parles, maman ? répondis-je innocemment.

– Écoute, c'est incroyable, j'étais en train de travailler sur mon ordinateur dans le salon, et là je me suis retrouvée dans mon lit… Je ne me souviens même pas d'y être allée…

À l'évidence, elle n'avait aucun souvenir de ce qui avait pu se passer pendant que le temps s'était figé. Est-ce qu'il s'agissait d'une règle permanente ? La découverte de ce nouveau paramètre m'excitait. J'avais envie de continuer mes expériences, mais je n'étais pas sûre de réussir à figer le temps de nouveau, vu la teneur des évènements que je venais de vivre. Plutôt que de m'exercer encore, je me contentai pour cette fois de conclure pour moi-même :

Une fois le temps figé, toucher ma mère en claquant des doigts l'avait défigée sans défiger le temps.

Avant de pouvoir défiger le temps, il avait d'abord fallu que je refige ma mère en répétant la même opération, la toucher en claquant des doigts.

Cette période de « temps » n'avait laissé aucun souvenir dans l'esprit de ma mère.

Si le protocole paraissait simple, il n'en avait pas été plus facile à découvrir.

Ma mère, soucieuse, s'était assise dans le canapé, le regard vide. La voir dans cet état me renvoya ma culpabilité à la figure.

– Écoute, maman, tu as dû avoir une absence, ça arrive, tentai-je de la rassurer.

– Comment ça ? gronda-t-elle.

– Ben oui, tu dois peut-être un peu trop travailler, je sais pas… balbutiai-je nerveusement.

– Mais c'est toi qui m'as ramenée jusque dans ma chambre ?

Pensant la rassurer, je m'engouffrai immédiatement dans cette brèche qui me permit de rendre le cours des évènements plausible :

– Ben oui, maman ! répondis-je gaiement.

– Mais enfin, tu pouvais pas commencer par là ? bondit-elle. Ça fait cinq minutes que tu me vois m'inquiéter, et toi tu ne me dis rien ?

– Excuse-moi maman, je voulais juste voir si tu te souvenais de ce qu'il s'était passé…

– Dis donc, je suis ta mère, pas ton cobaye !

Cette dernière réplique me glaça le sang. Est-ce qu'elle savait ?

VI

Depuis mon anniversaire, chaque matin était un moment de doute sur la réalité de mon nouveau quotidien. S'il y avait quelque chose d'effrayant dans toute cette histoire, elle avait également quelque chose de rassurant : de façon étrange, ce « don » inconnu de tous m'offrait le luxe de penser que j'avais moi aussi quelque chose de différent des autres.

Le réveil fut difficile, ce matin-là. J'avais peu de temps pour finaliser le rendu pour M. Barat, qui avait posté sa *deadline* pour le jour même, et les quelques heures de sommeil en moins au profit de mes photos me firent rapidement défaut. Malgré ça, je pus travailler efficacement et partir en cours à une heure raisonnable.

Tim m'attendait comme toujours, flanqué devant la cafèt de la fac. Assis sur le dossier d'un banc, il lisait une de ses innombrables revues sur les insectes. J'étais heureuse de le voir, comme si on ne s'était pas vus depuis des années. Il leva les yeux de son journal et fit la moue : manifestement, il était encore contrarié par l'épisode de la peluche. Je fis mine de ne pas m'en souvenir et me comportai comme si de rien n'était.

Plutôt que de nous engueuler une énième fois, je ressentais le besoin de passer du bon temps avec lui, de profiter un peu de sa présence. Les derniers évènements dans ma vie – surnaturels, j'en conviens – m'avaient fait prendre conscience de la nécessité d'être bien entouré, et surtout d'avoir des amis à qui parler.

Pendant que nous profitions ensemble du soleil, j'observais de loin celui qui avait la place n° 2 dans le classement des gens que je détestais le plus au monde, juste après Victoire : Jordan Brussava. Sans jamais lui avoir parlé, je me doutais qu'il finirait un jour par me tomber dessus. En découvrant Victoire à ses côtés, qui me regardait elle aussi de loin en discutant avec lui, les chances pour qu'ils me laissent tranquille l'un et l'autre toute la journée me parurent minces. Effectivement, il ne tarda pas à venir nous déranger :

– Ça va ? Vous êtes bien là au soleil ? On profite ? Vous avez pas cours, là ?

Plus que jamais, sa tête de con brillait au soleil. Il faisait encore frais, mais ses gros muscles devaient lui tenir chaud, vu le T-shirt léger qu'il portait. Son regard vicieux n'annonçait que du mauvais. Légèrement agressive malgré moi, je tentai de rester calme et naturelle en lui répondant :

– Ça va, ouais. On profite.

Le ton que j'employai dépassa ma pensée. Mouché, il chercha du regard un nouveau sujet pour m'embêter. Il tapa directement dans le mille, un sixième sens d'abruti, sûrement :

– Hé, t'as quoi là, dans ton sac ? J'peux voir ?

Intérieurement, je priais. Dans mon sac, il y avait tout ce que j'avais de plus précieux pour les deux heures à venir : mes photos, mon appareil, et mes cours. En voyant mon regard s'animer, il sourit en attrapant mon sac pour en sortir le précieux travail.

– Non, s'il te plaît, ne touche pas, c'est mon rendu pour

le cours de photo, je dois le déposer tout à l'heure… le suppliai-je sans espoir.

– Ah ! ouais, tu fais de la photo ? Comme Anna, là ! La meuf trop bonne !

Une lueur d'espoir me traversa : s'il appréciait Anna, j'avais un moyen de sauver mon travail.

– Ouais, exactement ! Tu la connais ? C'est ma pote ! m'écriai-je, pleine d'entrain.

À l'évidence, aucune de mes paroles ne retentit dans son nano-cerveau, puisqu'il ne répondit même pas. En regardant ses énormes mains sales posées sur mes clichés, je tentai de garder mon calme et de réfléchir aux solutions qui s'offraient à moi pour sauver mon travail. Si figer le temps eût été une solution, je savais déjà que j'étais très à fleur de peau, et donc sûrement incapable d'y parvenir. D'autre part, j'étais consciente, à la suite de mes rares essais, de ne pas suffisamment maîtriser la chose pour me permettre de tenter d'en user en public. Je l'avais bien observé la veille avec ma mère : dès que je croyais maîtriser une petite partie de quoi que ça soit, un nouveau paramètre non maîtrisé entrait en jeu. C'était trop risqué, et je devais rapidement trouver un autre moyen de m'en sortir.

– Hé ! elles ont l'air bien, tes photos ! T'sais quoi, j'vais les garder un peu, j'crois ! railla-t-il en s'éloignant.

– Rends-lui ses photos ! s'écria Tim en se redressant d'un coup, mal assuré face à la montagne de muscles qui lui faisait face.

– Laisse tomber, abandonnai-je en posant la main sur l'avant-bras de mon ami. J'ai pas envie de te créer des ennuis, à toi aussi.

Impuissante, je regardai mes heures de travail se réduire en poussière, écœurée.

– Bon, euh… On est en retard, non ? tenta Tim, timidement.

Sa tête rousse réchauffa mon cœur. Sans répondre, je pris la direction de la classe pour laquelle nous étions déjà effectivement un peu en retard.

…

Dans le même temps, Matthias faisait connaissance avec son professeur de physique, M. Delatour. Matthias, beau jeune homme, grand, brun, assez bien bâti, avait pris la peine d'aller se présenter spontanément, bien que l'usage ne l'exigeât pas forcément.

En rencontrant Delatour, il n'avait d'autre idée en tête que celle de ne surtout pas être distancé par ses camarades. Il avait fait le choix – audacieux, il le savait – de suivre ses parents dans leur énième déménagement, et il comptait assumer sa décision sans que cette histoire ne porte préjudice à sa scolarité. Il était las de déménager, et cette fois-ci, c'était la dernière. D'ailleurs, si la destination de ses parents n'avait pas été celle-ci, il n'aurait de toute façon pas bougé. Ici, c'était la terre de son enfance, qu'il avait quittée avec tristesse autour de ses huit ans. Il s'était fait des amis ici, il y avait grandi. Ses premières cabanes, ses premiers bisous d'enfant, les chasses au trésor et les genoux écorchés par les chutes à vélo, c'était ici que sa vie avait commencé. Et il était heureux de venir redécouvrir l'endroit avec ses yeux d'adulte. En face de son nouveau professeur qui lui sembla peu aimable, Matthias n'était pas tout à fait à l'aise. Il avait l'air mécontent de l'horaire auquel il avait été inscrit à son cours.

– Vous aurez du mal à suivre, monsieur Lombarda, je préfère vous prévenir, commença-t-il, la voix lasse. Il s'agit de ma classe la plus avancée et la plus rapide en termes d'émancipation sur le programme. Il serait préférable que vous voyiez avec l'administration si vous avez moyen de venir participer à mon cours à un horaire différent de celui-ci.

– La secrétaire de la fac m'a bien précisé que tous les autres créneaux étaient complets, répondit-il, pour les raisons que vous venez d'énoncer, justement. Ne vous en faites pas, je rattraperai mon retard si besoin.

* * *

Je n'arrivais pas à m'ôter de l'esprit cet espèce d'abruti qui avait pris et sûrement saccagé mes photos. J'étais hors de moi. Le sentiment d'injustice m'asséchait la gorge, il fallait que j'y remédie. Puisque le cours ne forçait de toute façon pas mon intérêt, je me permis d'interrompre Mme Sterling :

– *Excuse me, can I go to the bathroom, please ?*

Tant pis si je passais pour une débile incapable de prendre ses « précautions » avant un cours, je n'étais plus à ça près. Le hasard faisant d'ailleurs très bien les choses, j'aperçus au bout du couloir le meilleur ami de Jordan. Il déambulait sans but comme un abruti, au lieu d'assister à ses cours. L'endroit était désert et il ne m'avait même pas encore aperçue : les conditions étaient parfaitement réunies. J'oubliai ma soif en un instant et me concentrai sur mon nouvel objectif. Après une grande inspiration, mes doigts claquèrent et l'imbécile du bout du couloir se figea aussitôt. J'avais réussi ! Malgré mon manque d'assurance, je me sentis puissante comme jamais. L'euphorie du moment passée, je me décidai à faire une nouvelle expérience. Comme je l'avais fait avec ma mère, je mis ma main sur son bras et claquai des doigts. Instantanément, il reprit vie en sursautant, manifestement pas prêt à voir une jeune femme apparaître auprès de lui. Devant son air ahuri, j'enchaînai immédiatement :

– Il les a mises où, mes photos, ton pote ?

À ma grande surprise, il ne chercha pas à fuir ni à me

contrarier. Dans la même transe bizarre que celle dans laquelle se trouvait ma mère la fois précédente, il répondit directement et sans encombre :

– Dans la poubelle devant le gymnase, à l'entrée sur la droite.

Toute cette histoire me parut trop simple. Mais sans pouvoir l'expliquer, je ne doutai pas de la véracité de son propos. Tout en le gardant bien à sa place, je le refigeai aussitôt avant de partir vérifier l'authenticité de ses dires. En pressant le pas parce que ces statues de cire aux visages connus m'angoissaient légèrement, je mis ce qui sembla vingt bonnes minutes à faire l'aller-retour. Arrivée à la fameuse poubelle devant le gymnase, je restai bouche bée : il avait dit vrai. Mes photos étaient bien à l'endroit qu'il m'avait indiqué. Abîmées et froissées, certes, à peine récupérables même, mais bien là. Les gens défigés disaient-ils forcément la vérité, alors ?

…

– Vous pouvez disposer, monsieur Lombarda, répliqua Delatour après quelques brefs échanges.

– Monsieur, j'insiste…

– Assez ! s'écria Delatour en ouvrant la porte à son élève, laissez-moi maintenant, j'ai du travail.

Alors que Matthias se dirigeait malgré lui vers la porte que lui indiquait son professeur, celui-ci la claqua aussitôt, l'air paniqué.

– Tout va bien, monsieur ? s'inquiéta Matthias.

– Attendez, balbutia-t-il, visiblement mal à l'aise. Tout compte fait, parlez-moi plutôt de votre parcours…

* * *

Une fois revenue sur mes pas, je pris la peine d'aller ranger les photos dans mon sac, avant de défiger le temps : ma prof n'aurait pas loupé une occasion de m'en faire la réflexion si elle m'avait vue entrer dans son cours avec une enveloppe salie et froissée à la main. Je ressortis de la salle en m'éloignant vers les toilettes avant de défiger le temps, histoire de rendre mon temps d'absence crédible. Je retournai vers ma classe, préoccupée par les nouvelles règles de mon « pouvoir ». Distraite, je ne vis pas la porte vers laquelle j'étais censée me diriger, et continuai machinalement mon chemin, jusqu'à ce que la voix de M. Delatour me rappelle à l'ordre : j'étais partie trop loin. Par curiosité, je voulus jeter un œil discret sur son interlocuteur, quand mon cœur s'arrêta de battre. C'était lui.

Le beau brun de la dernière fois.

Pour sûr, ils ne m'avaient pas vue, mais il fallait à tout prix qu'il me remarque. Qu'il sache que je connaissais moi aussi ce prof. Comme la salle était ouverte, je continuai d'un pas léger mon chemin, lâchant au passage un anodin « Bonjour, monsieur ! » à l'intention de mon professeur. S'il ne m'accorda pas un seul regard, le jeune homme en face de lui ne cacha pas sa surprise. Il m'adressa un grand sourire qui fit s'emballer mon cœur ; il était encore plus beau que dans mon souvenir.

* * *

Si ma mémoire était bonne, le garçon dont m'avait parlé Anna était très beau, nouveau et inscrit dans notre cours de physique. La somme de ces coïncidences m'amenait dangereusement vers une solution qui n'avait pas l'heur de me plaire : nous avions sans doute la même cible, elle et moi. Et c'était sans doute la pire équation possible. Anna était un ingrédient explosif. L'ajouter à une histoire d'amour était systématiquement destructeur. J'aurais voulu tout savoir de lui, son nom, d'où il venait, qui il était, mais à quoi bon ? Je devais me faire une raison : si je n'oubliais pas ce garçon, les conséquences seraient désastreuses.

Le cours d'anglais enfin terminé, l'heure fatidique approchait dangereusement. La boule que j'avais au ventre ne faisait que grandir au fur et à mesure que je me rapprochais de la salle de M. Barat. Mes photos froissées à la main, je ne pouvais me résoudre à lui présenter ce torchon. Pour autant, je ne voulais pas qu'il croie que je n'avais pas travaillé.

– T'as déjà rendu tes photos toi, ou tu les as pas encore prises ? s'écria Anna, me faisant sursauter. Parce que tu sais que c'est aujourd'hui la *deadline* ?

– Je sais, oui. Comme je t'ai dit, j'étais pas hyper inspirée… j'ai préféré ne rien rendre, mentis-je.

– Ah ouais ? Et alors, tu travaillais sur quoi la dernière fois, quand je suis venue te parler de Matthias ?

Lorsqu'elle prononça ce prénom, mon cœur s'envola. Matthias…

– C'est qui, Matthias ? osai-je, fébrile.

Ses yeux sortirent de leurs orbites, tant la réponse lui paraissait évidente.

– Matthias ! Le trop beau mec dont je t'ai parlé l'autre jour ! Tu suis un peu ce que je te raconte ou pas ? Regarde ! dit-elle en collant son téléphone sous mon nez. Canon, hein ?

Sur son écran défilaient des dizaines de clichés de celui qui faisait battre mon cœur. Et dire que je croyais ne jamais le recroiser… Si je pouvais me fier à ce qu'Anna m'avait dit la dernière fois, il serait donc en cours de physique avec nous, et ce dès cet après-midi. Trop occupée à me raconter qu'elle avait, en à peine deux jours, réussi à capturer des dizaines de clichés de celui qui était ainsi devenu l'objet de son concours photo, elle ne remarqua pas l'expression tendue de mon visage. En plus d'être beau, il était incroyablement photogénique. Et pour cette fois, je fus forcée de l'admettre, Anna avait réalisé un superbe travail. Aidée par la beauté naturelle de son modèle, elle avait capté toute l'expressivité de son visage, de beaux instants, avec d'incroyables jeux de lumière sur les lignes fines mais affirmées de son visage. J'aurais voulu savoir comment elle avait pu le photographier en si peu de temps dans tant d'endroits différents. Se connaissaient-ils si bien que cela ? Et s'ils étaient déjà plus proches que je ne l'imaginais ? Au-delà du coup de massue que venait de m'asséner Anna sans le savoir, mes photos froissées continuaient de m'abattre. Je ne savais toujours pas s'il valait mieux tenter d'expliquer mes mésaventures à mon prof ou faire comme si de rien n'était.

– Mesdemoiselles, messieurs, comme vous le savez, aujourd'hui est la date butoir pour me rendre vos projets ! lança-t-il joyeusement à la classe qui s'installait. Y a-t-il encore des candidats, ou est-ce que la liste est déjà complète ?

Le regard insistant de M. Barat me stressa. J'étais comme un animal sauvage pris dans les phares d'une voiture : tétanisée. Devant mon silence, il insista :

– Personne ? Mademoiselle Delorme, vous n'avez rien à me rendre ? Parce que sinon, j'ai déjà examiné tous les rendus, je peux d'ores et déjà donner le nom du gagnant ou de la gagnante !

À côté de moi, Anna jubilait. Sous la pression, je pris mon courage à deux mains et me levai pour rendre l'enveloppe froissée à mon professeur.

– J'espère que vous plaisantez, mademoiselle ? me lança-t-il, soudain sérieux.

J'eus envie de mourir. De toute évidence, j'avais pris la mauvaise décision. Mon travail fut donc refusé sous le regard triomphant d'Anna et ceux de tous mes camarades. Sans surprise, en revanche, Anna avait gagné le concours avec son projet intitulé *Onze cents vols de Matthias*. Le titre était peu élégant, mais sa série de clichés valait bien cette victoire. Je ne pus m'enlever de la tête que cette victoire était injuste, malgré tout : ce n'était pas tant l'amour de la photo que celui des garçons qui lui avait donné des ailes.

Le cours terminé, je me dirigeai vers mon cours de physique qui ne commençait qu'une heure plus tard. J'étais contrariée par cette histoire de concours, et puisque je n'avais pas suffisamment de temps pour rentrer chez moi et revenir, c'était là le meilleur moyen de me recentrer, seule dans le calme des couloirs vides de la fac. En avançant vers ma destination, je crus voir encore ce garçon, le fameux Matthias. J'avais l'impression de le voir partout. Pourtant, plus il s'approchait, plus ses traits se précisaient. Alors que nous nous rapprochions, je pus enfin l'identifier, c'était bien lui. Mon cœur s'emballa au souvenir des paroles d'Anna, elle m'avait prévenue qu'il intégrait dès aujourd'hui notre classe de physique ! À la recherche d'une réaction intelligente et pertinente, l'idée d'arrêter le temps me traversa l'esprit. Après tout, j'avais assuré le matin même. Sans m'interroger davantage, je fis ma première tentative. L'écho de mon claquement de doigts se perdit jusque dans le hall, sans que rien ne se passe. Et pour cause, nos regards s'étaient croisés à peine une seconde avant que je ne tente de figer le temps. Sans que j'y sois préparée, il avait fait chavirer mon cœur aussi simplement que ça. Ainsi, je me retrouvais, pour la deuxième fois, en train de claquer des doigts comme une conne face à lui. Honte de ma vie round #2.

Parce qu'il a dû faire le rapprochement avec la première fois, il m'a lancé comme un *running gag* :

– Ça t'arrive souvent de claquer des doigts toute seule, comme ça ?

Est-ce que j'étais définitivement fichée à ses yeux comme une fille bizarre, ou est-ce qu'il s'agissait finalement d'une blague « cool » entre nous ? Comme je ne trouvais rien d'intelligent à répondre, je le regardai passer devant la salle et continuer son chemin.

– Tu sais que c'est ici, le cours de physique ? m'écriai-je soudain.

Il se stoppa net et se retourna vers moi. À son sourire narquois, je compris que je m'étais cramée comme la pire des débutantes. Évidemment qu'il le savait, puisque je l'avais vu ici avec Delatour le matin même. Le cours commençait une demi-heure plus tard, peut-être avait-il simplement prévu d'occuper autrement son temps ? Toujours tout sourires, il répondit :

– Je ne peux pas venir en cours aujourd'hui. Tu le sais peut-être déjà, mais en fait je viens d'emménager, et j'ai encore plein de formalités administratives à remplir… Je commence les cours demain. À demain peut-être, alors !

C'était bête et sans logique, mais cette minuscule conversation m'avait fait du bien, j'étais terriblement heureuse.

Malgré cela, la réalité me rattrapa comme une gifle en pleine face : il était bien trop beau pour moi, qui suis à mille lieues des standards de beauté d'une Victoire ou d'une Anna. Face à elles, je n'avais aucune chance.

* * *

Après une longue demi-heure d'attente pendant laquelle je ne fis que penser à Matthias, Delatour fit enfin son apparition.

– Alors, mademoiselle Delorme, avez-vous d'autres questions sur la relativité du temps ? me demanda-t-il d'un ton presque agréable.

– Euh… Pas vraiment, non, balbutiai-je, mal à l'aise, en m'installant à ma place.

Delatour n'était pas du genre à parler pour ne rien dire. Sans paraître gêné par le silence, il continua de préparer ses affaires pour le cours qui allait commencer dans peu de temps. Hésitante, je ne savais pas si je devais rester ou sortir, parler ou me taire. Je choisis finalement de m'asseoir. Avant de le harceler de questions, il valait mieux les préparer.

J'en étais presque sûre désormais, mes émotions perturbaient ma capacité à stopper le temps. Particulièrement lorsque j'étais face à Matthias. Est-ce que les sentiments pouvaient perturber la physique quantique ? Au moment où je formulais cette pensée pour moi-même, une vague d'étudiants s'engouffra dans la pièce, prenant place comme autant de robots. Mes questions attendraient la fin du cours. Pendant les deux heures de cours, je ressassais mes interrogations tout en cherchant le moyen le moins suspect d'aborder le sujet.

Alors que Tim rangeait ses affaires à côté de moi, je lui dis de ne pas m'attendre pour pouvoir questionner le prof tranquillement, cette fois.

– Encore ? s'écria-t-il. Mais je vais finir par la croire, Victoire !

– Ce que tu peux être lourd, quand tu t'y mets, répliquai-je en m'éloignant.

Dans le brouhaha de la fin de cours, Delatour rangeait calmement ses livres, comme à son habitude.

– Excusez-moi, monsieur… balbutiai-je,

– Que puis-je faire pour vous ? demanda-t-il, las, sans même lever les yeux de ses ouvrages.

Je posai ma question aussi clairement et rapidement que possible, mais n'eus pas droit cette fois-ci à l'étonnante sollicitude de la fois précédente.

– Je ne suis pas professeur de sciences cognitives, mademoiselle, répliqua-t-il avant de sortir.

En le regardant quitter la salle si brusquement, j'eus peur de l'avoir vexé.

J'étais bredouille et préoccupée. D'un côté par ce pouvoir si singulier, et de l'autre par Matthias, autant de sujets incompatibles, moyennant le fait que je n'avais encore jamais réussi à figer le temps en sa présence. Ma théorie était la suivante : j'étais presque sûre que c'était mon obsession naissante pour lui qui me déstabilisait et m'empêchait d'y arriver en sa présence.

Je chassai une idée qui venait de germer dans mon esprit. C'était impossible.

Quoique… Et si c'était uniquement sa présence qui m'empêchait de figer le temps ? À l'évidence, la seule et unique façon d'en savoir plus était de passer plus de temps près de lui.

VII

Je n'étais pas dupe de moi-même. Me rapprocher de Matthias, c'était comme lier l'utile à l'agréable, ou plutôt le nécessaire à l'irrésistible. Pour atteindre mon but, je devais transformer mes adversaires en alliées, à commencer par Anna. Si elle avait pu le photographier autant en si peu de temps, elle avait forcément des choses utiles à m'apprendre sur lui.

– Hé ! Tu dis plus bonjour ? m'exclamai-je en terminant ma course vers elle, souriante et essoufflée.

– Oh, Sam !

Le sourire supérieur sur son visage me rappela sa victoire au concours et m'agaça aussitôt. Je pris tout de même la décision de saisir la perche qu'elle me tendait.

– Bravo, au fait, pour le concours ! T'as dû bosser des semaines pour avoir autant de clichés, c'est ouf !

– Ah ! mais tu sais quoi ? Même pas, en plus !

– Comment ça, même pas ? Arrête, vous vous connaissez depuis un moment, ça brûle les yeux…

– Mais non, pas du tout ! Je ne le connais pas, ce mec ! insista-t-elle, le regard fier.

En m'avouant qu'elle ne le connaissait pas, elle vantait son talent de photographe, et c'était là le plus important à ses yeux.

– La preuve, tu sais bien, je t'en ai parlé l'autre jour ! reprit-elle, c'est Matthias, le mec qui vient d'arriver. Ça fait à peine quatre jours qu'il est là alors tu penses bien, on n'a pas encore eu le temps de faire connaissance !…

Elle marqua une pause, puis, prenant bien garde qu'on ne nous entende pas, elle gloussa.

– Tu veux savoir le plus drôle ? En vrai, je lui ai même jamais parlé !

– Mais attends, comment t'as pu le prendre autant en photo, d'aussi près, s'il ne t'a même pas donné son accord ? chuchotai-je, intriguée.

– Ben en gros, au début, j'ai eu beaucoup de chance. J'avoue, je l'ai croisé quatre fois dans la journée, à des horaires différents, et dans des endroits différents. C'est ce soir-là, tu sais, que je t'ai parlé de lui ! Étant donné que j'avais déjà quelques clichés, j'ai eu l'idée d'en faire mon projet ! Comme il m'en fallait plus, j'ai cherché son nom et son adresse via l'annuaire électronique de la fac, et le lendemain, je l'ai attendu cachée devant chez lui, pour le suivre et continuer de le prendre en photo !

J'étais scotchée. Moi qui pensais être une battante, j'étais face à plus grand que moi, on ne jouait carrément pas dans la même cour ! Sur les quelques pas que nous fîmes ensemble, elle me raconta les détails de sa filature. Évidemment, étant donné les démarches administratives qu'il avait dû faire avant de commencer les cours, on ne pouvait pas vraiment parler d'habitudes… mais c'était toujours ça de pris. Une fois son monologue terminé, la passion s'éteignit dans ses yeux pour laisser place à son habituel mépris.

– Bon, je dois te laisser, je vais voir M. Barat !

– Tu viens pas en physique ? l'interrogeai-je.

– Ben non, on doit voir comment on s'organise pour exposer mes photos dans la fac… On se rejoint plus tard, à plus, termina-t-elle en tournant les talons.

C'était encore mieux que ce que j'espérais. Je n'avais peut-être pas gagné le concours ni suivi Matthias pendant deux jours, mais moi, j'allais avoir tout le loisir de ce premier cours de physique avec lui pour essayer de créer un lien, sans qu'Anna ne se l'accapare comme elle savait si bien le faire avec les hommes. Le cœur battant, j'entrai dans la salle, l'air faussement détaché. J'avais passé un peu plus de temps que de coutume dans ma salle de bains, parce que je voulais être belle. Je voulais qu'*il* me trouve belle. La réalité me rattrapa plus vite que l'éclair : d'abord, Tim, mon binôme de toujours, était déjà assis et attendait tranquillement que je vienne m'installer à ses côtés, comme d'habitude. Ensuite, il était assis à l'opposé de Matthias, qui était lui aussi déjà présent. Je réfléchis à toute vitesse à la recherche d'une solution rapide et efficace.

– Tim, tu veux pas qu'on se pose côté fenêtre, pour une fois ? Y a du soleil, c'est plus agréable… tentai-je innocemment, accoudée au bureau.

Après avoir lancé un vague regard vers l'autre côté de la salle, Tim me répondit, las :

– Écoute, on est là depuis le début de l'année, j'ai sorti mes affaires, on reste là…

– S'il te plaît ? insistai-je dans un sourire charmeur.

Il sourit en retour, mais refusa d'un geste ma proposition. Agacée, je fis volte-face sans lui adresser la parole pendant qu'un millier de papillons s'envolaient dans mon ventre alors que je me dirigeais vers Matthias. Le temps sembla s'étirer alors que je faisais le chemin jusqu'à sa table, et, pour la première fois, je réussis à lui adresser une phrase construite et intelligible :

– Salut, je peux m'asseoir ?

Il leva la tête vers moi et se mit à sourire. Il avait l'air heureux de me voir, et mon cœur s'envola. Trop pressée de pouvoir vivre ces deux heures qui s'annonçaient merveilleuses à ses côtés, je commençais déjà à m'asseoir près de lui. Je voyais déjà nos « délires » ensemble et notre amitié définitivement installée d'ici la fin de l'année…

Malheureusement, cette réalité n'existait que dans mes rêves : dans la réalité, sans que je ne l'aperçoive, le sac de Victoire était déjà posé à côté de la chaise que j'avais commencé à tirer. Le sourire de Matthias, que je pris trop vite pour une invitation, était en fait un refus poli. Avant même que je ne termine de m'asseoir, la voix de Victoire, un peu plus loin dans la rangée, retentit derrière mon dos.

– Pourquoi tu veux systématiquement me piquer ma place, Delorme ? D'habitude t'es à côté de ton copain Tim, non ? T'es gentille, tu y retournes et tu y restes.

Ses copines, hilares, terminèrent d'alerter la classe entière. J'étais définitivement humiliée. Forcée de me lever, en l'ignorant d'abord, je pris quand même le temps de regarder Matthias droit dans les yeux.

– Bon courage, dis-je, sans réussir à dissimuler ma honte.

Face à Victoire et ses copines, je pris la peine de continuer à mi-voix pour que Delatour ne nous entende pas :

– Sois pas jalouse, Victoire, personne ne cherche à te piquer ta place, c'est que dans ta tête, tout ça…

En regagnant ma place près de Tim, mes mains tremblaient. En trente secondes, j'avais réussi à me griller auprès de Tim, Victoire et Matthias. Compatissant, ce dernier me lança quelques regards pendant le cours, qui vinrent tout droit réchauffer mon cœur. Même s'il n'avait fait que me regarder, j'avais cette sensation agréable que Matthias était quelqu'un de gentil. Et le voir accaparé par un serpent comme Victoire avait le don de m'énerver.

Devant la situation, je me promis de ne plus parler de

Matthias qu'avec moi-même : Victoire, loin d'être idiote, n'avait pu que comprendre mon inclination pour lui. Si Anna s'ajoutait à l'équation, j'étais définitivement morte. Malgré ça, je mourais d'envie de me confier un peu, et la naïveté de Tim pouvait peut-être encore m'aider.

– Y a eu des nouveaux récemment dans ton équipe de basket ? chuchotai-je, en priant pour ne pas me faire remarquer.

– Tu t'intéresses à mes activités, toi, maintenant ? répliqua-t-il, narquois.

– Chuuuuut ! Parle moins fort !

– Qu'est-ce que tu veux savoir, Sam ?

– Ben je sais pas, peut-être qu'il y a des nouveaux, de temps en temps… tentai-je, l'air faussement léger.

Son regard s'assombrit.

– Tu veux savoir si ton nouveau copain Matthias est dans l'équipe de basket, lui aussi ?

Les yeux baissés, je ne répondis pas. Il savait qu'il avait raison.

– Comme ça tu pourras te servir de moi pour l'approcher, plutôt que de me lâcher en classe pour te ridiculiser publiquement ? siffla-t-il, sans me lâcher des yeux.

À l'évidence, il m'en voulait. De mon côté, je culpabilisais.

– Tim, écoute…

– T'as changé, Sam, me coupa-t-il, alors que le cours prenait fin.

En bouclant son sac, il ajouta :

– Quand tu te souviendras que je suis ton ami et pas un bouche-trou, tu sauras où me trouver.

Sur ces mots, il quitta la salle. J'étais mouchée. Et malgré la classe encore agitée, je me sentis soudainement très seule. Je sortis rapidement afin d'échapper à Victoire et ses copines, dont je n'aurais pas supporté une attaque supplémentaire. Du coin de l'œil, je vis Matthias sortir de classe. Je n'étais pas prête à l'aborder frontalement, après ce qu'il venait de se passer, mais pour autant, l'idée de commencer enfin à me rapprocher de lui était terriblement séduisante. Feignant la concentration, les yeux rivés sur mon boîtier, je m'arrêtai au milieu du couloir, pile dans l'axe de sa direction. Impatiente, je le voyais s'approcher en vision périphérique. Mon cœur battait la chamade alors qu'un compte à rebours démarrait dans ma tête. Dix, neuf, huit…

– Mademoiselle Delorme ! Vous êtes partie bien vite, je n'ai pas eu le temps de vous retenir !

M. Delatour me fit sursauter. Souriant comme jamais, il brandit un livre qu'il me tendit gentiment.

– Je tenais à vous présenter mes excuses pour l'autre jour, je n'étais pas tout à fait dans mon assiette. Si d'aventure vous vous interrogez encore sur le rôle des émotions dans notre univers, je vous conseille cet ouvrage.

Complètement obnubilée par Matthias qui s'approchait à grands pas, j'entendais ses paroles sans les comprendre.

– Merci, répondis-je machinalement en attrapant le livre.

Sans faire attention à mon interlocuteur, je tentai de paraître le plus naturel possible devant Matthias, qui n'était bientôt plus qu'à un mètre de nous. Pas dupe, Delatour sourit.

– Eh bien, ce sont ces états qui vous poussent à vous interroger de cette façon ?

– Euh… eh bien… je…

Il passa à dix centimètres de moi, et je ne pus rien faire. Impuissante, je le regardai s'éloigner pour quitter la fac, pendant que mon professeur attendait lui aussi que l'élément perturbateur de notre conversation quitte enfin notre champ de vision. En passant devant nous, Matthias m'avait souri une nouvelle fois, et après nous avoir dépassés, il avait claqué des doigts. Je compris qu'il s'agissait d'un clin d'œil à nos précédentes rencontres et ne pus réprimer un large sourire qui n'échappa pas à Delatour.

– Eh bien, mademoiselle Delorme, j'observe que la physique et la biologie ne sont pas les seules passions de votre cœur ! Bonne soirée, railla-t-il en m'abandonnant.

Plus rapide et plus sec que l'éclair, il m'avait fait descendre de mon nuage. Décidément, si même lui m'avait cramée, la Terre entière serait au courant d'ici le lendemain !

* * *

À l'heure à laquelle chacun rentrait chez soi, je me dirigeai vers mon cours de photo où M. Barat m'attendait de pied ferme.

– Samantha, je peux vous parler une seconde ?

Son regard était déterminé, insondable. Je m'approchai de son bureau, peu confiante, quand il se mit à sourire.

– Mademoiselle Delorme, je tenais à vous présenter mes excuses concernant mon attitude, hier. Vous êtes une étudiante appliquée et ne méritiez peut-être pas une telle réaction, en public, de surcroît.

Touchée, je ne pus que sourire. Alors que les mots me manquaient, il saisit le silence pour continuer :

– Le prochain concours photo sera annoncé d'ici peu. Je compte sur vous, vraiment, dit-il, chaleureux.

– Très bien monsieur, je ne vous décevrai pas, promis-je, l'air grave.

– J'y compte bien ! dit-il en riant. Vous pouvez retourner à votre place.

Le comportement de mon professeur ne fit qu'asseoir mon admiration pour lui. Une fois de plus, il prouvait son intelligence. Son cours me fit oublier Tim, Victoire, et tous les autres… Sauf Anna, puisqu'elle était là. À la sortie, je me sentais bien, et j'avais envie de partager ce sentiment trop rare avec les miens. Depuis mon anniversaire, je n'avais pu profiter de mes parents, encore moins de mon frère, et ce soir était l'occasion de rattraper ce manque. Malgré ça, une fois de plus, mes plans ne purent s'appliquer comme je l'entendais. En arrivant dans le salon, je vis une jolie table dressée à laquelle mes parents m'attendaient en discutant avec un couple d'adultes que je ne connaissais pas. Et près d'eux, en bout de table… était assis Matthias.

VIII

Parce qu'elle avait encore beaucoup à régler avec M. Barat sur l'exposition de ses photos, Anna sortit du cours bien après Sam. Prête à rentrer chez elle, elle fit une halte pour parler à ce garçon plutôt mignon qu'elle avait déjà souvent vu avec Sam.

– Hey, t'es venu chercher Sam ? demanda-t-elle, enjôleuse.

Tim, peu habitué à ce que les jolies filles populaires lui adressent la parole, balbutia :

– Euh ouais, elle est déjà sortie ?

– Ah ! oui, depuis un moment, même… À mon avis, elle est déjà loin. Vous aviez un truc de prévu ?

– Pas spécialement, je voulais juste la raccompagner, répondit-il, déçu.

– Tu sais, tu n'es peut-être pas venu pour rien, il est tard, tu peux me raccompagner à sa place, si tu veux ! proposa-t-elle, dans un sourire séducteur.

Tim, sans comprendre, remercia le ciel d'avoir enfin, peut-être, une ouverture avec une fille. Il accepta timidement. N'avoir jamais eu de copine était un handicap qu'il n'assumait pas du tout, à part devant Sam, bien sûr, et qui le rendait maladroit auprès des filles.

En route, Anna fit son possible pour mettre à l'aise celui qui savait certainement tout de Sam. Si elle n'aimait pas trop les roux d'une manière générale, en le regardant, elle admit pour elle-même que Tim avait quand même quelque chose d'un peu sexy.

– Ah, mais tu fais du basket ? s'écria-t-elle. Énorme !

– En même temps, je suis grand… faut bien user de ses avantages physiques !

– C'est vrai que t'es grand. J'adore les mecs grands ! dit-elle en s'accrochant à son bras.

Tim, boosté dans son ego, passait un moment très agréable. Cette fille lui était douce, elle était belle, sympathique, et en plus elle lui témoignait de l'intérêt. La seule qu'il fréquentait depuis des années, c'était Sam. Pour la première fois depuis un long moment, il se sentait différent, presque séduisant.

* * *

Énorme blanc. Devant l'assemblée qui manifestement n'attendait plus que moi, je restai plantée, incapable de réagir.

– J'arrive, dis-je d'une voix blanche, avant de m'enfuir dans l'escalier jusqu'à ma salle de bains.

Une fois enfermée, face au miroir, je tentai de remettre mes idées en place. Est-ce que j'avais rêvé ? Qu'est-ce qu'il foutait dans mon salon ? L'eau sur mon visage ne changea rien à mon état, j'étais affolée.

– Chérie, tu viens ? Tout le monde t'attend, qu'est-ce que tu fais ? demanda ma mère à travers la porte.

J'ouvris rapidement pour l'entraîner dans la salle de bains.

– Maman, qu'est-ce qu'il fout là ?

– Je te demande pardon, Samantha ?

La sévérité de ma mère me calma aussitôt. En baissant d'un ton, je continuai :

– Maman, il est en cours avec moi ! T'aurais pu me prévenir, je sais pas, moi !

– Je suis désolée ma chérie, ça a dû m'échapper… faut dire qu'on ne te voit pas beaucoup ces temps-ci non plus !

Elle disait vrai, et la culpabilité s'empara de moi. Devant mon air dépité, elle m'enlaça rapidement avant de rouvrir la porte.

– Allez, viens vite, on t'attend, souffla-t-elle, apaisante.

– J'arrive, maman.

Seule face à moi-même, je pris une grande inspiration et suivis ma mère jusque dans le salon. Vu ce que j'éprouvais pour Matthias, la situation n'aurait pourtant pas pu être plus belle, mais bizarrement, je m'étais rarement sentie aussi mal à l'aise, spécialement en repensant à cette journée. Après avoir salué ses parents, je m'assis aussi calmement que possible à ses côtés. Alors que je tentais de paraître naturelle, il s'approcha discrètement de mon oreille et souffla :

– Bon courage !

Son sourire me fit fondre et j'étais d'un coup prête à saisir l'opportunité qui s'offrait à moi.

– Et alors, vous vous connaissez comment ? demandai-je poliment, en sirotant mon verre.

Toute la tablée s'arrêta suite à ma question, l'air surpris. J'eus presque peur d'avoir figé le temps sans faire exprès. Heureusement, Charles continuait de remplir l'espace sonore, sinon j'aurais commencé à baliser.

– Tu ne te souviens pas, chérie ? demanda ma mère.

Matthias semblait déçu. Sans que je ne comprenne comment ni pourquoi, j'avais l'impression d'avoir jeté un froid.

– Nous étions vos voisins il y a de ça quelques années, c'est normal que tu ne t'en souviennes pas, tu étais petite… répondit Silvia, la mère de Matthias.

– Moi, je m'en souviens pourtant, coupa Matthias, grave.

Le grondant du regard, elle continua gentiment :

– Et nous venons de nous réinstaller il y a une petite semaine !

Matthias baissa les yeux alors que sa mère continuait de me couver du regard, souriante.

– Ah ! OK, excusez-moi… Et alors, si Matthias vient de s'inscrire à la fac, dis-je, ça veut dire que vous vous réinstallez pour un moment ?

– Tout à fait ! répondit-elle joyeusement, nous réintégrons la demeure familiale ! Nous voici donc de nouveau voisins ! C'est merveilleux, je suis si heureuse de retrouver ta mère !

Ma mère et Silvia se prirent les mains dans des éclats de voix chaleureux. Je tentai un regard vers Matthias, qui continuait de fixer son assiette. Alors que le repas continuait, je n'arrivais pas à créer de lien quelconque avec lui. J'étais désemparée alors qu'il m'avait été livré sur un plateau d'argent…

Soudain, j'eus ce qui m'apparut comme la meilleure idée depuis longtemps. Puisque j'étais tranquillement chez moi, puisque Matthias était là, et puisque j'avais envie de savoir ce qu'il pensait, pourquoi ne pas figer le temps ? Le cœur battant, je pesais le pour et le contre quand ma mère prit la parole. Tous les regards sur elle, c'était le moment où jamais pour faire une tentative. Sans vraiment y réfléchir – comme à chaque fois d'ailleurs – je saisis l'instant pour figer le temps. L'atmosphère plongea aussitôt dans ce silence pesant qui me devenait presque familier. Tous étaient de marbre, immobiles, ça avait fonctionné. Je pris à peine une seconde pour les observer un à un, quand mon regard croisa celui de Matthias. Il était figé lui aussi, mais d'une autre façon. Il me fixait droit dans les yeux, glacé, horrifié.

Il n'était pas figé.

Dans mon ventre se déclara aussitôt l'incendie de l'horreur, celui qui rend à l'adrénaline le contrôle de la situation, me permettant de réagir avant que mon cerveau ne puisse en avoir conscience. Si bien que dans l'instant j'avais déjà défigé le temps, les yeux toujours plantés dans ceux de Matthias. Alors que ma mère continuait son récit comme si de rien n'était, seules son expression et la mienne dénotaient de celles des convives. Si le temps avait repris, il restait suspendu entre Matthias et moi.

IX

– Hé ! regardez Sam et Matthias ils arrêtent pas de se regarder ! Ils sont amoureux, whouhouuuu ! hurla mon petit frère, hilare.

– Excusez-moi, l'interrompit Matthias en quittant la table.

Nos parents, interloqués, le regardèrent quitter la pièce pendant que je cherchais une dernière fois son regard, en vain.

* * *

La fin du repas me parut interminable. Sans comprendre ce qu'il venait de se passer, j'étais forcée de rester à table pour feindre la joie et la bonne humeur, quand j'avais pour le coup bien d'autres choses à penser. Je n'arrivais pas à définir vraiment s'il avait été figé ou non, et c'était bien là mon problème. S'il ne s'était pas figé, ça signifiait que je n'étais plus seule, et que j'avais encore beaucoup de choses à découvrir.

* * *

Ma nuit fut agitée, et le réveil, très difficile.

– Whouuuuu, t'as une sale gueule, hein ! s'écria Anna, goguenarde.

Décidément, c'était bien ma veine. En l'ignorant, je restai postée devant l'entrée de la salle, le regard vague, perdu au loin. J'avais une seule prérogative pour toute la journée, éviter Matthias à tout prix. Je n'avais toujours aucune idée de ce qu'il avait pu voir, vivre ou comprendre, et j'étais terrifiée à l'idée qu'il puisse venir me questionner sur le sujet. Mon cœur s'envola quand je vis la jolie blonde s'exciter, le regard planté derrière moi. Je n'eus même pas le temps de me retourner pour vérifier mon intuition.

– Hey salut Sam, ça va ? m'interpella gentiment Matthias en m'embrassant sur les deux joues.

Incapable de répondre, le cœur à mille à l'heure, je me laissai faire. Il avait troqué son regard terrifié contre une mine superbe et reposée. À l'évidence, il n'avait pas passé la même nuit que moi. Parce que je restais sans voix, Matthias attendit ma réponse en me fixant d'un regard intense et chaleureux. C'en fut trop pour Anna qui assistait, impuissante, à ce spectacle insupportable à ses yeux.

– Salut, Matthias ! cria-t-elle de sa voix stridente, en l'embrassant elle aussi. Moi, en tout cas, je vais bien !

– Anna, c'est ça ? demanda-t-il, poliment.

Les yeux de ma camarade s'illuminèrent alors qu'elle acquiesçait, sans voix.

– On m'a parlé de toi, continua-t-il.

Niaise et incapable d'aligner deux mots, elle se contenta de rire bêtement avant de partir se réfugier dans la classe. Pour une fois, son absence ne m'arrangea pas, j'avais peur de me retrouver seule avec Matthias. Ou plutôt, peur de ses interrogations.

– Alors, vous avez bien terminé hier ? demanda-t-il doucement.

Surprise de la tournure de sa question, je saisis la perche pour « retourner » la situation :

– Ben oui c'était sympa, mais pourquoi est-ce que tu es parti d'un coup comme ça ? demandai-je innocemment.

J'y étais peut-être allé un peu fort, mais « plus c'est gros, plus ça passe ».

– Ça m'arrive, parfois… t'inquiète pas, répondit-il, l'air absent.

En l'interrogeant du regard, j'attendais la suite de ses explications quand Tim se planta entre nous deux.

– Bon, tu viens, Sam ? On va encore être en retard, t'es chiante, hein !

– Excuse-moi, c'est ma faute, l'interrompit Matthias. On se voit plus tard, Sam, me lança-t-il dans un regard entendu, avant de saluer Tim d'un signe de tête.

En entrant dans la salle précédée de mon ami, je me sentais comme une petite fille qui aurait fait une bêtise. Tim était furieux de m'avoir trouvée devant la salle, en « retard » et avec Matthias, de surcroît. Anna ne semblait pas ravie de la situation, elle non plus. Dans cette ambiance pour le moins pesante, un éclair de sérénité vivait en moi, malgré tout : je voyais en Matthias comme un allié en qui je pouvais avoir confiance, sans pouvoir vraiment m'expliquer comment, ni pourquoi.

* * *

À la fin du cours, pendant lequel Tim n'avait fait que tirer la gueule – comme souvent ces derniers temps –, je fis un pas vers lui. Il était mon ami, et s'il n'arrêtait pas de me bouder, c'était sans doute que j'avais ma part de responsabilité. Alors que nous étions à table, dehors, je tentai une approche sur le sujet :

– Tu sais, Tim, que t'es mon meilleur ami.

Devant son silence borné, je continuai, presque amusée :

– T'es mon meilleur ami, mais ça veut pas dire que j'ai pas le droit de discuter avec d'autres personnes de temps en temps…

Ses petits yeux bruns me fixèrent soudain avec beaucoup de rancœur.

– Parce que t'as l'impression que je t'empêche de discuter avec Anna, par exemple ? siffla-t-il.

– Tim…

Devant sa mauvaise foi, je compris qu'il était inutile d'insister.

– Bon, je dois filer, j'vais être en retard, mentis-je en me levant, mon sandwich entamé dans les mains.

– Tu vas où ? Attends, je t'accompagne !

– Je vais devoir courir un peu, là, t'es chaud pour courir, toi ?

– Non, ben OK, c'est bon, laisse-moi tout seul… céda-t-il, arborant sa tête de chien battu.

Bienveillante, je lui souris en m'éloignant. Je culpabilisais déjà d'avoir menti à Tim et de l'avoir laissé tout seul de surcroît, mais le manque de sommeil avait raison de moi et de mon humeur. J'en devenais désagréable… Je marchais d'un pas décidé vers le calme et le repos, quand la voix de Matthias me rattrapa :

– Sam ! Parfait, c'est toi que je cherchais. T'étais assise là-bas ?

– Euh… Oui, avec Tim, balbutiai-je.

– Ça te dit, on va se poser ? proposa-t-il gentiment.

Je ne sus ni ne pus refuser son invitation. Sous le regard accusateur de Tim, penaude, je revins donc m'asseoir près de lui, accompagnée cette fois-ci de Matthias, son présumé nouvel ennemi.

– Bah dis donc, t'as fait vite, répliqua-t-il, blasé, en quittant la table.

Le silence de son départ me pesa aussitôt. Matthias me regarda sans comprendre, alors que je reprenais place sur le banc.

– Hé…

Matthias me fixait depuis quelques secondes, cherchant mon regard. Son expression bienveillante m'arracha un sourire qu'il me rendit aussitôt. Sa main sur mes épaules, il sembla comprendre ma détresse et, en me secouant doucement, il murmura, protecteur :

– Ça va aller…

* * *

Dissimulé derrière la foule des étudiants, Tim regardait son amie Samantha discutant avec son nouvel ennemi Matthias. Le cœur battant et les dents serrées, il comprit malgré lui que cette situation l'atteignait plus que ce qu'il avait bien voulu croire. Sa sortie théâtrale n'avait manifestement eu aucun effet sur Sam, et c'était bien là son problème. Elle souriait béatement, et loin de lui elle paraissait heureuse, épanouie. S'il était déçu, une forme de haine mêlée de colère l'envahit lorsqu'il le vit mettre son bras autour de ses épaules. Depuis presque une dizaine d'années qu'il connaissait Sam, rien ni personne ne s'était jamais mis entre eux ; qu'avait-il de plus ? Comment s'étaient-ils rapprochés autant en si peu de temps ? Ce Matthias n'apportait rien de bon, et il allait falloir s'en débarrasser.

Ou à défaut, l'éloigner.

Rapidement.

X

Depuis que je maîtrisais la fonction *stop-start* du temps, je m'amusais régulièrement à le figer, lorsque aucun témoin ne se présentait autour de moi. Les couloirs de la fac étaient devenus mon terrain de jeu favori parce qu'ils étaient grands, souvent vides, mais aussi parce que l'idée de voir une personne y apparaître sans que je m'y attende m'excitait un peu. Qu'il y ait une personne au loin ou le désert total, je m'entraînais tranquillement en claquant des doigts, parfois même sans pouvoir vérifier si mes actions avaient réellement un effet sur le temps.

– Ça t'arrive souvent de claquer des doigts toute seule, comme ça ?

Dans mon dos, la voix suave de Matthias venait de m'apostropher. Sans me retourner, je savourais et redoutais à la fois ces centaines de papillons qui envahissaient mon corps à chacune de ses apparitions. Décidément, il était toujours là où je ne l'attendais pas.

– T'es pas encore rentré ? dis-je le plus naturellement possible en me retournant vers lui.

– Non, Delatour m'a filé tous les devoirs maison depuis

la rentrée, je suis censé tous les boucler pour la semaine prochaine. Je dois aller faire un point sur mon avancement avec lui, là. D'ailleurs je suis à la bourre, un certain Jordan s'est amusé à m'enfermer dans la bibliothèque, j'ai dû sortir par la fenêtre.

– Ouch, tu t'es pas fait que des copains, toi, constatai-je, ennuyée.

– Tu le connais ? demanda-t-il, intéressé.

– Oui, c'est le connard qui a bousillé mes photos. S'il t'a dans le nez, paix à ton âme, il est aussi con que nuisible… et il lâche jamais rien.

– Tu vas voir s'il lâche rien ! lança-t-il, déterminé. Je dois y aller, sinon je vais être en retard. À demain sûrement ! termina-t-il dans un sourire.

Jamais je ne l'avais trouvé plus sexy qu'en prononçant cette phrase. Seule, plantée dans le couloir, je trouvais l'idée que Jordan s'en prenne à moi puis à Matthias dans un temps aussi restreint surprenante. Est-ce qu'on avait un ennemi commun ? Des pas résonnèrent derrière moi, me sortant de mes pensées.

– Eh ben dis donc, tu caches bien ton jeu, toi, petite coquine ! s'écria Anna, sortie de nulle part.

…

Encore empreint de son agréable et fortuite rencontre avec Samantha, Matthias arriva souriant dans la classe dans laquelle M. Delatour l'attendait.

– Vous êtes en retard, Lombarda ! lança-t-il, glacial.

– Pardonnez-moi monsieur, j'ai encore un peu de mal à me situer dans l'établissement.

– Vous avez manifestement moins de soucis à situer la bibliothèque ? Asseyez-vous.

Le ton était donné. Cet entretien promettait d'être long et

éprouvant. Malgré ça, Matthias ne pouvait contenir cet élan de chaleur qui continuait de vivre en lui quand il pensait à Sam. Même s'il n'avait pas souvent pensé à elle pendant ces dix dernières années, elle était apparue de temps à autres dans quelques-uns de ses souvenirs assez flous. La revoir des années plus tard, aussi jolie et aussi femme, c'était pour lui comme une blague du destin, de celles qu'on voit dans les films lorsque les jeunes princes, qui à huit ans préfèrent jouer avec des épées de bois, se retrouvent après leurs études face à de belles princesses avec qui ils n'ont finalement plus trop envie de jouer à la bagarre. Ou du moins, pas comme ça.

– Comment se passe votre intégration, monsieur Lombarda ?

– Vous me demandez de vous raconter ma vie, monsieur ? demanda-t-il, surpris, en sortant de ses pensées.

– C'est ça, répondit Delatour, sans quitter son élève des yeux.

S'il eut du mal à saisir l'intérêt de sa demande, Matthias s'exécuta. Après tout, l'idée était plutôt sympathique.

* * *

Les grands yeux bleus d'Anna, remplis de jalousie, me fixaient sans ciller. J'étais prise au piège de sa curiosité, je ne pouvais pas lui échapper. Espiègle, je fis mine de voir quelque chose derrière elle. Alors qu'elle se retournait pour vérifier ce qu'il se tramait, je saisis aussitôt l'instant durant lequel elle ne me regardait pas pour figer le temps. Enfin, le silence.

Le calme.

Toutes ces sensations, qui me devenaient familières, commençaient à me plaire… toujours plus que la présence impromptue d'Anna, en tout cas. En tournant autour de la jolie blonde, je l'observai, me questionnant sur les raisons du quasi-harcèlement qu'elle me faisait subir depuis peu.

Si Matthias en était évidemment la cause principale, existait-il une autre raison ? Sans réfléchir, je posai ma main sur elle et mes doigts claquèrent. Je ne maîtrisais plus mes actions, j'étais comme en transe, obnubilée par l'envie de savoir jusqu'où mon pouvoir était capable de m'aider. Aussitôt, Anna se réanima, l'air à moitié endormie.

– Qu'est-ce que tu me veux ? Pourquoi tu me suis sans arrêt ? demandai-je sans détours.

– Je veux seulement savoir si tu aimes Matthias, et si tu as une chance de sortir avec lui ou non, répondit-elle d'une voix robotique et monotone.

– C'est tout ce que tu veux savoir ? continuai-je.

– J'aimerais aussi savoir comment trouver le même objectif que le tien pour mon appareil, je me suis fait voler le mien il y a peu.

– Est-ce que tu me détestes, Anna ?

– Non, je t'apprécie beaucoup. À part quand je te trouve avec Matthias.

S'ensuivit un silence qui me parut durer des heures, pendant lequel elle continua de me fixer, l'air *stone*. J'étais face à un robot, le double sincère de cette fille qui, j'en étais sûre désormais, ne me voulait aucun mal… et je venais de violer son intimité. En ne pensant qu'à mon propre confort, j'avais franchi sans peine le seuil du respect de sa personne et de sa vie privée. Je me sentis vaseuse, salie. En la refigeant, je ne pus réprimer une forme de dégoût pour moi-même. Sans que l'amertume ne me quitte, je fus contrainte de défiger le temps et de subir un face-à-face avec celle dont je n'avais pas honoré l'intimité.

– Qu'est-ce qu'il t'arrive ? demanda-t-elle, inconsciente de ce qu'il venait de se passer.

– De quoi tu parles ?

– Ben j'sais pas, tu regardes derrière moi comme s'il y avait un alien.

– Laisse tomber, Anna, je suis crevée, je vais rentrer chez moi. Tu voulais me dire quelque chose ? demandai-je presque maternelle, tentant de me racheter une conscience.

– Ben non, rien, juste dire bonjour, quoi. Enfin bonne soirée, plutôt, dit-elle, sympathique.

En la quittant, je gardai ce goût amer dans la bouche, cet écœurement envers moi-même et mon attitude égoïste. Je n'avais aucune idée de l'étendue réelle de ce pouvoir, mais s'il me paraissait très grand, ça impliquait sûrement de grandes responsabilités, qu'à l'évidence j'étais loin d'endosser.

* * *

À mon retour, ma mère me tomba dessus :

– Ça va, ma chérie ? T'as pas l'air bien…

– Oui ça va, t'inquiète ! répondis-je, enjouée.

Ce mensonge embua mes yeux de remords. Aussitôt, je lui tournai le dos pour ne pas qu'elle le remarque. Pas dupe, elle me prit dans ses bras.

– Est-ce que je suis quelqu'un de bien, maman ? demandai-je entre deux sanglots, inquiète et en pleine remise en question.

– Je n'ai aucune idée de ce qu'il t'arrive, mon cœur, mais si ça te met dans des états pareils, c'est sûrement que tu te poses de bonnes questions, répondit-elle avec sagesse.

Je restai un moment dans ses bras. À cet instant, je pris la décision de ne plus arrêter le temps comme une enfant, et de ne plus jamais me servir de ce pouvoir pour récupérer des informations qui ne découlaient pas d'une urgence absolue.

Mais à partir de quel moment peut-on dire d'une urgence qu'elle est absolue ?…

XI

7 h 45

En me réveillant ce matin-là, j'eus la sensation d'être plus reposée que ce à quoi je m'étais attendue. J'avais l'esprit léger et les idées claires, le réveil n'avait pas encore sonné, et pour cause, j'avais complètement oublié de l'activer. Quelle conne ! Et mon cours qui commençait dans moins d'un quart d'heure ! En me speedant un peu, j'avais peut-être une chance d'arriver à l'heure. Survoltée, je volai hors du lit en m'habillant en vitesse, sans prendre le temps de prendre une douche. Un coup de déo, un peu de parfum, et tant pis pour le maquillage.

7 h 53

Pressée et stressée, je dévalai l'escalier avant de me stopper net : ne m'étais-je pas promis d'arrêter le temps qu'en cas d'extrême urgence ? Une longue et précieuse minute passa, pendant laquelle je pesai le pour et le contre tout en continuant de m'activer.

– Et puis merde, dis-je tout haut avant de faire claquer mes doigts.

Après tout, qui ça pouvait déranger ?

7 h 54

Une fois le temps figé, j'eus finalement tout le loisir de me doucher, de petit-déjeuner et de prendre tout le temps dont j'avais besoin. Sans abuser, je profitai donc du luxe de ces quelques instants de répit avant la tempête de la journée. Une fois prête, je me dirigeai tranquillement vers la fac, sans me précipiter. À quoi bon courir et arriver en nage, puisque j'avais le « temps » ?

7 h 54

En arrivant devant la fac, j'étais malgré tout fière de n'avoir pas pris trop de temps pour me préparer. Tous ces élèves figés, sur le point d'aller en cours, c'était devenu pour moi comme un havre de paix qui m'inspirait bien plus de confiance que de peur, désormais. Prête à défiger le temps, il me fallait d'abord trouver un endroit à l'abri des regards, pour que personne ne me voie apparaître comme par magie. En direction des toilettes qui me paraissaient être le meilleur compromis, au milieu de ce silence et de cette immobilité parfaits, je vis soudain quelque chose bouger. Certaine de ne pas m'être trompée, je crus mourir de peur et de stupéfaction. Je n'étais donc pas seule, dans cette immensité de cire ? Sans faire un bruit, je tentai de garder mon calme en me rendant immobile, moi aussi. Qui que ce soit, il fallait que je découvre l'identité de cette personne avant qu'elle ne me découvre. Et si elle pouvait répondre à toutes mes questions ? Enfin, l'ombre mouvante et incertaine réapparut, se dirigeant droit sur moi. L'ombre se révéla être un jeune homme d'à peu près mon âge, grand, beau, et son visage m'était bien trop familier. Devant moi, les yeux plantés dans les miens, moins immobile et plus vivant que jamais dans ce monde figé, se tenait Matthias.

XII

7 h 54

En me réveillant ce matin-là, malgré un puissant mal de crâne, j'eus la sensation d'être plus reposée que ce à quoi je m'étais attendue. J'avais l'esprit lourd et les idées peu claires, mais le réveil n'avait pas encore sonné… et pour cause : j'avais complètement oublié de l'activer. Quelle conne ! En tentant de sortir ma tête du brouillard, le souvenir d'avoir déjà vécu ce matin-là me revint en tête comme une énorme claque dans la figure.

Matthias !

Que s'était-il passé ? J'étais tout habillée dans mon lit, manifestement prête à aller en cours. Mes derniers souvenirs m'arrachèrent quelques douleurs crâniennes supplémentaires, quand enfin mon esprit s'éclaircit, laissant place à quelques éléments encore trop flous. Par flashes, je revoyais Matthias animé dans cet espace figé et silencieux. Ses yeux, plantés dans les miens. Moi, tentant de le figer comme j'aurais refigé ma mère ou Anna alors que le temps l'était déjà… et c'était tout. Au-delà de cette tentative, c'était un black-out total, le néant intersidéral. Paniquée, je sortis du lit plus vite que les idées qui s'entrechoquaient dans ma tête. Matthias ne se figeait donc définitivement pas. Comment m'étais-je retrouvée dans mon lit, alors que j'étais à la fac juste avant ? Qui m'avait emmenée jusqu'ici ? Combien de temps s'était écoulé depuis que j'avais figé le temps ? J'étais démunie, et surtout j'avais peur. Peur de ce que je devais faire, peur de Matthias, de ce qu'il devait penser, de ce qu'il pouvait être en train de faire…

Après quelques instants de remise en question inutile, je repris, déterminée, le chemin vers la fac. Mes espoirs naïfs d'y recroiser Matthias se révélèrent évidemment vains. Une fois cachée dans les toilettes, je fis claquer mes doigts, et le temps reprit son cours, enfin. Je fis tous les efforts du monde pour arborer une expression légère et naturelle, qui n'eut aucun effet sur Tim.

– Eh ben dis donc, ça n'a pas l'air d'aller en s'améliorant, toi ! lança-t-il, narquois.

Son ton me surprit. Il m'avait quittée vexé comme un pou la veille, et ce matin, il avait l'air plutôt cool, même s'il continuait de me charrier. Envers et contre tout, même cette attitude m'apaisait : j'avais plus que jamais besoin d'une épaule rassurante, et une fois de plus, il était là.

Silencieuse, je préparais mes affaires pour le cours qui tardait à commencer, et pour cause, Delatour n'était pas encore là. Matthias non plus, d'ailleurs, et mes yeux n'en finissaient plus de guetter la porte en espérant son arrivée. Plus les minutes passaient, plus je désespérais de le voir arriver.

…

– Matthias ? Tu viens pas en cours ? cria Victoire de l'autre côté de la rue.

Matthias, l'air abattu et épuisé, se retourna mollement sur

la jeune femme qui venait de traverser. Alors qu'elle essayait de l'embrasser sur les deux joues, il se recula dans un geste brutal.

– Hey, ça va ? s'inquiéta-t-elle.

Devant le silence mystérieux du beau brun, Victoire sentit monter une forme de challenge en elle : il lui fallait percer les secrets de ce jeune homme mystérieux. Dans une nouvelle tentative, elle approcha sa main de son front, quand il l'interrompit vivement.

– Ça va ! Ça va. Juste, ne me touche pas.

– OK, patron, je touche pas ! répondit-elle, singeant le garde-à-vous. Par contre, la fac, c'est par là, dit-elle en montrant la direction opposée, et pour être une habituée du cas, je peux te dire qu'on est déjà en retard. Tu viens ?

Matthias, perdu, suivit machinalement la belle brune alors que l'anxiété continuait de le ronger : à part Victoire, il n'avait pour l'instant aucune preuve selon laquelle le monde n'était plus figé. La dernière personne qu'il avait vue « vivante », c'était Sam, et en le touchant, elle s'était évanouie, devenue inerte, elle aussi. Terrifié à l'idée d'avoir évincé la seule alliée qu'il avait dans ce monde de silence et de peur, il l'avait portée jusque chez elle et l'avait déposée pieusement dans son lit.

Rongé par la culpabilité, il avançait désormais dans la crainte de faire s'évanouir une nouvelle fois le seul espoir de compagnie qui s'offrait à lui. Et Sam, que faisait-elle ? Est-ce qu'elle était définitivement figée elle aussi, ou est-ce qu'elle était seulement endormie ? S'était-elle réveillée depuis ? Qu'est-ce qui ne tournait pas rond avec lui, ces derniers temps ? Plus ces arrêts du temps se multipliaient, plus il avait le sentiment de devenir le monstre responsable de ces évènements inexplicables qui n'avaient pas d'emprise sur lui.

* * *

Le temps continuait de filer, sans que ni Delatour ni Matthias n'apparaissent. Alors que la classe s'agitait, je scrutais encore et toujours la porte, bientôt vidée de tout espoir. La porte s'ouvrit soudain à la volée, me faisant sursauter, sur une Victoire à l'aise et souriante. Mon cœur s'envola quand, sur ses talons, Matthias fit son entrée. Que faisaient-ils ensemble ? Une vague de jalousie glaciale m'envahit. Delatour fit lui aussi son entrée, haletant, interrompant mes envies de meurtre.

– Ouvrez vos livres page 75. En silence.

Victoire, rayonnante, avait pris place à côté de Matthias sous le regard protecteur de son oncle, ce traître qui semblait accepter avec un amour injuste les retards permanents de sa nièce. Malgré ma jalousie, un sentiment de paix m'envahit, il était là. Même à l'autre bout de la salle, à côté de cette pétasse, l'air complètement sonné, il était là.

S'il était bien là physiquement, son regard triste et son attitude solitaire marquaient une autre forme d'absence. Tout en imaginant la détresse dans laquelle il pouvait se trouver, je cherchai son regard pendant le cours entier, en vain. Seuls le vide, la fenêtre et son bureau semblaient attirer son attention. En l'observant, je me sentais coupable, et responsable.

* * *

Échoué sur son bureau, Matthias était complètement sonné. Sans qu'il ne comprenne comment ni pourquoi, le temps s'était défigé, enfin. Heureusement, elle était là, elle aussi, Sam avait repris vie en même temps que ce monde qui ne semblait pas se douter de ce qu'il venait de subir. S'il avait pensé délirer lors du repas familial, lorsqu'il avait cru pour la première fois la voir seule animée elle aussi, au milieu de cette vie qui s'arrêtait sans lui, Matthias était désormais certain de ses constatations. Il y avait définitivement un vrai problème entre le monde, le temps et lui… et elle aussi ?

Mélancolique, il se souvint du sentiment de joie qu'il avait éprouvé à l'idée de revenir ici, avant de venir retrouver celle qui secrètement l'avait fait rêver jusqu'à ses treize ans. En parallèle, le regard de Sam lui restait en mémoire comme une trace indélébile, le prix à payer de son anormalité. Le mélange de peur, de confiance et d'espoir qu'il avait vu dans ses yeux lorsqu'elle avait tendu la main vers lui pour essayer de le toucher, juste avant qu'elle ne s'évanouisse, lui était insupportable. C'était le même regard, la même intensité que celui qu'elle lui avait lancé quand ils étaient à table chez elle, la première fois que ça s'était passé. La peur, l'insécurité. Ses grands yeux verts paniqués, sa belle chevelure qui tremblait au rythme de son corps… C'était elle, qu'il était venu retrouver ici en suivant ses parents une dernière fois. Malgré cela, chaque pensée vers les évènements dont il se sentait responsable l'éloignait d'elle. Il ne voulait ni ne pouvait plus être le responsable de ses peurs à répétition.

Sur le trajet de la fac jusque chez elle, en la regardant inerte dans ses bras, Matthias s'était promis de ne plus l'approcher, de la laisser en paix. À partir de cet instant, il avait décidé de la fuir, de la laisser l'oublier. Si elle ne se souvenait même pas de leur amitié d'enfants, quelques jours de légère camaraderie ne l'auraient pas déjà rendu irremplaçable à ses yeux ; elle s'y ferait rapidement, le laissant souffrir seul, loin de celle qu'il avait eu tellement hâte de retrouver.

La sonnerie marqua la fin du cours, et le début de l'application de cette sage décision.

– Adieu, Sam, chuchota-t-il pour lui-même, avant de quitter la salle rapidement.

XIII

Matthias était parti plus vite que son ombre. Pendant que je tentais de cacher ma déception sous le regard malveillant de Victoire qui se délectait de mon état, Tim me pressait pour qu'on s'en aille.

– Allez !… T'as pris un abonnement pour arriver en retard à chaque cours, ou quoi ? grogna-t-il, impatient.

– Oui, ça va, j'arrive… répondis-je, blasée.

La journée me parut en durer au moins trois ou quatre. Plus je cherchais Matthias, moins je le trouvais, et pourtant, j'étais plus que jamais soucieuse de pouvoir lui parler. Si je n'avais pas encore pris l'habitude que mes parents puissent être amis avec les voisins – accessoirement les parents de Matthias – la présence de Silvia et de son mari François à la maison me surprit autant qu'elle me ravit.

– Bonjour, Sam ! m'interpella Silvia, son verre à la main.

– Bonjour, répondis-je souriante. Il est pas là, Matthias ? continuai-je, après un regard circulaire sur le salon.

Le silence gêné qui suivit ma question fit office de réponse. Pendant que Charles se goinfrait des biscuits apéro joliment disposés sur la table, Silvia brisa le silence :

– Justement, on pensait qu'il arriverait avec toi. Vous n'étiez pas en cours ensemble ? demanda-t-elle, soucieuse.

– Ben… si, ce matin, mais il est parti plus vite que son ombre…

– Oh, tu sais, avec Matthias il ne faut pas se formaliser, coupa François, amusé.

Si sa remarque me rassura, je savais que la situation était plus compliquée que celle qu'imaginaient nos parents.

– Oui, enfin je le trouve un peu bizarre, ces derniers temps, quand même… non ? remarqua Silvia, à l'intention de son mari. On ne le reconnaît pas trop !

Peu surprise par les constatations de sa mère, je me joignis poliment à table, priant pour que Matthias fasse une apparition.

* * *

Son air perdu n'avait pas échappé à Victoire. Si sa proie était en détresse, il allait falloir faire avec. Ou mieux, en jouer.

– Allô, Matthias ?

– Ouais, qu'est-ce qu'il y a ? répondit-il d'une voix monotone en décrochant son portable.

Sans se démonter, Victoire la battante enchaîna :

– Comment dire… je veux pas me mêler de ce qui ne me regarde pas, mais t'avais pas l'air au top tout à l'heure, et je…

– T'inquiète pas Victoire, tout va bien, coupa-t-il d'une voix assurée.

– Bien sûr, répondit-elle du tac au tac, pas dupe.

– …

– En tout cas, je voulais seulement te dire que… enfin je fais pas ça souvent, tu vois, mais si tu as besoin de parler, je suis là, déclara-t-elle d'une voix douce et envoûtante.

– Merci ma belle.

– Tu veux que je passe te voir ?

– C'est gentil, mais j'ai besoin de me reposer un peu… on se voit demain à la fac. Je t'embrasse, termina-t-il en raccrochant.

Si la conversation n'avait pas exactement donné ce qu'elle voulait, il ne s'agissait pas non plus tout à fait d'un échec : il l'avait appelée « ma belle », et la jolie brune s'en contenterait bien pour cette fois.

* * *

Matthias, de son côté, n'avait pas les idées si claires. S'il avait décidé de s'éloigner de Sam, il comptait faire les choses proprement, et surtout sans lui faire de mal. Elle était de loin la personne la plus importante à ses yeux et il se refusait à la faire souffrir. Pour autant, il allait devoir se montrer ferme et s'opposer clairement à d'éventuelles approches de sa part. Et vu la façon dont elle le regardait encore en cours le matin même, il allait falloir frapper fort pour la dégoûter définitivement. Pour ce faire, Victoire s'offrait sur un plateau d'argent. Si elle pouvait l'aider à éloigner Sam de lui, et donc à la protéger de cette « malédiction du temps », alors il irait en ce sens… et tant pis pour la flamme qui brûlait son cœur lorsqu'il la voyait, et tant pis pour tous ceux qu'il verrait s'approcher d'elle.

* * *

Je n'avais pas croisé Matthias depuis des jours, et les photos de lui placardées dans toute la fac me narguaient de plus belle à chaque instant. Nous n'avions pas eu de cours en commun ces derniers temps, mais je savais qu'il me fuyait. Moi aussi, à sa place, j'aurais eu peur. De moi, de mon pouvoir. Accepter cette idée m'était insupportable ; vivre sans Matthias me paraissait de moins en moins envisageable, son absence dépeuplait le monde, le laissant pour fade et insipide. Plus rien n'avait de sens ni d'intérêt sans lui. Pour autant, je n'étais pas sûre de déplorer ce répit. Aurais-je vraiment pu lui répondre, s'il m'avait interrogée sur ce qu'il s'était passé ?

C'était là la fin de mon idylle unilatérale, la fin de mes rêveries amoureuses, et surtout la fin de mes problèmes. S'il demeurait insensible à mon pouvoir, alors je ne m'en servirais plus. Je repensai soudain aux nombreux arrêts du temps dont j'avais été responsable, malgré moi au départ. Les avait-il subis, lui aussi ? Un fou rire strident m'ôta mes résolutions.

– Oh ! la gueule, s'écria Anna, hilare. C'est le fait de plus traîner avec Matthias qui te met dans cet état ? m'interrogea-t-elle, excitée.

Décidée à bien l'envoyer balader cette fois-ci, je pris une grande inspiration.

– Écoute Anna, tu trouves peut-être ça drôle ou j'en sais rien, mais…

– Ferme-la ! Tais-toi, il est là ! me coupa-t-elle, un large sourire sur son visage inondé de fond de teint.

Elle avait prononcé cette phrase moins discrètement que jamais. La main sur ma bouche, elle regardait fixement Matthias qui arrivait derrière moi. Alors que mon cœur s'emballait, je décidai de feindre l'immobilité imposée par ma camarade. Il me dépassa alors qu'elle retirait sa main de mon visage, et nos regards se croisèrent. La noirceur de ses yeux et l'air sombre de son visage me glacèrent le sang. Avais-je vraiment mérité pareil mépris ? Campée sur mes dernières résolutions, selon lesquelles je n'irais plus lui courir après pour son bien, je le regardai s'éloigner, impuissante. Anna brisa le silence :

– Salut, Matthias ! lança-t-elle, enjôleuse. Comment tu vas aujourd'hui ?

Pendant qu'elle se trémoussait pour attirer son attention, Matthias se retourna, droit et froid.

– Salut.

– T'as vu toutes les photos ? C'est moi qui les ai prises. T'es la star de la fac maintenant, grâce à moi ! dit-elle en rigolant bêtement. J'peux te dire que c'est pas Sam qui en aurait fait autant ! lança-t-elle en me balançant un brutal coup d'épaule qui se voulait complice.

Je n'avais pas tout à fait eu le temps d'apprendre à bien connaître Matthias, mais si je savais une chose, c'était bien qu'il avait horreur d'être le centre de l'attention. Méprisant, il ne prit même pas la peine de lui répondre. Il me lança un dernier regard assassin avant de s'éloigner en silence. Dans ce qu'il voulait faire passer pour de la haine, j'avais décelé la détresse et la solitude. Je crevais d'envie de lui courir après, de le prendre dans mes bras pour lui dire que ce n'était pas grave, parce que j'étais là, et que moi aussi je vivais la même chose… mais c'était justement parce que j'étais là que tous ces problèmes survenaient les uns après les autres.

– Dans dix jours, je l'attrape. C'est qu'une question de temps, lança Anna, conquérante.

Silencieuse, je tentai de me contenir. Elle était complètement à l'ouest. Ni elle ni Victoire, et encore moins moi n'étions sur la bonne voie. Matthias n'avait pas l'air de ceux qui cherchent désespérément à se mettre en couple.

– Et alors comme ça, vos parents se connaissent ? demanda-t-elle en brisant le silence devenu trop pesant pour elle.

– Ouais, ils étaient voisins y a longtemps. M'en veux pas, je dois filer. À demain !

En tournant les talons, je me dirigeai vers la sortie d'un pas pressé pour ne pas qu'elle me rattrape, quand je sentis une main puissante attraper mon bras gauche et m'attirer dans un coin tranquille. En levant les yeux vers mon agresseur, ma surprise fut bien plus grande que la douleur dans mon bras : Matthias, l'air sombre et remonté, se tenait face à moi.

XIV

J'étais tiraillée entre mille et un sentiments. J'avais envie de l'engueuler, de l'enlacer, de l'embrasser, mais ma bouche choisit pour moi l'ironie :

– Tiens, Matthias ! Quelle bonne surprise, ça va ? Enfin j'veux dire, depuis tout à l'heure ?

Mon ton n'avait rien d'agréable. Je ne suis pas très forte pour lire les visages, mais l'expression de Matthias ne nécessitait pas grande expérience en la matière, il n'était pas très content.

– C'est quoi, ton problème ? demanda-t-il immobile, froid et inquisiteur.

– Je te demande pardon ? répondis-je, prise de court.

– Pourquoi tu m'ignores ?

C'était la meilleure. Je venais de passer soixante-douze heures à le chercher dans tous les recoins de la fac, il ne s'était même pas présenté chez moi alors que ses parents étaient venus dîner, et c'était moi qui l'ignorais ! Sans me laisser le temps de répondre, il continua :

– Qu'est-ce qu'il y a ? Vas-y, balance !

Animé par trop d'incompréhension, il était terriblement

maladroit, et je trouvai ça touchant. Je sentais sa peur, je voyais sa détresse, et j'aurais donné beaucoup pour oser le prendre dans mes bras et le serrer très fort contre moi. Mais le moment était venu de tenir mes résolutions. Le moment de jouer la pétasse, de le protéger contre mon intérêt pour lui faire oublier cette histoire, faire en sorte que le temps ne se fige plus jamais. Sans réfléchir davantage, je répondis, impassible :

– Pour qui tu te prends ?

Les yeux plantés dans les siens, je faisais mon possible pour rester distante et ferme. Devant son silence, je gardai mon avantage en continuant :

– Si tu as un problème, si tu veux avoir une réponse à une question, ou à quoi que ce soit, il me semble que tu peux aussi t'adresser à moi de façon polie et agréable, non ? À quel moment il y a eu un problème entre nous, à quel instant tu as décidé de courir vers la sortie dès que la fin du cours sonne ? S'il y a un problème, Matthias, je ne crois pas qu'il vienne de moi. Donc maintenant, je te prie de me laisser tranquille et de revenir vers moi quand tu seras calmé.

Cet interminable monologue m'avait asséché la gorge et laissé un goût amer dans la bouche. En face de moi, Matthias en était resté pantois. Pour garder une contenance, j'étais forcée de quitter les lieux, laissant derrière moi celui pour qui mon cœur battait chaque jour un peu plus fort malgré moi. Luttant de toutes mes forces pour ne pas faire machine arrière, je pressai le pas vers le couloir perpendiculaire quand, soudain, je tombai nez à nez avec mon professeur de physique.

– Bonjour monsieur, dis-je, surprise de cette rencontre fortuite.

– Bonjour, répondit-il froidement avant de continuer sa route en m'accordant à peine un regard.

Delatour n'avait pas l'air heureux de me croiser. Au

contraire, il avait l'air soucieux, agité. Lui, d'ordinaire aussi froid et mesuré, c'en était presque inquiétant.

* * *

Deux heures plus tard, nous avions cours tous ensemble dans la même pièce. Matthias à côté de Victoire d'un côté de la salle, Anna et moi de l'autre, et Delatour au milieu. L'ambiance était lourde. De mon côté, j'étais surprise de constater l'absence de Tim qui ne m'avait même pas prévenue. Surprise, mais triste, surtout. Jamais il n'avait manqué un cours sans me prévenir à l'avance. Pendant que je m'inquiétais pour mon ami, j'ignorais les œillades incessantes de Matthias, laissant Anna ricaner bruyamment de plaisir, pensant qu'elles lui étaient destinées.

– Eh bien, monsieur Lombarda, que de convoitises autour de vous ! répliqua Delatour. Il s'agirait de cesser de faire votre pub au sein de l'établissement et de vous intéresser plutôt au vif du sujet, Bel-Ami.

Il parlait bien sûr des photos d'Anna, placardées partout dans la fac. S'il m'inspirait peu confiance, j'appréciais son sens de la répartie. Je me forçai à sourire malgré moi pour parfaire l'image de connasse que je cherchais à me dessiner aux yeux de Matthias qui continuait de me regarder, quand je subis soudainement le retour de flamme :

– Mademoiselle Delorme, ça vous fait rire ? Vous connaissez Bel-Ami, bien sûr ? À moins que vos connaissances littéraires n'aient d'égal que votre implication dans les sciences émotionnelles ? Où en êtes-vous dans l'ouvrage que je vous ai confié ?

Game over. J'avais pris l'équivalent de dix chars d'assaut en pleine tête, et le tout publiquement. Même s'il n'avait pas tout à fait tort – je n'avais effectivement pas ouvert ce bouquin – je ne pus m'empêcher de faire le lien entre cette méchanceté gratuite et la rencontre fortuite de tout à l'heure. J'avais cru le déranger, peut-être ne m'étais-je pas tout à fait trompée…

À peine eus-je le temps de franchir la porte à la fin du cours qu'une main saisit mon bras pour m'arrêter. Certaine qu'il s'agissait de Matthias, toujours bien décidée à le tenir loin de moi, je commençai ma réplique sèchement :

– Quoi, ça t'a pas suffi l'humiliation par Delatour ? T'en v…

Alors que j'étais prête à déverser toute ma frustration, je découvris l'identité de mon interlocuteur qui n'était autre que Tim.

– Tim ? m'écriai-je, ravie, en lui sautant au cou. Mais t'étais où ?

– Comment ça, j'étais où ? m'arrêta-t-il, interloqué.

Son regard s'assombrit. J'avais manifestement loupé un élément important, qui ne me revint pas en tête, malgré les fouilles archéologiques accélérées que je menais dans ma mémoire au même moment.

– Comment ça, « j'étais où ? », continua-t-il, autoritaire, sans me quitter des yeux.

– Ben… t'étais pas en cours, je me suis inquiétée… répondis-je, dans mes petits souliers.

– Ah, j'étais pas en cours ?

Le temps de silence pendant lequel il continua de me fixer en attendant ma réponse me sembla interminable. Désemparée, je restai muette, attendant ma sentence qui s'annonçait cinglante.

– J'étais juste derrière toi, en fait, continua-t-il. C'est vrai que t'étais très occupée à regarder Matthias, j'étais sûrement transparent, comparé à lui. Allez, salut !

– Matt… *Tim* ! Attends ! m'écriai-je en vain.

Le regard de dégoût que m'avait lancé Tim en s'éloignant me sembla proche du point de non-retour. Je m'étais plus enfoncée que jamais, et je n'avais aucune idée de comment m'en sortir.

* * *

J'avais le sentiment de tout faire de travers, depuis que j'avais découvert ce pouvoir surnaturel. Je perdais mon seul ami, m'éloignais de ma famille et m'interdisais de fréquenter celui qui faisait chavirer mon cœur. Seule Anna semblait s'accommoder parfaitement de mes attitudes changeantes : jamais elle n'avait fait preuve de tant de sollicitude. Dans les toilettes, elle s'indignait en s'admirant :

– Il lui arrive quoi, à Delatour, là ? Non mais faut qu'il s'calme, hein ! gloussa-t-elle, armée de son gloss repulpant.

Je la regardais optimiser le « volume collagène » de son sourire en silence dans le reflet de son téléphone. Ses minauderies m'arrachèrent un sourire.

– Tu sais que t'as un miroir, juste là ?

– Ah ! mais t'es une vraie copine, toi ! lança-t-elle en collant ses lèvres gluantes sur ma joue avant de retourner s'en mettre une couche, devant le miroir, cette fois.

On était en retard pour le cours de photo, mais je m'en foutais. Sans Tim pour surveiller mes arrières, et sans Matthias, plus rien n'avait de saveur. Je regardais le carrelage sans le voir, concentrée sur les mots de Tim, les miens, ceux de Matthias et mon propre comportement.

– Ça va, Sam ? demanda Anna.

Ses grands yeux bleus semblaient s'inquiéter pour moi. Sous la surprise, je tentai un sourire qui fondit en quelques larmes irrépressibles.

– Hé ! Qu'est-ce qu'il y a ? s'inquiéta-t-elle en m'enlaçant.

Elle sentait fort la vanille Bourbon, et son pull rose en mohair me chatouillait les narines. Je tentai de m'extraire de son étreinte en séchant pudiquement mes larmes.

– Viens, on va en cours, on est en retard, dis-je en me levant.

Alors que je la regardais s'exécuter obligeamment, ma surprise grandissait en même temps qu'une affection naissante à son endroit : pour la première fois, elle m'avait témoigné de l'existence d'un semblant d'humanité et de compassion en elle.

Les dernières heures de la journée passèrent péniblement, longues et insipides. J'avançais dans mon corps comme un robot, en pilote automatique, regardant le monde sans le voir, l'entendant sans l'écouter vraiment. Ce brouillard épais m'emporta jusqu'au domicile familial, quand la stupeur sortit brutalement ma tête de cette purée de pois. Au beau milieu du salon, ma mère buvait le thé, joyeuse et souriante, en pleine conversation avec Matthias…

XV

Impossible de croire à la scène qui se déroulait sous mes yeux. Qu'est-ce qu'il faisait là, alors que j'avais fait mon possible pour qu'il me déteste quelques heures plus tôt ? Matthias Lombarda ne manquait indéniablement pas de culot.

– Ah, ma chérie, tu tombes bien, on t'attendait ! s'écria ma mère, joyeuse.

– Bonjour, dit poliment Matthias en m'embrassant délicatement sur les deux joues.

Médusée, je ne pus refuser ses baisers qui embrasèrent mon cœur. Ses joues chaudes piquaient un peu, il sentait bon. Plus beau que jamais, il m'offrit un sourire ravageur avant d'aller se rasseoir auprès de ma mère.

– Qu'est-ce que tu fais là ? balbutiai-je en me débarrassant de mes affaires.

– Matthias est venu prendre le thé avec Tatie ! coupa ma mère, hystérique. Qu'est-ce que tu es beau, mon grand ! Quand je pense que je t'ai connu tout bébé !… Ça me fait plaisir que tu viennes à la maison comme ça ! Tu es le bienvenu, tu sais bien…

Devant le charme de Matthias, ma mère était assurément encore moins résistante que moi. De mon côté, malgré le feu de joie qui brûlait en moi, je dus renoncer au plaisir de profiter de cet instant tombé du ciel. Je m'étais promis de respecter les responsabilités qu'impliquait mon pouvoir, à commencer par m'éloigner de Matthias.

– Amusez-vous bien, répondis-je gentiment en montant dans ma chambre.

Mon cœur battait à cent à l'heure. Ma mère, euphorique, n'en finissait plus de déblatérer toutes les mignonneries qui étaient en son pouvoir, pendant que Matthias cherchait en vain mon regard. Je fermai ma porte sur un dernier éclat de rire en me vissant un casque sur les oreilles. Je voulais me couper du monde.

Penser à autre chose, surtout.

Quelques minutes passèrent pendant que je travaillais sur mes photos, l'esprit obsessionnellement fixé sur le salon. Pourquoi était-il venu ici ? Dans quel but ? En montant le son de la musique, je tentais de me persuader que sa présence n'avait rien à voir avec moi, quand une main sur mon épaule me fit sursauter.

– Putain, tu m'as fait peur… ! m'écriai-je, aussi agréablement surprise qu'agacée.

– Excuse-moi… je voulais juste te dire au revoir.

– Au revoir, répliquai-je sèchement en retournant à mon travail, sans me lever de ma chaise.

– Wow, ce sont tes photos ? demanda-t-il, les yeux sur mon écran. J'peux voir ?

Sans attendre mon accord, il posa sa main sur la mienne, que je m'empressai d'enlever pudiquement. Médusée une fois de plus, je ne pus l'empêcher d'approcher sa tête tout près de la mienne pendant qu'il avait pris la place de ma main sur la souris. J'imaginais son corps dans mon dos, tout proche du mien. Je sentais son odeur, son souffle sur ma peau, et j'aurais voulu que cet instant ne s'arrête jamais.

– Elles sont magnifiques, conclut-il en se redressant. Tu as du talent, rien à voir avec ta copine Anna.

– Merci, dis-je, sans lever les yeux de mon ordinateur.

Dans le silence qui suivit, durant lequel je restai fixée sur mon écran, je devinais son regard posé sur moi. Quelques secondes passèrent pendant que je luttais contre moi-même pour ne pas me retourner, et la porte claqua juste après qu'il m'eut adressé un dernier « salut ».

* * *

6 h 30

Comme chaque matin, Salvator Delatour éteignit son réveil d'un geste las, avant de se diriger vers la salle de bains. Il enlevait toujours la bague en pendentif autour de son cou avant d'entrer dans sa douche, et passait exactement dix minutes à l'intérieur, jamais une de plus. C'étaient les seules dix minutes de la journée durant lesquelles la précieuse bague quittait son cou. Autrement, il ne l'enlevait jamais.

6 h 45

Salvator, uniquement habillé d'une serviette et déjà armé de son collier, sortit de la salle de bains. Méticuleusement, il sélectionna sa tenue de la journée, sombre, ajustée comme toujours. Ses cheveux noirs coiffés en arrière, sa barbe de trois jours attendrait encore un peu avant d'être rasée. Un dernier regard perçant dans le miroir, tout était parfait. Conscient de son potentiel, Salvator cultivait avec plaisir son côté sombre et mystérieux. Parce qu'il était de toute façon misanthrope et aussi, et surtout, parce que cette attitude avait l'avantage d'écarter les individus idiots et insignifiants.

7 h 30

Salvator sortit de chez lui, bougon comme à son habitude. La seule perspective de retrouver ses étudiants l'agaçait déjà. Chaque jour, depuis dix ans, c'étaient les mêmes étudiants, les mêmes questions idiotes et dépourvues d'intérêt. Chaque jour les mêmes cours, la même routine.

Chaque jour.

Depuis dix ans.

7 h 45

En route vers la faculté dans laquelle il enseignait les sciences physiques, Salvator avançait d'un pas rapide et décidé. Inutile de s'attarder mais, surtout, hors de question d'arriver en retard. Ça aurait fait trop plaisir aux mioches. Emmitouflé dans son long manteau de feutre noir, Salvator continuait sa route. Dans trois minutes trente, il passerait le portail de la fac. Dans cinq minutes, exactement, il entrerait dans sa salle, et son cours commencerait à huit heures tapantes.

7 h 46

Salvator était exactement dans les temps, comme d'habitude. Concentré sur le déroulement de la journée, il n'entendit pas cette femme derrière lui, qui l'interpellait. Des « monsieur », dans la rue, il y en avait cent. Aucune chance pour qu'il soit la cible de cet élément perturbateur au bon déroulement de son programme. Il continuait donc sa route en pressant encore le pas, quand une main l'attrapa soudain. Agacé, il se retourna pour faire face à son interlocuteur.

– Excusez-moi monsieur, pardon de vous déranger, s'excusa la dame, haletante, je crois que nous nous connaissons.

– Je ne crois pas, répondit-il froidement avant de continuer sa route.

– Attendez ! s'écria-t-elle, déterminée. Vous êtes Salvator, n'est-ce pas ?

Dans un souffle, Salvator sentit ses tripes se retourner avant de faire face de nouveau à cette femme.

– Qui êtes-vous ? demanda-t-il, intrigué.

– Je suis Silvia Lombarda. Votre femme gardait mon fils, il y a de ça dix ans ! s'exclama-t-elle, enjouée.

– Je n'ai pas le temps de discuter. Bonne journée, madame, termina-t-il en tournant les talons.

XVI

En bientôt dix ans, jamais Tim ne s'était senti aussi loin de Samantha. C'était inexplicable et pourtant palpable. Ils avaient du mal à se comprendre, et le fossé entre eux se creusait chaque jour davantage de façon inquiétante. Il connaissait par cœur les raisons pour lesquelles ils s'éloignaient, mais refusait de s'en accommoder pour autant. Même si Sam était à son sens la grande fautive de l'histoire, il comptait bien remettre les choses en ordre. Seul, en cours de socio, il sursauta.

– L'importance de la sollicitude dans une relation est donc *CA-PI-TALE !* entendit-il de la bouche de son professeur.

Lorsqu'il sortit de sa rêverie, la démarche à suivre lui sembla soudain limpide : il devait absolument raccrocher les wagons avec Sam, s'il ne voulait pas la perdre.

* * *

Flanquée devant la porte de son cours de socio, j'attendais Tim. La présence de Matthias la veille chez moi me restait en tête comme une mélodie dont on ne peut se débarrasser.

J'avais peu de cours séparés de ceux de Tim, et pour une fois que je pouvais faire un pas vers lui, j'avais décidé de la jouer cool. Depuis l'épisode du cours de physique, j'avais pris le temps de me remettre en question, je ne pouvais pas me permettre de perdre mon seul ami.

– Ah ! mais qu'est-ce que tu fais là ? dit Tim en sortant.

– Ben je t'attendais, t'sais ! répondis-je dans un sourire en lui ébouriffant les cheveux.

– Ah, parce que tu te rappelles que j'existe, maintenant ? lança-t-il ironique, en se mordant les lèvres.

– Quoi ?

– Quoi, « quoi » ?

– Quand tu te mords les lèvres c'est que t'as un truc à dire… balance !

Il s'arrêta face à moi en souriant. Silencieux, il continuait de se mordre la lèvre. Ses taches de rousseur ressortaient au fur et à mesure que les jours s'ensoleillaient ; il était beau, comme ça.

– Tu fais quoi, ce soir ?

– Euh… je sais pas encore, tu veux qu'on fasse un truc ? proposai-je immédiatement.

– Grave. Viens, on va se boire un verre. Que tous les deux, genre, s'empressa-t-il d'ajouter.

– J'osais pas te le proposer, répondis-je, complice, en continuant d'avancer vers la salle d'anglais.

Je n'avais aucune idée de ce qui avait pu traverser l'esprit de Tim entre le « regard de non-retour » de la veille et cette charmante proposition. Toujours était-il qu'il m'offrait une chance de me rattraper, et que j'allais mettre le paquet pour la saisir.

– Salut, Sam ! s'écria Anna de son éternelle voix stridente. Ah, salut Tim, tu vas bien ? dit-elle en l'embrassant sur les deux joues.

– Vous vous connaissez ? demandai-je, surprise.

Leurs regards se croisèrent et ils rirent d'une seule voix.

– Je t'expliquerai, chuchota Tim.

Un sentiment désagréable emplit mon cœur. Je ne voulais pas d'Anna dans la vie de Tim.

– Vous venez en cours ? demanda-t-elle, excitée.

– Ben… oui, répliquai-je froidement, mais t'as pas anglais, toi, j'te rappelle.

– Si ! répondit-elle, hystérique. Depuis que Tim m'a dit qu'il y avait un voyage, je suis allée me renseigner et ils ont accepté que je rejoigne le cours ! C'est pas trop cool ? Comme ça on est ensemble en anglais, en photo et en physique !

Je déchantais au fur et à mesure qu'elle trépignait.

– Et puis y a Matthias en anglais aussi, chuchota-t-elle dans mon oreille pour que Tim ne l'entende pas.

Cette phrase réveilla la centaine de papillons qui dormait dans mon corps.

– Quoi ?

– Tu crois quoi ? J'me tiens au courant, moi ! lança-t-elle fièrement dans un clin d'œil.

M'apprêtant à y trouver Matthias, j'entrai dans la salle le ventre serré. Après quelques regards circulaires, je conclus qu'il n'était pas encore arrivé. Plus les minutes passaient, plus le sourire de Tim se ravivait. Matthias était absent du cours, et il n'en était manifestement pas mécontent.

Le cours passa au rythme de la voix d'Anna et de son accent monumental, qui nous valurent quelques franches rigolades, à Tim et moi. Sur cette dynamique agréable, le cours prit fin. Pendant qu'Anna quittait la salle en nous laissant bizarrement tranquilles, Tim rangeait ses affaires. Je ne l'avais pas vu si serein depuis un moment, et j'en étais ravie.

– Qu'est-ce qu'on fait, on se cale au Boston ? demandai-je, complice.

Il me regarda du haut de son mètre quatre-vingt-quinze, un sourire en coin, charmeur.

– Grave.

Là-bas, le temps fila plus vite que l'éclair. Au beau milieu du QG de notre amitié, sans prise de tête, je retrouvais mon ami perdu depuis quelques semaines. On enchaînait les fous rires aussi vite que les verres ; l'ambiance était plus à la fête qu'aux règlements de comptes. Rien, ni personne à l'horizon pour nous déranger ou nous diviser, on était bien. La pile de pintes sur le coin de la table m'indiqua qu'au-delà d'avoir peut-être un peu abusé sur la boisson, il devait être tard, et sûrement l'heure de rentrer.

– Bon… c'était pas raisonnable, tout ça, dis-je en riant.

– J'te raccompagne, si tu veux, proposa Tim, un peu éméché.

– Ça t'embête pas ?

– Il fait nuit, tu vas pas rentrer toute seule sans défense, répondit-il. Tu as besoin d'un homme viril auprès de toi. Ne t'en fais pas, je suis là, termina-t-il en riant, sa main autour de ma taille.

Ce geste m'interpella. Je feignis de ne pas le remarquer et continuai d'avancer, me délivrant le plus délicatement possible de son étreinte.

– Et donc, Anna… ? On aime ?

– J'sais pas…

– Va bien falloir que tu trouves une meuf un jour, hein…

L'alcool redescendait au fur et à mesure qu'on approchait de chez moi, et l'ambiance avec. Le sujet des filles semblait tabou, et cette situation commençait à me mettre légèrement mal à l'aise.

– Tu voudras venir manger à la maison, un soir ? Ça fait longtemps…

– Demande-toi plutôt si ta mère n'adorerait pas me revoir, tu veux dire ! plaisanta-t-il.

Je lui mis une fausse claque pour toute réponse, et en passant la porte, hilare, je tentais de me défendre de ses contre-attaques, quand il s'arrêta net. Je profitai de cette pause pour donner le coup de grâce à notre bataille d'enfants, celui qui m'accorderait la victoire, quand je vis ce qui l'avait arrêté. Dans le salon, Matthias et ma mère discutaient tranquillement.

– J'vais te laisser, répliqua Tim, soudain amer. Bonsoir, madame Delorme !

– Attends, Tim !

La porte claqua derrière lui sans que je puisse le rattraper. Toujours face à la porte, je sentis le sang me monter à la tête. Tim était parti de chez moi comme un voleur, et ça annulait toute la super soirée qu'on venait de passer ensemble. Me retourner face à eux m'était comme insupportable.

– Décidément, ça devient une habitude, de te trouver ici ! lançai-je à Matthias, glaciale, en retirant mon manteau.

– Bonjour quand même, répondit-il, provoquant.

– Bonsoir, tu veux dire, répliquai-je dans un regard assassin en montant dans ma chambre.

Ça n'était pas tant de l'avoir trouvé une fois de plus chez moi qui m'avait énervée, mais plutôt ce que ça avait provoqué chez Tim. Toute la soirée, j'avais senti qu'il était heureux de me retrouver, et de conserver ce lien spécial et exclusif qu'on avait, lui et moi. C'était bien réciproque, d'ailleurs. Découvrir ma mère et Matthias dans le salon avait tout gâché : au-delà de sa jalousie manifeste envers Matthias, jusqu'ici c'était Tim le chouchou indétrônable de ma mère…

Après avoir frappé plusieurs fois, sans réponse de ma part, ma mère entra dans ma chambre.

– Toc, toc, toc… ?

J'étais couchée, la lumière allumée. Je ne lui accordai pas même un regard, les yeux fixés sur le plafond.

– Quelque chose ne va pas, ma chérie ? demanda-t-elle en s'asseyant sur mon lit.

– Tout va bien, maman.

– Qu'est-ce qu'il se passe avec Matthias ? Tu n'as pas été très sympa avec lui, tout à l'heure !

Mon sang ne fit qu'un tour, j'avais envie d'exploser. Alors que je tournais vivement la tête vers elle pour lui lancer le plus meurtrier des regards, elle enchaîna :

– Y a un problème ?

– Oui maman, y a un problème, répondis-je du tac au tac. J'peux savoir ce qu'il fout tout le temps à la maison ? C'est ton nouveau meilleur ami ? Il est dans ma fac, maman ! Ici, c'est ma maison ! Je comprends que tu le connaisses depuis longtemps, mais moi ça me pose un problème de le trouver tout le temps ici, tu comprends ?

Devant la force de ma réaction, ma mère tenta de me calmer :

– Chérie, je pense que Matthias ne te veut pas de mal, tu sais ? Il est content de retrouver ses racines, tu ne peux pas lui enlever ça…

– Et ses racines, il est obligé de venir les trouver à 22 h 30 ?

En se levant, ma mère sourit à ma répartie.

– Il était venu demander s'il pouvait dormir à la maison demain soir.

– *Quoi* ? bondis-je. C'est une blague ?

– Calme-toi, s'il te plaît. Ce n'est pas lui qui le veut, c'est Silvia qui m'en a parlé il y a quelques jours. Des amis de Lyon viennent chez eux, et comme ils ont moins de place, ça les arrangerait que Matthias dorme à la maison, et j'ai dit oui.

L'air autoritaire de ma mère était sans appel, inutile de parlementer, j'étais forcée d'accepter sa décision.

Matthias passerait la nuit chez moi.

XVII

Il paraît que chez certaines personnes la nuit porte conseil. De mon côté, elle m'avait juste pris la tête davantage. Comment j'allais me comporter, moi, ce soir, en face de Matthias à qui je m'étais promis de faire la gueule et qui commençait de toute façon sérieusement à me chauffer, avec ses manies de se pointer chez moi sans prévenir ?

– Sam !

Sans me retourner, je reconnus la voix stridente de ma « copine » Anna. À sa respiration, je compris que quelque chose d'important se passait.

– Sam, je peux te poser une question ? demanda-t-elle, grave.

– Bien sûr, qu'est-ce qu'il se passe ? m'inquiétai-je.

– Sam, il faut que tu répondes sincèrement, j'ai besoin de savoir. Au nom de notre amitié. Tu veux Tim ou Matthias ?

Je sentis mon cœur s'emballer. D'où sortait ce soudain interrogatoire ?

– Je veux Tim ou Matthias, c'est-à-dire… ?

– Écoute, je sais de source sûre que Matthias vient

régulièrement chez toi, et j'aimerais être certaine qu'on ne joue pas sur le même tableau.

Dans ma tête, j'identifiai le traître à la vitesse de l'éclair. Comment Tim avait-il pu raconter ma vie à cette fille qu'il connaissait à peine ? De toute évidence, il s'agissait d'un acte de vengeance. Je lui avais déjà raconté la personnalité extravertie d'Anna et son faible pour Matthias. S'il lui avait raconté ce qu'il avait vu la veille chez moi, c'était forcément pour me faire chier. Évidemment, ça fonctionnait à merveille.

– Joue sur tous les tableaux que tu veux, Anna. Je ne cherche personne.

Je profitai de son air ahuri pour m'éloigner d'elle. Toute cette situation devenait extrême, je perdais les rênes de mon quotidien. Tim, Matthias, Anna, Victoire et ces failles temporelles dont j'étais la seule responsable, tout cet équilibre devenait trop lourd à gérer toute seule.

À : Tim, 7 h 59
T'es sérieux ? T'es allé raconter à Anna
que Matthias était chez moi hier ?

De : Tim, 8 h 26
J'avais besoin de parler à quelqu'un qui me comprenne.

À : Tim, 8 h 27
Traître.

De : Tim, 8 h 27
C'est moi, le traître ? OK.

Je n'étais pas seule au monde, mais je n'en étais pas loin. Même ma mère m'avait abandonnée au profit de Matthias. Tim et Anna avaient apparemment officiellement fusionné, et moi, j'étais donc définitivement seule, cette fois-ci.

Ma journée se déroula comme un jeu de piste, où j'évitai au maximum tous ces individus à la fois. Pas évident, et surtout impossible. Le cours de physique, point d'orgue de cette journée, me parut insupportable : furieuse contre lui, j'avais abandonné ma place auprès de Tim, qu'Anna s'était empressée de récupérer sans la moindre considération pour moi. Elle ricanait à chaque prise de parole de « son Timouche », pendant qu'il tentait des regards qu'il croyait discrets dans ma direction toutes les trente secondes environ. J'avais envie de lui signifier haut et fort que je le connaissais par cœur depuis bientôt dix ans et que je n'étais pas dupe de ses petits jeux débiles, mais je m'abstins pour lui éviter ce plaisir. Et puis, j'étais trop triste pour jouer à ça. Au même moment, comme si ça ne suffisait pas, Victoire en rajoutait des couches et des couches pour se rapprocher de Matthias. Le pire, c'est qu'elle le faisait intelligemment, et que ça semblait fonctionner à merveille.

Quant à moi, j'étais seule à mon bureau, dans la rangée du milieu, pile en face de Delatour. J'attendais impatiemment la fin du cours, qui annoncerait la fin de la journée, mais le début du pire. Au moment tant attendu, un immense plaisir m'envahit quand je vis Tim rougir de colère alors que Matthias avançait dans ma direction. Trop heureuse de pouvoir me venger, je lui souris aimablement.

– Hey ! Ça a l'air d'aller, dit-il timidement, visiblement ravi.

– Je vais toujours bien, répondis-je fermement, toujours décidée à le fuir pour d'honnêtes raisons. Qu'est-ce qu'il y a ?

– Tu veux qu'on rentre ensemble ? proposa Matthias, alors que Tim quittait la salle en boudant.

– Non merci, Matthias, dis-je, en faisant tomber mon sourire. C'est pas parce que tu t'incrustes chez moi via ma mère qu'on va devenir amis, bien au contraire. Laisse-moi tranquille, terminai-je en le plantant au milieu de la classe.

En sortant, j'aperçus Tim qui me guettait. S'il était

sûrement ravi de me voir en sortir seule, de mon côté, c'était mon cœur qui souffrait de la solitude. J'avais le sentiment de perdre tout ce que j'avais de plus cher, et le seul qui se présentait à moi et que je désirais plus que tout, je m'étais promis de m'en éloigner le plus possible. J'avais envie de partir, loin. De tout recommencer avec des gens nouveaux. Loin de Tim, qui n'était plus digne de confiance, loin d'Anna, qui me collait trop, et loin de Victoire et de sa langue de vipère, aussi.

Le seul havre de paix dont je rêvais était celui contre lequel je me défendais corps et âme et que j'avais planté au beau milieu de la classe. Les bras de Matthias me manquaient comme si je les avais toujours connus autour de moi.

Déchirée entre le besoin pressant de me réfugier contre lui et celui de le fuir envers et contre tout, le dîner me sembla très long. Seul le contact involontaire de mon bras contre celui de Matthias, parfois, m'obsédait et me forçait à rester assise poliment à table. Sourde au vacarme des conversations de nos quatre parents appuyés par mon petit frère et les amis des Lombarda, je me concentrais sur lui, sans jamais le regarder. J'avais l'impression de jouer au roi du silence pour mieux entendre sa respiration. Plus je le rejetais, plus j'avais envie de lui. Et collée contre son bras autour de cette table trop petite pour sept, la situation m'était aussi agréable qu'inconfortable. Au moment où je profitais encore un peu de ce contact, je sentis le bras de Matthias forcer contre le mien. Comme s'il avait senti, ou comme s'il jouait, lui aussi. Je retins mon souffle et lançai un regard timide vers lui, et je vis son visage si près du mien qui me fixait, lui aussi. Nous étions si proches l'un de l'autre que je pouvais respirer l'air qu'il expirait. Mon cœur battait fort et mon ventre se serrait, j'aurais voulu que cet instant ne s'arrête jamais.

– Oh ! dis donc, j'ai croisé Salvator, hier ! lança Silvia, enjouée.

– Il travaille à la fac, c'est ça ? Peut-être que les enfants l'ont vu… Sam ?

Une demi-seconde après avoir entendu la voix de ma mère, je réussis enfin à décrocher de Matthias pour répondre à ma mère.

– Oui ?

– Ça va, les enfants ? demanda Silvia, inquiète.

– Mais laissez-les tranquilles, ces gosses… intervint mon père, notre sauveur.

Alors que nos parents débattaient de notre état d'adultes ou d'enfants et de notre capacité à l'indépendance, j'en profitai pour commencer à débarrasser poliment la table, dans l'espoir que ce dîner se termine rapidement. Aussitôt, Matthias se leva pour en faire autant, sous une avalanche de compliments de la part de ma mère.

Dans la cuisine, je gardai le silence alors que Matthias cherchait mon regard. Quand je retournai dans le salon, il m'attrapa par le bras, assez fermement pour que je ne sorte pas.

– Juste, tu peux me dire ce qu'il y a ?

J'étais incapable de lui balancer une nouvelle vacherie. Les yeux plantés dans les siens, je restai muette, attendant mon sort… j'aurais donné n'importe quoi pour qu'il m'embrasse.

– Sam… dit-il, quelques secondes plus tard en lâchant mon bras…

Libérée, je voulus fuir vers le salon, quand il se posta devant moi, m'interdisant l'accès. Toujours muette, je m'immobilisai alors qu'un sourire se dessinait sur mon visage.

– À quoi tu joues ? demanda-t-il en me rendant mon sourire.

Je restai immobile, les yeux toujours plantés dans les siens. Entre le jeu et l'agacement, il finit par perdre patience et me laissa passer. Je le remerciai d'un signe de tête en retournant débarrasser la table. Ma tâche achevée, je pus enfin me retirer poliment.

– Je vais me coucher, tout le monde, j'ai cours demain… Bonne nuit ! dis-je en sortant de mon silence, embrassant chacun un à un.

Mon cœur se serrait au fur et à mesure que le tour de Matthias approchait. En me penchant vers lui, je restai neutre, peut-être un peu plus lente. Il me dit bonsoir aussi banalement que les autres et, déçue malgré moi, je montai dans ma chambre.

Je commençais à intégrer l'idée selon laquelle éviter Matthias n'était peut-être finalement pas la meilleure solution. Parce qu'il n'avait pas l'air décidé à me laisser tranquille, parce que nos familles étaient amies, parce qu'on était en cours ensemble, parce que j'étais folle de lui, et puis… il allait bien falloir qu'on parle un jour de ces histoires de temps figé. Allongée sur mon lit, plongée dans cette profonde remise en question, je sursautai lorsqu'on frappa à la porte.

– Oui ? criai-je depuis mon lit. *Ouiiiii* ?

Agacée par cette porte qui ne s'ouvrait pas malgré mon accord, je me levai en soupirant pour ouvrir. Je tombai aussitôt nez à nez avec Matthias, dont j'avais plus ou moins oublié qu'il restait *toute la nuit* à la maison. Surprise, une fois de plus, je ne pus réprimer un sourire qu'il me rendit immédiatement.

– Il paraît que tu as un matelas à me filer, dit-il, luttant contre un rire nerveux.

Je crevais d'envie d'être cool avec lui, mais je n'avais pas encore pris de réelle décision quant à toute cette histoire. Par précaution, je restai muette et lui donnai son matelas.

– On joue au roi du silence ? me taquina-t-il.

Pour toute réponse, je commençai à le boxer gentiment pour l'éjecter de ma chambre. Incapable de riposter, planqué derrière le matelas, il battit en retraite et sortit de ma grotte. Adossée contre ma porte pour empêcher qu'on y entre, un sourire béat illumina mon visage tout entier. Puisque mon seul souci était de tenir Matthias hors de toutes mes histoires spatio-temporelles, rester aimable mais muette serait à partir de maintenant un bon compromis. De toute façon, j'avais trop envie et besoin de passer du temps près de lui. Et puis… je n'étais pas crédible en pétasse.

Enfin, je crois.

J'espère…

XVIII

7 h 15

En éteignant mon réveil, il me fallut moins d'une seconde pour sortir du brouillard : de façon logique, Matthias était en principe toujours présent à la maison. Et puisqu'on avait anglais en première heure, il était normalement déjà levé. Des soucis de coquetterie auxquels je n'avais absolument pas réfléchi la veille m'envahirent soudain. Et si je le croisais avec ma tête mal réveillée ? Hors de question. Le cœur battant, les cheveux en vrac, dans mon pyjama à petits oursons, j'entrouvris la porte de ma chambre pour vérifier que personne n'était dans le couloir. À pas de loup, j'approchai de l'entrée de la salle de bains dans laquelle je n'entendis aucun bruit. Après quelques secondes, certaine qu'elle soit vide, je m'y introduisis plus vite que l'éclair et m'enfermai aussitôt dedans. Je respirai un grand coup pour évacuer le léger stress qui m'avait prise de court. En me retournant, je faillis mourir de honte, stupeur, peur : Matthias en serviette, les cheveux trempés, m'observait très calmement. Cliché, vous dites ? Dans ma tête, c'était plutôt la fin du monde.

– Oh, pardon Matthias, j'suis désolée, pardon, pardon, pardon ! m'excusai-je en me précipitant sur la porte pour sortir de la salle de bains aussi vite que possible. J'suis vraiment désolée, pardon.

Muet, il me regarda m'excuser, un sourire en coin. La situation semblait l'amuser, et les rôles, s'inverser. Alors que je réunissais toute ma bonne volonté pour ouvrir rapidement cette fichue porte qui bien sûr refusait de se déverrouiller, il me regarda galérer quelques secondes avant de m'arrêter.

– Sam, c'est dans l'autre sens.

Devant mon air d'incompréhension, il poursuivit :

– Tu permets ?

J'étais médusée. Il le savait, et il en jouait. En face de son beau torse musclé et ruisselant, moi, j'étais comme une souillon en pyjama, les cheveux ébouriffés et complètement désorientée. En une seconde, il déverrouilla la porte, me libérant de la situation la plus embarrassante qu'il m'ait été donné de vivre jusqu'à maintenant.

La honte.

Retranchée dans ma chambre, j'étais en plein serment avec moi-même, me jurant de ne plus jamais sortir de cette maison, quand j'entendis la porte de la salle de bains s'ouvrir à nouveau. J'attendis qu'il soit suffisamment loin pour m'y faufiler discrètement. C'était sûr et certain, plus jamais je n'oserais de nouveau le regarder dans les yeux. D'ailleurs, j'avais tellement honte que j'aurais préféré ne plus jamais le croiser. De toute évidence, c'était pour l'instant impossible. Une fois prête, je descendis dans le salon avec toute la dignité dont je pouvais encore me parer, l'ignorant au maximum. Il était là, tranquillement installé sur le canapé. En me voyant arriver, il me sourit le plus naturellement du monde.

– T'es prête ? On peut y aller ?

Je fis non de la tête en attrapant une tasse de café. Une fois celle-ci terminée, j'enfilai silencieusement mon manteau. Le temps de mettre mes chaussures, il avait revêtu le sien et prit la route à côté de moi.

Le trajet fut étrange. Il avait bien compris mon petit jeu, et ne chercha pas spécialement à parler. Plus malin, il tentait de me faire réagir : régulièrement, il me donnait de petits coups d'épaule pour me faire dévier de ma trajectoire, il m'ébouriffait les cheveux, ralentissait, accélérait... et me faisait rire à chaque fois. Ce matin-là, j'avais décidé de ne pas me retenir, à part de parler. Je répondis donc quelquefois à ses attaques amicales, et c'était bien.

C'était simple. Agréable...

12 h 36

Seule face à mon sandwich, la réalité me rattrapa comme une immense claque dans la gueule : pas de pote, pas de mec. De toute façon, il ne restait que quelques minutes avant de partir en physique, j'allais bien pouvoir supporter la situation. Au moment même où je m'étais définitivement fait une raison et commençais à attaquer mon sandwich, une ombre gigantesque se plaça entre le soleil et moi.

– Qui que vous soyez, merci de vous retirer de l'axe entre mon chauffage naturel et moi, merci ! dis-je sans adresser un regard.

Le jeune homme devant moi se racla la gorge pour m'y forcer. Tim n'était décidément pas le plus fin des interlocuteurs.

– Bon, tu bouges ? T'es chiant, là.

– J'peux m'asseoir ? demanda-t-il, légèrement agressif.

– Pourquoi, tu supportes pas la solitude ?

– J'ai pas besoin de toi pour pas être seul, j'te signale ! balança-t-il en s'asseyant à côté de moi.

– Mais casse-toi, alors ! J'ai pas besoin de toi non plus, t'sais !

Au même moment, Anna arriva, les bras chargés de son sac à main et d'un sac de la même enseigne de fast-food que celui de Tim. Contrariée, je choisis de garder le silence et de me concentrer sur un point au loin.

– Hello, Sam ! Ça va ? dit Anna en prenant place près de Tim.

Muette, je continuai de manger mon sandwich en les ignorant, quand j'aperçus Matthias au loin, qui me regardait lui aussi. Je souris instantanément, sous les yeux inquisiteurs d'Anna.

– Qu'est-ce qu'il y a ? s'écria-t-elle de sa voix stridente en regardant aussitôt dans la même direction que moi.

– Rien, rien ! m'empressai-je de répondre pour détourner son attention. Oh ! t'as un nouveau gloss, toi, non ?

C'était trop tard. Elle avait déjà repéré Matthias, et son visage se déconfit immédiatement, ce qui n'échappa pas à Tim qui avait de toute façon déjà saisi l'enjeu de la situation. Il enchaîna aussitôt, sur un ton de reproche :

– Il va bien, ton copain Matthias ?

En levant les yeux au ciel, j'avalai la fin de mon sandwich et commençai à me lever, quand Anna continua de plus belle :

– Ben il a l'air d'aller très bien sans toi, dis donc ! J'espère que t'as pas prévu de sortir avec lui, parce que j'ai entendu dire que c'était la chasse gardée de Victoire pour l'Angleterre ! gloussa-t-elle.

Ils se mirent à rire bêtement, et moi, je leur aurais bien mis des claques. Je lançai de nouveau un regard à Matthias qui ne me quittait pas des yeux. Cette constatation fort agréable me donna la force de rester de marbre face à leurs moqueries, quand Tim renchérit de plus belle :

– En tout cas, des amis qui sont là en toute circonstance, on n'en trouve pas à chaque coin de rue ! me dit-il, sûr de lui, droit dans les yeux.

C'était la goutte d'eau qui fit déborder le vase.

– Putain, Tim, tu manques pas de culot ! balançai-je, énervée.

Devant son sourire narquois, Anna ricanait, certaine qu'il saurait vite me remettre à ma place. De mon côté, j'explosai.

– T'es allé raconter ce qu'il se passe chez moi à Anna que tu connais même pas, tout ça pour me faire chier, à qui tu parles d'amitié, là ?

Mouché, il ouvrit de grands yeux inquiets. Hors de moi, je ne pus m'interrompre :

– Putain, mais qu'est-ce que t'en as à foutre de cette nana, en plus ? Tu vas faire quoi, tu veux la ken ?

Anna, choquée, ne dit rien.

– Oh ! Il t'arrive quoi, là ? menaça Tim en se levant d'un bon.

– Et toi, tu vas faire quoi ?

Mon cœur battait vite et bourdonna dans mes oreilles. C'était la première fois que Tim défendait une fille contre moi. La première fois qu'il avait vraiment retourné sa veste. Je fus moi-même surprise de ma réaction quand ma colère se transforma instantanément en tristesse. Devant mon état, il reprit, plus calme :

– T'as fait ton choix, Sam. Si tu veux traîner avec Matthias, libre à toi. Mais dans ce cas, tu m'oublies.

– Mais j'en ai rien à foutre, de Matthias, putain !…

Ma voix lançait des trémolos dont je me serais bien passée. Si j'étais amoureuse de Matthias, Tim était l'ami qui m'avait portée depuis des années, il était le plus important à mes yeux. D'un air de défi, il me regarda droit dans les yeux et dit :

– Prouve-le, alors.

XIX

13 h 40

Le cours de physique avait démarré depuis quarante minutes. Mon meilleur ami était assis à côté d'Anna, qui m'avait déclaré la guerre au moment même où j'avais balancé ses quatre vérités à « son Timouche ». Si elle continuait de ricaner comme ça, j'allais pas tarder à lui mettre ma main dans la figure, d'ailleurs. Tim, lui, n'avait pas du tout le cœur à la plaisanterie. Régulièrement, il me lançait quelques regards haineux et insistants dont je connaissais très bien la signification : « Prouve-le. » De l'autre côté de la salle, Matthias était assis à côté de Victoire. Il me lançait des regards, lui aussi, mais que j'ignorais volontairement. Si je voulais enfin avoir la paix et retrouver *mon* Tim, j'allais devoir me défaire de Matthias une bonne fois pour toutes. Ce cours était une bonne occasion de prouver à tout le monde que je me fichais bien de lui. Ou, du moins, de faire illusion. Tous les témoins nécessaires étaient présents, il n'y avait plus qu'à.

– Monsieur Lombarda ? lança Delatour suffisamment fort pour me sortir de mes pensées. Une hypothèse, peut-être ?

Je ris ostensiblement devant son absence de réponse.

– Mademoiselle ? Ça vous fait rire ? demanda mon professeur, un sourcil en l'air.

C'était le moment ou jamais. Du ton le plus condescendant qu'il m'était possible d'adopter, je pris la parole :

– Pardonnez-moi, monsieur. J'ai seulement tendance à m'interroger sur la capacité de Matthias à répondre à vos questions. Manifestement, son ego et l'étalage de sa petite personne sur tous les murs de la fac sont d'autres prérogatives plus intéressantes à ses yeux que les génies de la physique… si je puis me permettre, terminai-je dans un regard hautain vers l'intéressé.

Alors que la classe entière sifflait en riant, Delatour sourit, cette répartie sembla lui plaire. Tim, triomphant, ne m'accorda même pas un regard, tandis qu'Anna regardait Matthias avec la compassion la plus totale.

Moi, je me sentais vaseuse.

Salie.

J'aurais voulu remonter le temps et annuler toutes ces conneries stupides et superficielles, mais ça n'était malheureusement pas dans mes cordes. Si seulement…

Sans attendre que tout le monde finisse de rire, Matthias se leva et sortit de la salle en claquant la porte plus fort que je ne le croyais possible, plongeant la classe dans un silence soudain. Ma culpabilité s'en décupla aussitôt, il fallait à tout prix que j'agisse vite, que je le rattrape. Une idée miraculeuse me vint alors.

– Monsieur ? Excusez-moi, je peux aller me rincer les mains s'il vous plaît ? demandai-je en montrant mes mains pleines d'encre.

– Allez-y, mademoiselle. Ne soyez pas trop longue.

Une fois dans le couloir désert, je pouvais enfin figer le temps. Aucun témoin, sinon Matthias, qui s'éloignait. Mes doigts claquèrent, et sans que je le voie s'arrêter, je sentis le temps se figer.

– Matthias ! criai-je depuis l'autre bout du couloir qui résonnait. Matthias !

Il avait forcément reconnu ma voix, mais il ne se retourna pas. Consciente d'être allée trop loin, je courus vers lui en continuant de scander son nom.

– Matthias ! l'attrapai-je, haletante. Matthias, attends. Je suis désolée… excuse-moi…

– Ça fait beaucoup d'excuses en une seule journée, tu trouves pas ? dit-il en se dégageant violemment et sans peine de ma main sur son bras.

Jamais je ne l'avais vu si énervé.

Son regard était devenu noir, son expression, dure, impénétrable.

…

C'en était trop pour Matthias. Il ne comprenait pas ce à quoi elle jouait depuis quelques semaines, et rester éloigné d'elle malgré la promesse qu'il s'était faite tenait de la torture… mais cette fois-ci, elle avait dépassé les limites.

Il avait tout fait pour lui plaire, l'aborder petit à petit, renouer avec sa famille, céder à tous ses petits caprices, mais l'humiliation n'était définitivement pas dans ses plans.

Comment avait-elle pu ? Incapable de tenir une conversation normale avec celle qui venait de le décevoir comme rarement on l'avait déçu, il décida de la remettre à plus tard, il avait absolument besoin de se calmer. Il devinait dans son dos le regard désespéré de Sam, plantée au milieu du couloir, non sans un léger sentiment revanchard. Fort de cet aplomb, il passa la porte de la fac, sûr de lui, mais s'arrêta aussitôt.

Le cauchemar recommençait.

Les statues de cire, immobiles et effrayantes, étaient placées de part et d'autre de l'esplanade. Désemparé, il se retourna aussitôt vers Sam pour vérifier son état. Plus animée que jamais, elle continuait de le fixer.

– Sam ?

Matthias attendit sa réponse dans un laps de temps qui lui parut plus long que l'éternité.

– Oui ? dit-elle timidement, en séchant une larme.

C'était donc définitivement réel. Le temps, le monde, l'univers se figeaient, mais pas Sam… et pas lui non plus. En la voyant s'approcher de lui, l'idée qu'elle puisse voir cet effrayant spectacle au travers des portes vitrées le fit réagir rapidement.

– Restons pas là, décida Matthias, en l'attrapant fermement par le bras.

Malgré sa fureur, sa priorité était de la protéger de cette vision d'horreur. Il l'occuperait le temps qu'il faudrait, mais elle ne devait pas voir tout ça. Au milieu du couloir, suffisamment loin de la porte, Matthias s'assit dos au mur avant d'inviter Sam à s'installer près de lui.

– Je t'écoute, dit-il sans la regarder.

– Matthias, je suis dés…

– Désolée, j'ai compris, l'interrompit-il, agacé. Maintenant, tu veux bien m'expliquer pourquoi tu te comportes comme une conne prétentieuse avec moi ?

Dans le regard de Sam, Matthias perçut une surprise indescriptible.

– Quoi, je te choque ? C'est pas la bonne définition de ton comportement, depuis quelques semaines jusqu'à maintenant ? reprit-il.

Si proches de lui, les yeux de Sam, embués de larmes, le fixaient pleins de détresse. Elle était perdue, il le voyait, mais il avait besoin de réponses.

– Sam, je te comprends pas, continua-t-il. J'y comprends rien. Rien ni personne ne m'a jamais fait tourner en rond comme tu le fais avec moi depuis trois semaines. Qu'est-ce que j'ai fait de mal pour ne pas mériter ton respect ? Putain, on était les meilleurs amis du monde !

Une lueur d'espoir réchauffa le visage de Sam, soudain étonnée.

– Alors OK, on avait huit ans, mais moi je t'ai jamais oubliée ! reprit Matthias. Quand je t'ai revue, j'étais tellement heureux, tellement fier de te voir si belle, si fraîche, devenue une vraie femme !

* * *

Je buvais ses paroles et son récit. Je n'avais aucun souvenir de cette amitié.

– C'est pour ça que j'ai mis autant d'énergie à être sympa avec toi, à ce qu'on essaie de se retrouver ! continua-t-il. Mais toi, t'es là, tu fais ta princesse effarouchée. Mais à quoi tu joues, bordel ? s'énerva-t-il.

Je pris un peu peur devant sa colère. Un tourbillon de sentiments contradictoires m'envahissait ; de la culpabilité, de l'amour, des regrets, beaucoup d'amour encore… Lorsqu'il s'arrêta de parler, je restai encore muette un instant, alors qu'il m'interrogeait du regard. À l'évidence, il attendait une réponse claire et sincère que je n'étais ni prête ni en mesure de lui donner.

– Je… je ne m'en souviens pas, dis-je gravement.

Une profonde déception remplaça sa colère. Le précipice de ce que je crus entrevoir me glaça : étais-je réellement la seule raison d'un tel tourment ? Moi, Samantha, je faisais cet effet-là à ce garçon que je portais si lourd dans mon cœur ? Il commença à se lever et, sans y penser, je l'en empêchai aussitôt.

– Matthias. Reste, s'il te plaît.

– Pour quoi faire ? Tout est très clair, maintenant, je comprends mieux. Tu ne te souviens de rien, c'est très bien comme ça. Faut croire que j'ai été trop con de penser ou d'espérer qu'on pourrait recréer ce lien magique qui nous unissait.

Désemparée, j'étais incapable de répondre quoi que ce soit.

– Écoute, tu sais quoi, c'est pas grave, reprit-il. C'est pas ta faute, admit-il en s'éloignant.

– Attends, tu vas où ?

– J'ai besoin d'être un peu seul, là. On se voit plus tard.

Je le regardai disparaître malgré moi, dans toute l'abnégation qui m'était nécessaire pour l'accepter, puis repartis dans la salle, quand tout à coup je me rappelai que le temps était figé.

– Matthias ! Attends ! m'écriai-je de nouveau.

– Quoi ? demanda-t-il de loin.

– Attends. Tu peux attendre juste une minute, s'il te plaît, avant de sortir ?

À ma grande surprise, il acquiesça sans broncher. Les doigts encore pleins d'encre, je partis dans les toilettes et défigeai le temps.

* * *

Matthias s'agaçait à céder aux caprices de Sam qui décidément étaient tous plus abracadabrants les uns que les autres. Mais, bizarrement, il était incapable de lui résister. Il attendit alors sagement l'espace d'une minute, décomptant les secondes dans sa tête, puisque sa montre s'était arrêtée, quand soudain la trotteuse reprit sa course. Sceptique, il sortit aussitôt de l'enceinte de la fac et y trouva un monde normal, défigé, vivant. Il guetta le bout du couloir pour vérifier que Sam retourne dans la classe, ce qu'elle fit une seconde plus tard. La coïncidence lui parut aussi énorme qu'impossible. Et dire qu'il s'était cru seul conscient et responsable de ces évènements spatio-temporels… Ce n'était donc pas lui qui arrêtait le temps.

C'était Sam.

XX

Cette fin de journée fut aussi longue qu'insoutenable. Alors que j'avais agi selon ses petites volontés, celui que j'appelais mon « meilleur ami » m'avait ostensiblement ignorée tout l'après-midi, collé par son nouveau chien-chien Anna, qui semblait grogner chaque fois qu'elle me regardait. Matthias devenu introuvable, Victoire était sans le cacher d'humeur infernale, et je sentais la tempête arriver tout droit sur moi. Je regardais mes mains, toujours tachées d'encre, me remémorant les mots de Matthias à mon égard. Cette amitié d'enfant, qui semblait l'avoir tant marqué et dont je ne me souvenais même pas…

Pour une fois, j'aurais adoré le retrouver planté au beau milieu de mon salon, en pleine discussion avec ma mère. À ma grande déception, je n'y trouvai que mon père et mon frère, en pleine partie de Kapla.

– Elle est où, maman ? demandai-je à mon père en l'embrassant.

– Partie chercher ton passeport, je crois.

Devant mon air ahuri, il enchaîna :

– Tu pars demain, c'est ça ?

Le voyage en Angleterre… J'avais complètement, mais alors complètement oublié. Putain de merde… On pouvait dire que ça tombait à pic, tiens. Pile au moment où j'avais plus personne avec qui traîner ! Le top du top. Ce voyage promettait d'être sympa.

En remerciant mon père pour ce rappel, je montai rapidement dans ma chambre pour m'atteler au remplissage de ma valise. Pulls, écharpes, grosses chaussettes… rien que d'y penser, j'avais même plus envie d'y aller.

– *Hello, Darling ! Ready for the big trip* ? plaisanta ma mère en entrant dans ma chambre.

Je tentai un sourire, mais ne réussis qu'à grimacer.

– Ben alors, qu'est-ce qu'il se passe, mon cœur ? s'inquiéta-t-elle.

– Maman, j'veux pas y aller…

– Ah, ben si ! Vu ce qu'on a payé, je t'assure que tu vas y aller ! dit-elle, singeant le scandale.

Devant mes yeux de chien battu, elle se radoucit :

– Qu'est-ce qu'il se passe, mon cœur ? Pourquoi tu veux pas y aller ? Tu avais l'air tellement contente de partir, y a de ça quelques mois !

– J'me suis engueulée avec Tim… j'vais être toute seule, ça va être naze !

– Mais c'est pas grave ! Matthias sera là ! répondit-elle du tac au tac, un peu trop enjouée.

– Maman, l'interrompis-je, blasée.

Elle me fixa un instant, me sondant de son regard perçant.

– Écoute, je comprends pas ce qu'il a fait de mal, Matthias. C'est un garçon charmant, et…

– Je me suis engueulée avec lui aussi ! Voilà. T'es contente ?

Je tentai de contenir quelques larmes quand ma mère m'enlaça. Je sentis sa compassion, sa surprise et sa détermination.

– Chérie, tu vas aller en Angleterre. Et je t'assure que tu vas vivre des choses incroyables, là-bas.
– Tu parles, j'vais passer une semaine de merde, ouais…
– Tu verras, dit-elle, convaincue.

* * *

5 heures du matin

Nous étions tous réunis devant la fac, agglutinés autour du bus qui allait nous emmener jusqu'à Paris. Encore un peu dans les vapes, je cherchais Matthias, j'avais peur qu'il ne vienne pas.

– Ah ! Regarde, il y a Silvia, là-bas, dit ma mère.

Mon cœur bondit dans ma poitrine quand je l'aperçus.

– Silvia ! cria-t-elle.

– Maman ! Arrête, tu me tapes l'affiche !

Alors qu'elle partait toute guillerette à la rencontre de son amie de toujours, je la suivis, les pieds traînants, priant le ciel pour que ce bus ne démarre jamais.

– Oh ! bonjour, Samantha ! Tu vas bien ? demanda Silvia, aussi pimpante que ma mère.

Décidément, les quinquagénaires supportaient mieux les réveils matinaux que leurs cadets.

– Il est parti, ton fils ? demanda ma mère, surprise, en regardant autour d'elle.

– Il est monté, déjà !

– Va peut-être falloir que tu y ailles, toi aussi, non ? suggéra ma mère, infantilisante au possible.

Pour toute réponse, je me contentai de la regarder, suppliante.

– Monte dans le bus, dit-elle, pseudo-autoritaire. Allez !

Je l'embrassai une dernière fois avant de monter dans l'autocar de la déprime. J'y repérai aussitôt Tim, qui avait pris place auprès d'Anna, et Victoire, déjà presque endormie, confortablement installée contre Matthias. Tout le reste de la classe, chacun deux par deux, ne me laissant d'autre choix que de prendre une des places vides à l'avant du car.

– Vous n'avancez pas, mademoiselle ? me fit sursauter une voix d'homme derrière moi.

– Oh ! Excusez-moi, monsieur, balbutiai-je en m'asseyant. Je ne savais pas que vous étiez du périple !

– Vous ne pouvez pas tout savoir ! plaisanta-t-il en s'asseyant près de moi.

Cette proximité me mit mal à l'aise. M. Delatour, même s'il était un professeur que j'admirais beaucoup, ne m'avait jamais inspiré trop d'aisance.

Le voyage jusqu'à Londres dura dix longues heures, entre les bus et le train, pendant lesquelles mon professeur et moi-même discutâmes beaucoup. Jamais je n'aurais cru pouvoir si bien m'entendre avec lui. Si proche de lui, j'avais eu le temps d'observer le détail de ses yeux sombres, de ses traits, la texture de ses cheveux, la ligne de ses mains. Dans la quasi-intimité de ces deux sièges côte à côte, Delatour s'était révélé un homme charmant, agréable, à l'écoute et dans le partage. J'eus même le loisir de découvrir – non sans une certaine admiration – que c'était lui qui avait écrit, sous pseudonyme, le fameux livre sur les émotions qu'il m'avait prêté. Nous échangeâmes sur le sujet quelque temps, puis, sous forme de questionnaire amusant, il m'interrogea sur des questions de physique et spatio-temporelles. Le voir surpris de me découvrir si pointue en ces matières me combla : j'étais désormais « spéciale » à ses yeux. Unique.

Ma conversation avec Delatour n'échappa, je crois, à personne. Je devinais Anna me traitant de lèche-cul, pendant que Matthias et Victoire me lançaient des regards sombres à l'unisson. De mon côté, je prenais un malin plaisir à les ignorer : si j'en étais rendue là, à avoir un professeur comme seul acolyte, après tout, c'était un peu leur faute à eux aussi.

L'hôtel était superbe. Pour un voyage scolaire, j'entends. Nous étions trois par chambre – ce qui restait raisonnable – et avions chacun des lits confortables et bien espacés.

– Bien, nous allons faire la répartition des chambres ! lança Mme Sterling, notre prof d'anglais.

Au milieu du brouhaha qui commençait, Mme Sterling se battait avec ses sacs, ses stylos et sa liste d'étudiants.

– Un peu de silence, s'il vous plaît ! *Be quiet !*

Plus elle haussait la voix, moins on l'écoutait. Chacun faisait déjà son petit plan de chambre pour être avec ses amis. De mon côté, je regardais Anna et Victoire – manifestement devenues les meilleures amies du monde en l'espace de trois jours – s'exciter au milieu des autres. Tout, sauf elles…

– Bon ! Puisque vous êtes incapables de rester calmes, on va faire comme en primaire ! cria Delatour de sa grosse voix.

C'était la première fois que je l'entendais hausser le ton. Instantanément, la classe avait retrouvé son calme et son silence.

– *Thank you*, Salvator, remercia Mme Sterling, visiblement gênée.

– Quand je dirai vos prénoms, vous monterez ensemble, trois par trois, dans les chambres que je vous indiquerai ! C'est clair ?

Delatour, armé de son stylo et de la liste des étudiants, répartit les chambres rapidement.

– Tim, avec Louis et Matthias ! Chambre 306 !

Je continuais de prier contre ce que je sentais venir gros comme une maison.

– Victoire, avec Anna et… allez, Samantha ! Chambre 206 !

Et merde. C'était exactement ce que je ne voulais pas. En me demandant s'il ne l'avait pas un tout petit peu fait exprès, je traînai mon sac comme un boulet jusqu'au bagne.

– Et avec le sourire, merci ! renchérit-il, devant mon air meurtri.

Il savait. C'était obligé.

* * *

Dans la chambre, j'avais l'impression d'avoir forcé la porte de Paris Hilton et de son double maléfique. Toutes les deux, elles avaient choisi leurs lits, étalé tous leurs cosmétiques dans la salle de bains et mis de la musique à fond, sans m'adresser une parole ni un regard. Comme si je n'existais pas. De mon côté, pendant que je tentais de mourir, allongée sur mon lit, les ignorer tenait de l'impossible.

– On doit descendre pour 19 h 30, c'est ça ? demanda Anna à Victoire de son éternelle voix stridente.

– Ouais. Je sais pas comment je m'habille…

Je regardai ma montre d'un œil discret : 18 h 40. Cinquante minutes me séparaient de ma prochaine bouffée d'air. Alors que je regardais les deux mannequins en carton se mettre sur leur trente-et-un, les effluves envahissantes de parfum, déodorant, gel douche et autres substances cosmétiques me donnèrent la nausée. Sans dire un mot, je sortis de la chambre. Si Victoire ne m'adressa pas même un regard, Anna sembla décontenancée : à tous les coups, elle avait peur que j'aille voir Tim. Bien fait pour toi. Connasse.

* * *

Dans les couloirs de l'hôtel, la moquette épaisse étouffait le bruit de mes pas. L'effet était assez perturbant, comme quand je figeais le temps. Les yeux fixés sur mes pieds, je continuais d'avancer au hasard. Je découvris une grande salle commune, avec de jolis canapés en cuir camel et un billard qui n'attendaient que moi. Cette immense pièce était vide. Je me dirigeai ensuite vers une petite porte qui m'amena dans une immense bibliothèque. Les étagères en bois regorgeaient de livres reliés de cuir. De jolies tables en bois massif étaient disposées çà et là, attendant les plus studieux des résidents de l'hôtel. De petites lampes vertes et dorées étaient disposées sur chaque table, assorties de chaises en velours rouge. Tout le charme anglais – de l'idée que je m'en faisais, en tout cas – était présent dans cette bibliothèque. Une merveille. Alors que j'étais perdue entre les allées d'étagères remplies de livres, un brouhaha lointain me rappela à l'ordre : c'était l'heure du rassemblement. « Déjà » ? pensai-je. Je sentis mon pouls s'accélérer à l'idée de rejoindre la foule hostile et froide de mes camarades.

J'arrivai quelques minutes en retard au restaurant de l'hôtel. Chacun avait déjà pris soin de s'attabler avec ses amis. Alors que les profs annonçaient le programme des activités et visites de la semaine, je cherchai le plus rapidement et discrètement possible la table qui me serait la moins insupportable. À part une, totalement vide, la seule où il restait de la place était celle où étaient assis Tim, Anna, Victoire et… Matthias, qui arrivait à l'instant. Sans me regarder, il me dépassa pour aller s'asseoir auprès de la brune démoniaque. Pour ma part, il était hors de question de m'imposer à lui – à eux – alors qu'on n'avait pas échangé une seule parole depuis la veille, depuis qu'on s'était dit « tout ça »… Résignée, je m'assis à la table restée vide, feignant de m'intéresser plus que jamais au discours de Mme Sterling. Une fois les directives énoncées, je fus surprise de la voir venir s'asseoir à mes côtés, et Delatour en face de moi.

– Oh ! excusez-moi, je ne savais pas que c'était votre table, dis-je, en me levant.

– Restez, Samantha ! objecta Delatour. Vous ne nous dérangez pas, au contraire ! s'exclama-t-il avec un sourire chaleureux.

Gênée, je me rassis immédiatement. Quoi qu'il en soit, c'était ça ou la table de l'enfer… Le choix était sans appel.

Malgré leur application à m'ignorer lorsque j'étais près d'elles, mes colocataires semblèrent soudainement très intéressées par mes camarades de tablée. Du coin de l'œil, je les voyais m'observer d'un air mauvais, alors que leurs comparses masculins continuaient de m'ignorer du mieux qu'ils pouvaient. Au-delà de la conversation que j'entretenais aussi poliment que possible avec Delatour et Mme Sterling, mon attention restait fixée sur leur table, de laquelle j'entendais parfois des bribes de discussion. Rien d'intéressant, mais surtout rien qui me concernât. Le repas terminé, les étudiants quittèrent leurs tables par grappes de deux, trois, quatre ou cinq, pour se diriger vers leurs chambres, la salle commune ou d'autres endroits, extérieurs mais proches de l'hôtel, comme l'avait expressément demandé Mme Sterling.

Alors que cette dernière était partie régler des formalités administratives à la réception, je restai seule, en face à face avec Delatour. Pendant que la table de mes « amis » se levait, je décidai d'en faire de même. Autant ne pas alimenter de nouvelles rumeurs sur ma proximité avec lui.

– Je vais me coucher, bonne nuit, monsieur, à demain ! dis-je poliment en me levant.

– Salvator.

– Pardon ?

– Appelez-moi Salvator, répéta-t-il, aimable.

L'information mit un peu plus d'une seconde à atteindre mon cerveau, pendant laquelle je fixai mon professeur, ahurie.

– D'accord, euh… Bonne nuit, Salvator, balbutiai-je.

Décontenancée par cet éclair de rapprochement, c'est seulement en me retournant vers le couloir que je surpris les regards de Matthias et Victoire, aussi noirs l'un que l'autre. Surtout celui de Victoire. À coup sûr, elle avait entendu son oncle me demander de l'appeler par son prénom, et ça ne lui avait pas plu du tout. En continuant de m'interroger sur les motivations de Delatour, je les suivis machinalement, de loin, jusqu'au deuxième étage. Pourquoi m'avait-il choisie moi ? Est-ce qu'il cherchait seulement à embêter sa nièce, ou avais-je vraiment forcé son intérêt, comme il me laissait le croire ? Mon ventre se noua lorsqu'une dernière hypothèse s'imposa à moi : est-ce qu'il me draguait… ?

Eux continuèrent leur route. En devinant qu'ils partaient ensemble dans la chambre 306, je regagnai la mienne, seule et non mécontente de ce petit moment d'intimité.

Je profitai du plaisir d'être seule pour prendre une douche, écouter de la musique, bouquiner… Je devinais au-dessus de moi les occupants de la chambre 306 qui faisaient du bruit, criaient et se bousculaient joyeusement. Tentant de les ignorer, j'enfonçai mon casque sur mes oreilles et tentai de m'endormir, quand quelqu'un ouvrit violemment la porte. C'étaient ces deux pétasses d'Anna et Victoire, hilares, qui n'avaient manifestement pas prévu de respecter ni mon sommeil ni celui de quiconque dans l'hôtel.

– AAAAAAAH, ÇA Y EST ! cria Anna de son insupportable voix stridente.

– Chuuuuut ! Tu vas réveiller les chambres voisines, dit Victoire très fort, provocante.

– Il embrasse bien, en plus ! minauda-t-elle.

Mon cœur s'emballa. De la part de Tim, c'était le coup de grâce.

– Pas aussi bien que Matthias, répondit Victoire, hautaine.

Cette fois-ci, tout mon corps se glaça. Mes oreilles bourdonnèrent, je n'entendais soudain plus le reste du monde autour de moi. Même la voix d'Anna m'était devenue imperceptible. Étouffée sous mes couvertures, je me consumais au fur et à mesure que mon chagrin grandissait.

La déception.

La douleur.

Le néant.

XXI

6 heures

Alors que je tentais de ne pas entendre le réveil infâme qui sonnait et que je ne reconnaissais pas, la réalité me rattrapa comme une immense gifle en plein milieu de la figure.

– Éteins ce putain de réveil ! grogna Victoire, alors qu'Anna s'empressait déjà d'exécuter les ordres de sa maîtresse.

Est-ce que les souvenirs présents dans ma mémoire étaient bien réels ? Tim avait vraiment embrassé Anna, alors ? Et Matthias, Victoire ?

Quel voyage de merde…

Je fus agréablement surprise de constater qu'à part son sèche-cheveux, Anna était capable de faire preuve de discrétion le matin, ce qui me valut une bonne heure et demie de sommeil en plus.

Jusqu'à ce que Victoire se réveille et mette sa musique à fond.

Connasse.

9 heures

Avant même que le reste des étudiants ne remplisse le réfectoire, je me rassis automatiquement à la même place que celle que j'avais occupée la veille au soir. J'aperçus Anna et Victoire arriver après moi, et ne pus m'empêcher de les observer embrasser leurs nouvelles moitiés, non sans un certain haut-le-cœur. Regarder Matthias devenait pour moi une épreuve de plus en plus difficile et douloureuse. Quand je pense que quelques jours auparavant je caressais encore le plaisir de faire ma « princesse » en face de lui, comme il disait…

Le café était tiède, le pain, mou, la confiture, dégueulasse, et mon moral, plus bas que terre. Je déjeunai seule et en silence, en face de Mme Sterling, qui n'était manifestement pas du matin, tout en me demandant où pouvait se trouver Delatour. Même si j'étais presque soulagée de son absence, cette proximité, bien qu'agréable et tombée du ciel en de pareilles circonstances, était parfois un peu bizarre. Comment mon professeur le plus antipathique avait-il pu si soudainement se transformer en quelqu'un d'aussi chaleureux et sympathique ? C'est à cet instant précis que je le vis arriver, l'air heureux, un sachet de croissants tout chauds à la main.

– Tenez, mesdames. Mangez plutôt ça, vous allez vous intoxiquer avec ce pain en caoutchouc, dit-il en nous tendant un croissant à chacune.

Il était tiré à quatre épingles, les cheveux en arrière, habillé tout de sombre, comme toujours, mais cette fois-ci avec ce sourire chaleureux – et un peu sexy quand même – auquel je n'avais aucun mal à m'habituer. Alors que je le dévisageais, distraite, il m'interrompit :

– Tout va bien, Samantha ?

Oh ! la honte.

– Oui, oui monsieur, très bien, balbutiai-je.

– Prenez un croissant ! insista-t-il, la main tendue vers moi.

J'en attrapai un, l'estomac noué, et me forçai à le manger.

* * *

Tous réunis dans le bus de la déprime, nous partîmes visiter les endroits les plus touristiques de Londres. Buckingham Palace, Piccadilly Circus, Big Ben et j'en passe, toutes ces merveilles remplies d'histoire nous attendaient… *in English, please !* Je fus bienheureuse d'avoir pensé à prendre mon appareil pour tromper la solitude. Non pas que mon désir fût d'immortaliser ce merveilleux voyage, mais les lumières sombres et nuageuses de Londres avaient quelque chose d'inspirant. Cette ville, sa dynamique, sa population, tout était différent de chez nous. Et c'était passionnant.

Alors que nous visitions la National Gallery, à Trafalgar Square, j'observai Victoire roucouler contre Matthias, sa main dans la sienne. Mon cœur tapait fort dans ma poitrine, comme s'il tentait d'en sortir. Moi, ce sont ces images que j'aurais voulu sortir de ma tête.

– Alors, ces photos ?

Delatour me fit sursauter.

– Pas mal ! bredouillai-je, me donnant une contenance.

– On peut voir ? demanda-t-il, l'œil charmeur.

– Euh… ben là, comme ça, sur l'appareil, vous verrez pas grand-chose, dis-je en regardant mes pieds.

– Samantha, est-ce que tout va bien ? Vous pouvez me parler, vous savez.

En levant les yeux, je vis les siens qui me fixaient sans ciller. Un mélange de curiosité, de sympathie et d'autre chose que je n'aurais su définir s'y dessinait. Quelque chose de séduisant, je crois.

– Tout va bien, monsieur.
– Salvator, insista-t-il, les yeux toujours rivés sur moi.
– Salvator, répondis-je docilement.
Je ne comptais plus les regards assassins de Victoire, ni ceux de reproche de Tim et Anna. Je continuai d'avancer, escortée par mon professeur dont la sollicitude ne cessait de me surprendre.

* * *

J'avais beau pouvoir contrôler le temps d'un claquement de doigts, il avançait au ralenti en Angleterre. Je me répétais sans cesse la phrase de ma mère, avec beaucoup d'ironie : « Tu vas vivre des choses incroyables. » Remarque, elle n'était pas si loin du compte : si on m'avait dit que mon meilleur ami m'abandonnerait si facilement pour une fille aussi bête, effectivement, je ne l'aurais pas cru. Tim et Anna plus Matthias et Victoire – j'eus peine à trouver dans ma mémoire un moment de ma vie durant lequel je m'étais sentie aussi mal.

Et dire que j'aurais pu m'isoler d'un simple claquement de doigts… Mais je m'étais promis de ne plus jamais figer le temps. Même avec ce que Matthias me faisait vivre, je refusais de le plonger une fois de plus dans cette prison de cire. Ironie du sort, le temps passait d'autant plus lentement qu'il m'était de toute façon devenu impossible de le figer. Sans vraiment vouloir l'arrêter longtemps, quelques petites tentatives m'avaient laissé comprendre que je n'y arrivais plus. Sans doute à cause de mon moral, de mes émotions, de ce que je vivais. Privée de ça, ma vie semblait perdre peu à peu son sens, sa saveur. J'étais complètement déprimée.

La fin de cette journée sonna tôt, puisque nous fûmes libérés aux alentours de 16 heures. Nous étions en *free time* jusqu'à 19 h 30, heure à laquelle on avait tous rendez-vous pour manger. En regardant mes camarades, ravis, se diriger vers les centres commerciaux, bars et autres destinations attractives, je préférai m'isoler et retourner à l'hôtel. J'eus le temps de faire une sieste, prendre une douche, *checker* les photos que j'avais prises dans la journée, les retoucher… Les filles ne vinrent pas dans la chambre avant de manger, et j'en fus comblée. J'aurais donné n'importe quoi pour ne pas voir leurs gueules pendant plusieurs jours d'affilée. Malgré ça, je ne pus m'empêcher de les chercher du regard au réfectoire, mais elles manquaient à l'appel. Elles, et leurs *mecs*. Déstabilisée par cette constatation, je me forçai à manger alors que Delatour me questionnait sur les endroits dans lesquels pouvait bien se trouver sa nièce, absente.

– Vous n'avez aucune idée d'où elle peut être ?

– Avec Anna, Tim et Matthias, sûrement, dis-je, blasée.

Rien que de prononcer leurs noms, j'avais encore plus envie de vomir.

– Et elles ne vous ont rien dit ?

– Je suis désolée de vous le dire, mais votre nièce et moi ne nous entendons pas, m'entendis-je répondre. Je n'ai aucune idée de l'endroit où elle peut se trouver. Sinon, je vous l'aurais dit.

Surpris, Delatour me regarda, silencieux. Je ne sus lire l'expression de son regard. Ce subtil mélange de respect et de compassion m'était insupportable.

– Excusez-moi, dis-je, en quittant la table.

De peur d'y trouver Victoire et Anna, je préférai la bibliothèque à la chambre. J'y trouvai toute la solitude et la tranquillité dont j'avais absolument besoin à ce moment-là. Je ne saurais déterminer combien de temps j'y restai, mais cet endroit me fit du bien. Tous ces livres me permirent d'oublier, l'espace de quelques heures sûrement, tous les désagréments de mon quotidien. Me sentant un peu mieux, je tentai tout de même de claquer des doigts une fois de plus, discrètement, pour voir si mon pouvoir sur le temps revenait avec mon moral, en vain. Je continuai malgré cet échec, comme par provocation envers moi-même. J'étais perdue au beau milieu des allées de la bibliothèque, à la recherche d'un livre suffisamment épais et intéressant pour me faire tenir jusqu'à la fin du voyage, quand on me fit sursauter :

– Ça t'arrive souvent de claquer des doigts toute seule comme ça ?

XXII

Je sentis mon cœur s'emballer avant même de découvrir son visage. En me retournant, je le vis si près de moi que je me demandai comment j'avais pu ne pas l'entendre approcher. Dans mon cœur, qui battait la chamade, résonnait autant de surprise que de colère.

La colère et la rancune prirent finalement le dessus sur mes émotions. Quel culot, m'ignorer de cette façon pendant trois jours pour revenir comme une fleur, à l'abri des regards ? Hors de question. Je ne lui adressai qu'un regard sombre avant de fuir dans le sens opposé, quand il me rattrapa, me plaquant contre une des étagères. Ses deux bras autour de mes épaules, ses yeux plantés dans les miens, j'étais incapable de bouger.

– Attends… souffla-t-il.

Il était si proche de moi que je pouvais sentir son souffle caresser mon visage. Furieuse, je soutins son regard sans ciller. Je refusais de me laisser impressionner, cette fois-ci. J'étais hors de moi, et tout à fait incapable d'agir : malgré toutes les histoires qui nous divisaient, sa présence me rassurait. Pour la première fois depuis le début de ce voyage, je me sentais vivante.

– Calme-toi, Sam. Je vais t'expliquer.

– M'expliquer quoi ? scandai-je, incapable de me maîtriser. Tu me prends trop pour une conne, Matthias, j'en ai marre de…

– Chut !

Il plaqua sa main sur ma bouche pour me faire taire. Aussitôt, j'entendis des pas qui faisaient grincer le parquet : nous n'étions à l'évidence pas seuls. Sans bruit, il m'emmena au bout de l'allée la moins éclairée de la bibliothèque. Là, il me cala contre son torse, attendant que l'intrus disparaisse. Je sentais son cœur battre fort dans sa poitrine. Je sentais son odeur, et son corps se tendre et se calmer au rythme de sa respiration. Après avoir observé l'individu qui nous dérangeait, il baissa son visage vers le mien. Jamais nos lèvres n'avaient été si proches. D'un geste délicat, il releva mon menton vers lui. Un incendie se déclara dans mon corps tout entier alors que je respirais son souffle. Un centimètre. Cinq millimètres.

Trois…

Deux…

Un…

Je fermai les yeux, prête à recevoir le baiser dont j'avais tant rêvé.

– On ne vous dérange pas ?

Je reconnus la voix de Delatour, et le rêve se dissipa comme un nuage de poussière. La réalité me rattrapa aussitôt : putain, j'allais vraiment le laisser m'embrasser ? Mais à quoi il joue, en plus ? Muette, je me contentai de regarder mon professeur qui nous assassinait de ses prunelles sombres.

– Montez dans votre chambre, mademoiselle. Il est tard.

En m'exécutant, je regardai Matthias, incapable de ne pas m'inquiéter pour son sort.

– Monsieur Lombarda, je crois qu'une petite discussion s'impose.

...

Dans cette bibliothèque, en tête à tête avec ce professeur qu'il ne pouvait décidément plus encadrer, Matthias faisait le bilan de ces derniers jours. À quel moment le cours des évènements lui avait-il échappé ? Victoire, ce voyage, Sam, cette bibliothèque, qu'est-ce qui ne tournait pas rond dans sa tête ? Ça n'était pas faute d'avoir demandé conseil auprès des siens ; Julien, son meilleur ami, l'avait déjà prévenu qu'il semblait perdre le contrôle et que la direction qu'il empruntait n'était pas la bonne. Malheureusement, même les conseils de Julien étaient biaisés, il n'aurait pas compris ces histoires de temps qui s'arrête et redémarre... Ainsi, Matthias n'avait écouté que lui-même. Sortir avec Victoire, c'était l'assurance de se mettre Sam à dos – et donc la tenir à distance – pour un long moment. Malgré les verrous qu'il s'était mis contre lui-même, Matthias continuait de penser à celle qui figeait le monde et son cœur. Ne pas pouvoir l'approcher l'avait rendu fou et il se retrouvait là, pris la main dans le sac par son prof, l'oncle de sa « copine », en train de... bref.

Très calme, Delatour le toisait, stoïque. Impassible, Matthias cherchait la paix intérieure, espérant que son professeur le libère rapidement et sans encombre.

– Votre voyage semble plein de rebondissements, commença Delatour, ironique.

Matthias savait parfaitement ce à quoi son professeur faisait allusion. Même s'il avait raison, il ne souhaitait pas particulièrement s'étendre sur ce sujet avec cet homme. En soutenant son regard, par provocation, Matthias garda le silence.

– Vous ne vous approcherez plus de Mlle Delorme, ordonna Delatour.

– Je vous demande pardon ? le défia-t-il.

– Vous m'avez très bien entendu, enchaîna le professeur, en s'approchant de Matthias. Vous avez choisi de sortir avec ma nièce, très bon choix. Ainsi, vous n'approcherez plus Samantha. Dois-je me montrer plus clair ?

Son attitude se voulait menaçante et laissait percevoir quelque chose d'effrayant. Matthias n'était pas en mesure de négocier. Après un instant de réflexion, il acquiesça d'un signe de tête et Delatour se retira. Le souffle court, Matthias le regarda s'éloigner, impuissant. Jour après jour, ce voyage anéantissait chacun de ses espoirs envers Sam.

* * *

En montant les escaliers vers la chambre de l'enfer, je repassais dans ma tête le fil des évènements. Que s'était-il passé réellement ? Qu'est-ce qu'il foutait dans cette bibliothèque ? M'y avait-il suivie ? Impossible, j'y étais restée quelques heures toute seule, il n'aurait pas attendu aussi longtemps tapi dans l'ombre. Puisqu'il m'ignorait, pourquoi être sorti de nulle part, pourquoi avoir tenté ce rapprochement qui ne rimait à rien ? Malgré l'absence de logique dans ses actions, je me radoucis, essayant de comprendre ce qui avait pu l'amener à se comporter ainsi. À peine quelques minutes suffirent à faire ressurgir mes angoisses. Et s'il l'avait fait exprès ?

Toutes ces idées qui tourbillonnaient dans ma tête m'empêchèrent de trouver le sommeil pendant de longues heures, durant lesquelles j'eus le loisir d'entendre les ronflements de Javotte et Anastasie. Je n'en pouvais plus d'attendre la fin de ce voyage.

– Demain… dis-je tout bas pour moi-même, les yeux fixés au plafond que je distinguais à peine dans le noir.

Même si je l'avais souhaité de tout mon cœur, le lendemain ne m'apporta aucun réconfort, comparé aux jours précédents. Matthias, continuellement fourré avec Victoire, ne me calcula pas, Tim non plus et Anna encore moins. Delatour n'échappa pas à la règle lui non plus ; il redevint le professeur froid et distant que j'avais toujours connu. Le temps ne m'en parut que plus long encore.

Malgré mes nombreuses déceptions, celle que j'éprouvais à l'égard de Matthias était de loin la plus douloureuse ; j'étais incapable de comprendre la logique de son comportement. Depuis l'épisode de la bibliothèque, il ne m'avait accordé aucun regard, aucune parole, comme s'il s'était agi d'une parenthèse de loyauté, d'amour et de sympathie aussi vite passée qu'oubliée.

Le retour en car fut à l'image de tout ce voyage : les couples ensemble, l'air heureux, hilares, trop occupés à se bécoter pour observer le monde autour d'eux, et moi. Là.

Seule.

De tout ce voyage, je ne retins que la promesse absolue que je me fis à la sortie du bus, lorsqu'une fois de plus il m'ignora royalement alors qu'il saluait ma mère poliment : plus jamais, au grand jamais, je ne ferais confiance à Matthias Lombarda. Plus jamais je ne lui accorderais une place de choix dans mon cœur. Et s'il m'était encore possible de le faire, je ne lui adresserais plus jamais la parole.

Jamais.

XXIII

Julien avait été très clair : « Si ton prof t'a dans le pif, t'es mort. Donc, tu t'approches plus de Sam, comme il te l'a demandé, et puis c'est tout. Compris ? » Matthias avait eu beau lui expliquer qu'il se foutait complètement de Victoire, qu'elle l'avait presque forcé à l'embrasser dans cette chambre d'hôtel sinistre, et lui rappeler ô combien il avait pu lui parler de Sam, même avant de revenir ici, Julien restait intraitable : ne pas s'approcher de Sam.

Cette fois-ci, et bien malgré lui, Matthias suivit les conseils de son ami. La fin du voyage en Angleterre s'était révélée encore plus navrante que le début. Victoire le collait plus qu'un chewing-gum et ne se séparait plus d'Anna, son sous-fifre, qui elle-même ne vivait plus sans Tim. Il n'avait jamais vraiment eu l'occasion de discuter avec Tim, mais Matthias avait du mal à comprendre ce garçon. Si, de son côté, il avait de vraies raisons d'éviter Sam, quelles étaient les siennes ? Comment pouvait-il paraître à ce point nonchalant envers elle, alors qu'il aurait sacrifié la Terre entière pour cette fille quelques jours auparavant ? Devant cette amitié qui se déchirait, la culpabilité de Matthias n'était que plus grande. Il avait deviné la jalousie de Tim, et sa peur évidente qu'on lui « vole » Sam. Pour adoucir les journées de celle qu'il s'était promis d'éviter, Matthias décida de favoriser la réconciliation entre Sam et Tim. S'il ne pouvait plus s'approcher d'elle pour un moment, il s'assurerait qu'elle ne soit plus jamais seule.

* * *

Quelques jours après notre retour d'Angleterre, l'ambiance à la fac n'avait pas évolué. Tim m'ignorait toujours ostensiblement, sans que je comprenne encore pourquoi, et je refusais de calculer Matthias qui m'agaçait d'être à ce point changeant. Je l'avais surpris, quelquefois, à m'observer de loin alors que j'étais tranquillement installée pour manger, bosser, ou attendre simplement. Plus il m'accordait d'attention, plus j'avais envie de l'emplâtrer. Plus rien ne me ferait changer d'avis, désormais, il n'était qu'un petit con de plus qui aimait jouer avec les filles, et ça en resterait là.

Depuis qu'il sortait avec Anna, Tim avait changé de style vestimentaire, coupé ses cheveux, et même modifié son vocabulaire. Il s'était transformé en une pâle copie de lui-même, désagréable et caricaturée, qui m'affligeait beaucoup. Plus je la voyais le façonner à son image et à ses goûts superficiels, moins je continuais de croire à un éventuel retour à la normale entre lui et moi.

Ce jour-là, j'étais tranquillement assise sur les tables de pique-nique dehors, et ce déjeuner avait de vrais faux airs de l'Angleterre. Je les entendais rire, assis tous les quatre à une table voisine, tout en les ignorant. Je voyais malgré tout Matthias qui m'observait discrètement, et j'eus soudain l'envie pressante de faire chier Victoire. En changeant légèrement de place, je me retrouvai dans un axe qui permettait à chacun de mes camarades de me voir. Alors que Matthias continuait de me regarder, j'attendis que Victoire me jette un regard, elle aussi, pour lancer un immense sourire radieux à Matthias, qui me le rendit. Aussitôt, Victoire bondit, l'engueulant dans une diatribe que je n'entendis que par bribes. C'était con, provocateur, mais terriblement grisant. En souriant, je quittai la table pour partir en cours de physique, où cette joyeuse équipe n'allait de toute façon pas tarder à me rejoindre.

Je n'avais pas vraiment reparlé à Delatour depuis le voyage et l'épisode de la bibliothèque. Il s'était assis à côté de moi au retour, mais nous n'avions pas échangé particulièrement et, me sentant un peu vaseuse, je ne m'étais pas permis d'insister. Aujourd'hui serait le premier jour de mon nouveau départ. Pour une fois, je décidai de troquer ma place solitaire au fond de la classe pour le premier rang. Après tout, ne plus avoir d'amis en cours était une bonne occasion d'être plus attentive, et, pourquoi pas, de récupérer de meilleures notes. J'avais eu tendance à oublier que c'était tout de même le but premier de la fac.

Je vis mon professeur surpris de mon changement de place, mais pas mécontent. Oubliant le reste de la classe, qui de toute façon n'écoutait pas beaucoup le cours, je m'amusai à croire que j'étais seule avec le prof, et lui posai toutes les questions nécessaires à une parfaite compréhension du cours. C'était décidé, j'allais reprendre ma vie en main, et arrêter de la subir à cause de ces deux garçons qui m'avaient déçue.

Évidemment, il était plus facile de décider d'oublier Victoire et Anna que de le faire vraiment. À chacune de mes interventions, la réalité m'imposa leurs sarcasmes, que Delatour ne releva pas. J'eus malgré tout le dessus dans cette bataille quand je vis l'air dépité de Victoire, alors que son oncle m'interpellait à la fin du cours :

– Samantha ? Vous pouvez venir, une seconde ?

– Bien sûr, répondis-je poliment.

Ravie de pouvoir agacer Victoire encore un peu plus, je pris mon temps pour ranger mes affaires, pendant que la masse des étudiants quittait la classe. Matthias, qui sortit le dernier, ne manqua pas de manifester son mécontentement en claquant la porte suffisamment fort pour faire trembler les murs de la salle.

– Élégant ! ironisa Delatour.

Dans son œil, je devinai la proximité de nos échanges qui réapparaissait. Il avait retrouvé toute la sympathie dont il avait fait preuve à mon égard au début du voyage. Et ça faisait du bien.

…

– Oh, il t'arrive quoi, là ? s'écria Victoire, agressive.

Conscient d'avoir peut-être claqué la porte un peu trop fort, Matthias reprit son sang-froid. Ce prof le rendait dingue.

– Tu le trouves pas bizarre, ton oncle, avec Sam ? lança-t-il, en se contenant.

– Alors déjà, tu parles pas de cette meuf devant moi, et ensuite, je vois pas de quoi tu parles.

Elle était sur la défensive, et ça démontrait toute l'exactitude de ce qu'il avançait.

– Moi j'le trouve chelou, ton oncle, dit-il en s'arrêtant.

Elle le fixa de ses grands yeux noirs en amande, hypnotisante.

– Allez, viens bébé, on s'en tape, souffla-t-elle en l'immobilisant, aguicheuse.

Ses arguments n'avaient plus d'effet sur Matthias – si tant est qu'ils en aient eu un jour.

– Tu vas où ? l'interpella-t-elle, fébrile.

– J'ai un truc à faire, répondit-il, presque en courant dans le sens opposé. À toute.

Enfin tranquille ! Seule l'idée d'appeler Julien obsédait Matthias. Il n'y avait que lui pour le calmer et le remettre dans le droit chemin. Une heure et demie de conversation plus tard, au terme de longues argumentations animées entre les deux garçons, Matthias et Julien étaient finalement tombés d'accord, glisser une lettre dans son sac était la meilleure des solutions. Même si Julien tiquait encore à l'idée que Matthias fasse un nouveau pas vers Sam, à l'évidence l'obsession de son meilleur ami pour cette fille dépassait tout ce qu'il pouvait imaginer du haut de ses dix-huit ans.

Matthias consacra de longues heures à la rédaction de cette lettre qui semblait ne jamais raconter assez fidèlement ses sentiments. Les mots lui paraissaient vides, fades. Le lendemain, il se débrouillerait pour glisser discrètement l'enveloppe dans son sac.

Le lendemain, elle saurait tout. Tout, sans exception.

XXIV

– Alors ?

La voix stridente d'Anna interrompit le fil de mes pensées de façon impromptue. Depuis le temps qu'elle ne m'avait pas adressé la parole, j'avais presque oublié le nécessaire de survie pour faire face à ce phénomène.

– Alors ? insista-t-elle, ses grands yeux cernés de bleu à paillettes rivés sur moi.

J'hésitais entre une totale ignorance et un dédain mortel.

– Qu'est-ce qu'il t'arrive, Anna ? répondis-je. T'as perdu ton gloss ?

Elle accueillit l'affront comme une blague amicale.

– Ha ha ha ! décidément, je t'ai toujours trouvée très drôle, Sam !

– Qu'est-ce que tu veux ? m'impatientai-je.

Son sourire ravi m'indiqua qu'elle en arrivait enfin au but.

– Il se passe quoi, entre Matthias et toi ?

Décidément, cette fille avait le don pour les questions hors sujet.

– Ben tu sais bien, Anna, on couche ensemble tous les soirs, m'agaçai-je.

Ma réaction trop vive trahit mon malaise. Un sourire supérieur se dessina sur son visage au fur et à mesure qu'elle gagnait du terrain. Avec un petit rire cynique, elle enchaîna :

– C'est ce que je dis. Vraiment très drôle.

Victoire déteignait sur elle plus vite que ce que j'aurais pu croire. De son air de Paris Hilton écervelée, elle était rapidement passée à la blonde sulfureuse et menaçante, de celles avec qui on n'a pas vraiment envie de rigoler.

– Je dois y aller. Salut, tentai-je, en m'échappant.

– Attends, dit-elle, autoritaire, sans bouger.

Je me surpris à m'immobiliser aussi sec.

– Je sais qu'il se passe quelque chose entre Matthias et toi, insista-t-elle, menaçante. Je ne suis pas certaine que ça plaise beaucoup à Victoire… ni à ton nouvel ami, le professeur Delatour.

J'explosais intérieurement, mais réussis miraculeusement à conserver mon calme.

– D'accord, Anna, répondis-je en la fixant droit dans les yeux, cette fois-ci.

D'un ton de défi, j'enchaînai :

– Qu'est-ce qui te fait croire ça ?

– Je sais que vous vous échangez des mots, lança-t-elle, sur le même ton.

Je tombai des nues. De quoi parlait-elle ? Face au ridicule de la situation, je ne pus réprimer un fou rire nerveux.

– T'es ridicule, Anna. T'es tellement occupée à surveiller les histoires des autres que tu ne te rends même pas compte de l'absurdité de ta position. Tu vois pas que ça fait des semaines que Matthias et moi ne nous sommes pas adressé la parole ? Mais qu'est-ce que tu crois ? On n'est pas dans un film, on est dans la réalité, ma vieille.

Et dans la réalité, y a pas d'histoires de lettres en cachette ou d'amour secret. Tu comprends ça ? Dans la réalité, tout est chiant, tout est triste et monotone.

Un silence chargé suivit mon réquisitoire. Je tournai les talons pour parfaire ma sortie théâtrale, quand elle m'interpella une fois de plus.

– OK, tu peux me le prouver ?

En soupirant, je me retournai vers elle.

– Mais Anna, t'es conne ou quoi ?

Devant son silence, je continuais de l'enfoncer, sûre de moi.

– Comment tu veux que je te prouve qu'un truc n'existe pas ? Ça tourne pas rond dans ta tête, terminai-je en reprenant mon chemin vers la sortie.

– Tu peux me montrer ton sac, alors ?

Quelques papillons s'envolèrent soudain dans mon ventre. Cette requête était trop précise pour être anodine. Surtout de la part d'Anna.

– Parce que tu crois que tu vas trouver quelque chose dans mon sac ? bluffai-je, soudain incertaine.

– Exactement, répondit-elle, sûre d'elle.

L'absurdité de cette situation me mit hors de moi. À quel moment avais-je accepté de me soumettre aux exigences de cette fille prétentieuse ?

– Sinon ? répondis-je, arrogante.

– Je te l'ai dit : sinon, je balance tout à Victoire et Delatour.

Décidée à ce qu'elle me fiche enfin la paix, je cédai à sa demande. En ouvrant mon sac, j'aperçus Victoire, qui n'était pas loin, elle non plus. Elle ne sembla pas surprise de voir Anna près de moi ; j'en conclus que c'était elle qui l'avait envoyée.

– Ah ! Moment de vérité ! trépigna-t-elle.

J'ouvris les petites poches de mon sac sous sa surveillance, non sans un certain stress mêlé d'excitation : et si elle ou Victoire avait vu Matthias y déposer quelque chose à mon insu ? S'il y avait vraiment une lettre, ou même juste un mot ?

La scène se déroula sous mes yeux au ralenti, exactement comme dans les films. Alors que je commençais sérieusement à flipper pour ce que je risquais de trouver dans mon sac, sous les regards pesants d'Anna et de Victoire un peu plus loin, « dissimulée » dans la foule des étudiants, je vis Anna jubiler. Je n'avais même pas vu la lettre qu'elle l'avait déjà attrapée, plus vite que l'éclair, avant de la rapporter aussitôt à sa maîtresse. Très calme, comme toujours, Victoire fit taire son sous-fifre qui piétinait d'impatience. L'air supérieur, elle désigna la lettre en me fixant :

– Intéressant !

L'injustice dont j'étais victime me fit perdre mes moyens. J'essayai d'attraper la lettre qu'elle prit un malin plaisir à tenir hors de ma portée, sous les rires gras de ses acolytes. « Matthias, pourquoi tu m'as fait ça? » pensai-je alors, immobile, au centre du cercle de l'humiliation. Je les regardai un à un, déguster le plaisir de m'ôter une intimité dont je n'avais même pas eu le temps de prendre conscience.

– C'est pas en récupérant une lettre qui ne t'est pas destinée que tu réussiras à en avoir une, toi aussi, répliquai-je, cinglante.

Autour de moi, les rires ahuris se turent aussitôt. Victoire, patiente, se contenta de lever un sourcil en souriant.

– Tu veux pas me la rendre ? Tu sais quoi, je m'en tape, dis-je, sincèrement. J'ai aucune idée de ce qu'il peut y avoir écrit dessus, et j'imagine que ça t'intéresse beaucoup plus que moi-même. Lis-la, je m'en fiche, apprends-la par cœur, même, si tu veux. Mais si je peux te dire une chose,

Victoire, c'est que je préfère être à ma place plutôt qu'à la tienne.

Le silence persista autour d'elle jusqu'à ce que je sorte tout à fait de la fac. De toute évidence, j'avais tapé un énorme coup dans une fourmilière dont je ne soupçonnais même pas la puissance.

Tant pis pour la lettre.

Tant pis pour Matthias.

Tant pis pour moi.

XXV

Les images de cette journée improbable se bousculaient dans ma tête. Delatour, puis Anna, Victoire et Matthias… cette lettre… Rien ne me laissait deviner ce qui aurait bien pu le motiver à déposer quoi que ce soit dans mon sac. Son attitude, même si elle se faisait de plus en plus sollicitante – toutes proportions gardées – envers moi, ne m'attendrissait pas. Il était temps de grandir. S'il avait voulu me parler, s'il avait eu quelque chose d'important à me dire, il serait venu me voir directement. Et il se serait débrouillé pour que rien ni personne ne l'empêche de me dire ce qu'il avait à me dire. Entre la bibliothèque, dans laquelle Delatour nous avait surpris, et cette lettre interceptée par Anna et Victoire, les coïncidences se faisaient de plus en plus nombreuses et de moins en moins crédibles.

– Ouh ! la petite mine ! m'interpella ma mère depuis la fenêtre du salon.

– Ça va, maman ? T'as passé une bonne journée ?

Je n'avais pas vraiment envie de discuter, mais la solitude

de ma chambre ne m'inspirait pas non plus. À choisir, je préférais encore une petite causette ensoleillée avec ma mère plutôt qu'une déprime en solitaire. Installée dans le jardin, elle me raconta ses histoires pendant que les rayons du soleil ravivaient les quelques taches de rousseur sur mon visage. C'était agréable, il faisait bon.

On était bien.

– Et toi alors, quelles sont les nouvelles ? demanda ma mère, enjouée.

– Ben…

Je pris une pause de quelques secondes durant lesquelles je me demandai s'il était utile ou non de raconter ma vie en détail à ma mère. Et puis merde. Après tout, je n'avais plus personne à qui raconter quoi que ce soit, et encore moins sur Matthias. Ma mère, au moins, le connaissait, et mieux que quiconque à la fac.

– Maman, ça va pas du tout avec Matthias.

Surprise, elle se redressa dans sa chaise longue, sur laquelle elle lézardait allègrement depuis quelques minutes.

– Vous sortez ensemble ? demanda-t-elle, surexcitée, en relevant ses lunettes de soleil.

Une vraie ado. En levant les yeux au ciel, je soupirai pour exprimer ma lassitude.

– Excuse-moi, ma chérie. Qu'est-ce qu'il se passe avec Matthias ? reprit-elle, calmement.

Mes lunettes vissées sur les yeux, je profitai de ce confort d'intimité pour masquer mes prunelles qui s'embuaient. Je voulais paraître détachée, mais l'exercice m'était difficile.

– Je crois qu'il se fout de ma gueule, maman…

– Matthias ? C'est pas son genre, répondit-elle du tac au tac, convaincue.

Sa dévotion à toute épreuve envers le fils de son amie m'agaçait au plus haut point. Et moi ?

– Ah ouais ? Tu peux m'expliquer pourquoi il a essayé de m'embrasser, alors qu'il a une meuf, alors ? m'énervai-je soudain.

J'avais balancé l'info comme un pavé dans la mare. Bouche bée, elle sonda mon visage pour définir si je mentais ou non.

– Il a fait ça ? demanda-t-elle, grave.

Mon émotion avait laissé place à l'amusement de voir ma mère ainsi sidérée par l'attitude de son petit protégé.

– Ma puce… dit-elle, en me prenant dans ses bras. Quand je pense que petits, vous étiez les meilleurs amis du monde…

Je me tus pour l'écouter parler de cette époque qui m'échappait entièrement.

– Vous étiez tellement mignons avec Constance, vous l'appeliez « la fée », tellement vous la trouviez jolie !

– C'est qui, Constance ? demandai-je, intéressée.

– Oh mon cœur ! Tu ne t'en souviens pas ?

Ma mère, émue, me regarda comme la petite fille que j'étais sans doute encore à ses yeux.

– C'était votre nounou ! Elle vous adorait.

– Et qu'est-ce qu'elle est devenue, cette dame, maintenant ?

– Je ne sais pas, chérie. Elle avait arrêté de vous garder un peu avant que les Lombarda ne partent, parce qu'elle avait quelques soucis de santé, je crois. Elle était très fatiguée… c'est dommage, parce qu'elle était encore toute jeune.

La discussion, qui avait si vite dévié du sujet de mes tourments, me lassa rapidement. Je n'avais pas envie de parler du passé, je cherchais seulement des réponses à mes questions qui elles-mêmes n'étaient pas tout à fait claires.

– Laisse passer le temps, mon cœur, dit ma mère en se

rallongeant face au soleil, comme si elle entendait mes pensées. Tu verras.

…

– À quelle heure tu rentres, Matthias ? demanda Silvia en voyant partir son fils.

– J'en sais rien, maman ! Pourquoi ?

– Pour savoir, mon chéri ! Bonne journée !

Matthias envoya un baiser à sa mère de loin, en continuant de s'éloigner. Cette journée, ensoleillée, s'annonçait merveilleuse. Aujourd'hui, Sam aurait lu son mot, il quitterait Victoire, et plus rien ni personne ne l'empêcherait de passer du temps avec les personnes qui comptaient pour lui.

C'est du moins ce qu'il espérait. En route, Matthias fut surpris de croiser Tim, qui semblait l'attendre.

– Eh ben, c'est pas trop tôt ! lança-t-il.

– Hey, ça va ? demanda Matthias, inquiet.

Certain que le meilleur ami de Sam ne l'appréciait guère, le voir l'attendre ne présageait rien de bon.

– Il faut que je te parle, dit-il, grave.

Fébrile, Matthias attendit silencieusement la suite.

– Écoute, toi et moi on n'est pas potes, mais je crois qu'on partage la même affection pour Sam.

– Justement, je voulais te parler à ce propos…

– Laisse-moi terminer, ordonna Tim. Je sais pas ce que t'as foutu hier, mais les filles sont hystériques.

Aussitôt, Matthias sentit son rythme cardiaque s'accélérer. Est-ce qu'elles savaient ? Et Tim ? Mais comment ?

– Comment ça, ce que j'ai foutu hier ? demanda-t-il en gardant son calme.

– Anna a pas voulu me dire, le rassura Tim sans le vouloir.

Je sais juste que t'as fait un truc apparemment très grave, et qu'elles vont se venger sur Sam.

Matthias s'immobilisa aussi sec pour lui faire face.

– Et donc ? insista-t-il après quelques secondes.

– Quoi, « et donc » ? singea Tim. Mec, je sais pas ce qu'elles ont prévu de lui faire, à Sam, mais j'te jure que s'il lui arrive un truc, je t'éclate la face, t'as compris ?

L'ironie de la situation arracha à Matthias un sourire nerveux. Tim avait beau être plus grand que lui, ses petits bras de mouche auraient eu beaucoup de mal à gagner face aux siens.

– Putain, ça te fait marrer, en plus ? l'accusa-t-il.

– Hé ! Pour commencer, tu vas te détendre, le calma Matthias.

Les deux jeunes hommes reprirent silencieusement leur route vers la fac, côte à côte. Matthias réfléchit rapidement à la situation. La lettre n'était de toute évidence pas restée secrète. Sa seule question était de savoir qui l'avait rendue publique, et comment.

– Et toi ?

– Quoi, moi ? répliqua Tim, arrogant.

– C'est quoi, ton problème avec Sam ? Tu l'évites, tu l'ignores à longueur de journée, tu sors avec Anna qui passe sa vie à la traquer, mais s'il lui arrive un truc, tu m'exploses ? On est d'accord qu'il y a quelque chose qui tourne pas rond ?

Tim fixa le sol. Au bout d'un instant, il brisa le silence pesant qui s'était installé :

– Je suis pas comme toi, moi, commença-t-il en s'arrêtant.

Devant le regard interrogateur de Matthias, il enchaîna :

– Je suis pas le *lover* de la fac, je suis pas le mec que toutes les nanas s'arrachent, tu comprends ?

Sa voix s'enrouait malgré lui dans un trémolo touchant.

– Presque toute ma vie, j'ai pensé que Sam et moi, on était faits pour être ensemble. Depuis des années je la regarde de plus près que personne, je passe mon temps, mes journées, ma vie avec elle. Et depuis que t'es arrivé, j'ai compris que mes espoirs étaient basés sur du vent. C'était pas moi, son meilleur ami de toujours. Pas moi, son prince charmant.

Tim fixait Matthias avec autant de fragilité que de rancœur. Certain qu'il n'aurait eu que faire de sa compassion, Matthias garda le silence pour le laisser terminer.

– Alors voilà. Un jour, une jolie nana, populaire de surcroît, s'est intéressée à moi. Je sais, tu la trouves conne, insipide et sans personnalité. Mais pour moi, Anna, c'est la première fille qui se soit vraiment intéressée à moi. La seule qui m'aie jamais vu comme un homme, et pas comme un « bon copain ».

Plus il approchait du but, plus il était vulnérable. Cet aveu de faiblesse était une belle preuve de confiance, malgré leurs différends.

– Le soir où on s'est mis ensemble, en Angleterre, elle m'a fait comprendre que Sam ne pouvait pas conserver cette place dans ma vie. Que c'était elle ou Sam. Et moi, depuis un moment, j'ai bien compris qu'entre toi et moi, le choix aurait été rapidement fait, l'accusa-t-il dans un regard sévère. Alors j'ai agi dans mon intérêt, pour une fois, j'ai choisi Anna.

La fin de ce récit toucha Matthias. Le manque de confiance en soi de Tim était criant.

– Tim… commença-t-il, ému par ses confidences.

– Je ne veux pas entendre ce que tu as à me dire, l'interrompit Tim. Ce que je viens de te dire, c'est ce que j'aurais dû assumer devant Sam depuis le début. Ben tu vois, je l'ai toujours pas fait. Faut croire qu'elle a eu raison de te choisir toi, plutôt que moi. De toute façon, c'est trop tard, maintenant. J'ai essayé de parler à Anna, de les calmer toutes les deux, elle et Victoire… mais plus j'essaie de protéger Sam, plus elles s'enveniment. Alors surveille-la, ta Victoire. Parce que ça a pas l'air d'être une sympa. Et s'il arrive quoi que ce soit à Sam, je te le répète une dernière fois, je t'éclate la tête.

* * *

Cette histoire de lettre m'avait hantée toute la journée. Est-ce que Matthias avait vraiment voulu m'écrire quelque chose, ou est-ce que c'était une mise en scène supplémentaire orchestrée dans le but d'offrir à Victoire le plaisir de se venger ? Cette lettre venait-elle bien de lui ? Si oui, qu'y racontait-il ? Parlait-il de mon pouvoir ? De nous ? Sans écarter aucune hypothèse, je commençais déjà à me préparer. La vengeance serait terrible, j'en étais convaincue, et l'attitude surexcitée d'Anna toute la journée auprès de Victoire n'atténuait pas mes peurs. Malgré tout, Tim m'avait accordé un sourire, le matin. Quant à Matthias, il restait lui aussi à distance, ce qui me laissait davantage penser que cette lettre était effectivement un leurre.

La tête remplie de questions, je quittai la fac, stressée de n'avoir encore subi aucun retour de bâton. Plus le temps passait, plus j'appréhendais. Je vissais mon casque sur mes oreilles quand j'aperçus, au loin, Victoire et trois de ses copines, chacune un granité coloré à la main. Si j'avais eu un peu d'affection pour Victoire, j'aurais pensé qu'elle ressemblait aux nanas *badass* des films américains pour ados. Dans la réalité, je sentais mon intuition se vérifier : de toute évidence, ces filles n'étaient pas parties pour boire ces boissons. Déjà trop près d'elles, de toute façon, je n'avais aucun moyen de leur échapper. Au moment précis où je m'étonnais de ne pas voir Anna avec elles, alors que je venais juste de les dépasser, je sentis une douche glacée s'étendre sur ma tête, mon cou, mes épaules et mon dos. Tous les étudiants autour de nous s'arrêtèrent pour observer la scène. Certains riaient, me montraient du doigt, lançaient de mauvaises blagues, pendant que d'autres me dévisageaient avec une sincère pitié. Moi, j'étais immobilisée par la surprise, la peur et le froid. Le temps de saisir exactement la situation, je pris une grande inspiration avant de constater l'étendue des dégâts : mon chemisier clair était devenu rouge, bleu, vert, mais surtout transparent. Mon soutien-gorge orange était offert à la vue de toute l'assemblée qui ne me quittait plus des yeux. Je sentis mes oreilles bourdonner et la colère m'envahir aussi vite que le froid glissait sur mon corps. Les mains tremblantes de rage, je courus vers Victoire pour la pousser aussi fort qu'il m'était possible de le faire.

C'est à cet instant que tout bascula.

J'avais perdu le contrôle. Sur moi, sur les autres et sur ma vie. Aveuglée par ma rancune, je n'avais pas pris la peine d'évaluer les risques de mon acte. Instantanément, Victoire fut projetée au sol, sur la route, au moment exact où une voiture passait trop vite. Le temps sembla se suspendre l'espace d'un instant, sans que j'y sois pour quoi que ce soit. Je n'entendais plus aucun son, sinon celui de mon cœur qui explosait dans ma poitrine. Celle qui jusqu'ici m'avait fait vivre l'enfer gisait dans une mare de sang.

J'avais tué Victoire.

XXVI

Le temps n'était suspendu que dans ma tête. J'entendais, masqués par le bruit sourd qui résonnait dans mon crâne, les cris, les larmes, les pleurs. L'effroi. Ma respiration était coupée, mon corps, glacé. Alors que tous accouraient vers Victoire, Matthias se posta face à moi. J'aurais voulu disparaître. Ne plus exister. Être à sa place à elle sous cette voiture, plutôt qu'à la mienne. J'étais désormais une meurtrière.

Le regard flou, Matthias avait l'air ailleurs lui aussi. Tétanisée, j'étais incapable d'émettre un son. Les yeux toujours dans le vide, il leva les bras dans un grand geste, et le temps se figea autour de nous.

Puis, soudain, une des copines de Victoire se mit à marcher à reculons, puis deux, puis trois. Sous mes yeux ébahis, le monde se rembobinait au fur et à mesure qu'il baissait lentement les bras. Toujours incapable de bouger, je regardai la voiture revenir en arrière, Victoire revenir à sa position initiale, et mon acte s'effacer. Le liquide glacé s'échappa de mon corsage, le laissant à nouveau propre, sec, et opaque, pour revenir parfaitement à sa place dans les gobelets des quatre filles qui s'éloignaient de nous à reculons. Mon cœur tapait plus fort que jamais contre ma poitrine. Que se passait-il ? Matthias avait-il cet effet sur le temps ? Si je pouvais le figer, pouvait-il le remonter ? Alors que ses bras regagnaient ses côtés, le temps resta suspendu dans les limbes. D'une voix robotique, il m'ordonna de retourner à ma place. Je m'exécutai immédiatement, sans poser de question. Stupéfaite, je rajoutai à la liste de mes interrogations cet air *stone* que je ne lui connaissais pas.

Étais-je en train de rêver ?

Une fois à ma place, le cours du temps reprit comme si rien ne s'était produit. Et c'était le cas : je frôlai la crise cardiaque quand j'aperçus Victoire, vivante et pimpante, avec ses trois copines que soudain je portais dans mon cœur. Jamais je n'aurais cru que l'envie de prendre Victoire dans mes bras puisse m'envahir à ce point… et pourtant. Je fonçai cette fois-ci vers elle, bien décidée à la serrer fort contre moi, quand une main me stoppa net.

– Ne bouge pas.

Matthias tenait fermement mon bras et regardait Victoire s'approcher. Il avait troqué son air *stone* contre un regard dur. À mon grand regret, il relâcha son étreinte lorsque Victoire fut suffisamment proche, pour aller l'embrasser sous mes yeux.

Là, juste devant moi.

– Salut, mon cœur, ça va ? demanda-t-il, gentiment.

Victoire ne cacha pas sa surprise. Ravie de pouvoir faire la démonstration de son avantage sur moi devant tout le monde, mais surtout aussi près de moi, elle l'embrassa à pleine bouche. Après quelques secondes de torture, je passai mon chemin pour m'échapper jusque chez moi. J'entendis les copines de Victoire piailler alors que je m'éloignais, et Matthias les calmer.

Définitivement, il venait de se passer quelque chose

dont l'ampleur m'était encore inconnue. Les questions défilaient dans ma tête. Ce retour dans le temps était-il vraiment l'œuvre de Matthias ? Depuis quand savait-il faire ça ? Et comment ? Pourquoi étais-je la seule, avec lui, à ne pas avoir remonté le temps ? J'avançais en vitesse, encore shootée par le cocktail d'émotions que m'avaient procuré les événements de ces derniers instants. Le parallèle entre mon pouvoir et le sien me semblait de plus en plus évident. La voix stridente d'Anna me fit sursauter, me tirant de mes pensées.

– Sam ? T'as pas vu Victoire ?

En me retournant, je vis dans ses mains un gobelet rempli de la fameuse boisson glacée. Quelle connasse.

– Oh, Anna ! Comme tu es belle aujourd'hui ! dis-je, tout sourires, en l'embrassant sur les deux joues.

Elle eut un mouvement de recul et son attitude amère me fit jubiler.

– Euh, il t'arrive quoi, là ?

– Si tu cherches ta copine Victoire, ma chérie, elle est avec son amoureux, Matthias, juste quelques mètres plus loin. Bisous ! m'exclamai-je en empruntant ses propres expressions.

Je savais qu'elle arrivait « trop tard » pour le plan qu'avait préparé Victoire contre moi. Je sentais son stress de la décevoir, et la peur de prendre une initiative seule contre moi s'affronter dans son esprit étriqué. Je résistai bien malgré moi à l'envie de lui renverser son granité sur la tête, et continuai ma route, espérant marquer le plus de distance possible avec ce que je venais de vivre. C'était à en devenir cinglé. En quelques secondes, j'avais subi la pire humiliation de ma vie, tué ma pire ennemie, et découvert que le seul être humain immunisé contre mon pouvoir en avait un bien à lui également. Il avait sauvé mon avenir en ressuscitant celle que j'avais assassinée malgré moi.

Waouh !

Ça faisait beaucoup d'informations à assimiler, et je ne voyais qu'une seule manière de le faire. J'étais bien décidée à récupérer le sommeil dont j'avais de toute évidence besoin, et rien ni personne n'aurait pu freiner ma course jusqu'à ma chambre.

Personne… Sauf Delatour.

– Ah, Samantha ! Vous allez-bien ?

Surprise de le voir essoufflé, je ne pus m'empêcher de répondre spontanément.

– Euh… oui, depuis tout à l'heure, et vous… ?

– Très bien, je vous remercie, répondit-il en se redonnant une contenance.

Il marcha à côté de moi quelques mètres, silencieux. Je n'étais pas d'humeur et son silence ne rendait la situation que plus pesante.

– Excusez-moi monsieur, mais je peux vous aider ?

Dans un sourire charmeur, il s'arrêta en me fixant.

– Décidément, vous êtes entêtée. Salvator.

– Je peux vous aider, Salvator ? répondis-je en insistant sur son prénom, volontairement insolente.

Pour la première fois sur le visage de mon professeur, j'aperçus ce qui s'apparentait à de la gêne, il semblait mal à l'aise.

– Tout va bien ? demandai-je, inquiète.

– Je…

Son regard se fit distant. Ses yeux s'embuèrent, mais il ravala son émotion aussitôt. Je le regardai sans comprendre, dans l'attente d'une explication de sa part.

– Samantha, vous êtes une élève extraordinaire. J'apprécie beaucoup votre compagnie. Et nos discussions.

– Moi aussi monsieur, mais que se passe-t-il ?

– Salvator.

– Salvator, répétai-je en souriant.

Me voir sourire sembla le détendre.

– Est-ce que vous voulez qu'on aille boire un café ?

Wait.

Est-ce que mon professeur, accessoirement l'oncle de la fille que je venais plus ou moins de tuer, était en train de me proposer un rendez-vous, là ? Ma gêne ne lui échappa pas :

– Il n'y a rien d'ambigu, je vous rassure, insista-t-il.

En réalité, j'aurais adoré aller boire un café avec lui, si seulement les évènements qui venaient de se dérouler sous mes yeux n'avaient pas saturé mon esprit. J'étais incapable de penser à autre chose, et je n'avais aucune envie de perdre la sympathie de Delatour à mon égard.

– Pardonnez-moi, mons… Salvator, je ne peux pas, aujourd'hui…

– Demain, alors ? enchaîna-t-il.

– Excusez-moi, dis-je en m'éloignant.

Je n'avais pas été préparée à tant de sollicitude de la part d'un professeur, et j'avais pris peur. Il était certes très beau, très intelligent, et notre écart d'âge n'était effectivement pas si important. Mais justement, il restait mon professeur, et j'étais loin de partager les fantasmes d'Anna sur les hommes plus mûrs, d'autant que les rumeurs et Victoire me tenaient déjà suffisamment éloignée de lui pour que je ne veuille envenimer les choses.

Enfin blottie au fond de mon lit, je me repassai le film de cette incroyable journée, en passant par la case Matthias.

De toute évidence, nous étions liés.

Depuis toujours.

XXVII

Si la nuit porte conseil, cette nuit-là ne m'apporta que de nouvelles questions. J'avais absolument besoin de discuter de ce qu'il s'était passé avec Matthias. Si nous contrôlions chacun un aspect du temps, et que nous étions immunisés l'un contre l'autre, c'est que nos pouvoirs étaient liés.

– Tu vas où ? m'interpella ma mère, alors que je quittais la maison.

– Chez Matthias ! À toute !

La proximité entre nos deux familles avait au moins cet avantage de m'offrir tout le loisir de me pointer chez lui sans y avoir été invitée, le tout sans avoir à me sentir gênée. Après tout, lui ne s'en était pas privé. Devant sa maison, je sonnai, le cœur battant.

– Oh ! Samantha, quelle bonne surprise ! s'écria Silvia en ouvrant la porte d'entrée. Qu'est-ce qui t'amène ? me demanda-t-elle en m'embrassant. Entre !

– Je suis venue voir Matthias, est-ce qu'il est là ?

– Ah ! je suis désolée, ma chérie, il est parti, y a son copain Julien qui est venu lui faire une surprise !

Je n'avais aucune idée de qui était son « copain Julien », et j'aurais préféré l'avoir pour moi au moins quelques minutes…

– Tu sais pas quand il rentre ? demandai-je, sans réussir à masquer ma déception.

– Oh tu sais, quand ils sont tous les deux… ça peut durer des heures. Appelle-le, si tu veux ?

– Non, t'inquiète pas, je repasserai peut-être plus tard. Merci, Silvia !

– Embrasse ta mère ! me cria-t-elle alors que je m'éloignais.

Attendre que Matthias rentre gentiment chez lui n'était pas dans mes plans, et l'appeler aurait rendu les choses trop officielles. Malgré ça, je ne pus qu'accepter l'évidence : j'allais devoir attendre sagement de le voir à la fac le lendemain.

Il a toujours été plus simple de se dire « je vais le faire », plutôt que de faire les choses vraiment. Ce matin-là, devant la fac, quand j'aperçus Matthias à côté de Tim, d'Anna et d'un garçon que je devinai être Julien, tout le courage que j'avais réussi à accumuler s'envola, laissant mes doutes s'abattre sur moi comme une chape de plomb. Au lieu de ça, je me contentai de regarder Anna minauder devant trois garçons pour le prix d'un. Julien était beau, lui aussi, grand, musclé, il avait ce qu'on appelle une « gueule », une mâchoire tracée, des traits durs, un brin charmeur. À mon grand désespoir, je ne fis que passer devant eux. Avant d'aller en classe, je fis un détour par les toilettes des filles pour me passer un peu d'eau sur le visage. Face au miroir, je repris un peu d'assurance. De toute façon, je n'aurais pas pu lui parler alors qu'il était entouré de toutes ces personnes. Malgré ça, j'avais absolument besoin de réponses.

Matthias, Tim et Anna avaient eu le temps d'arriver avant moi dans la salle de physique. Victoire, comme à son habitude, était absente – ou en retard –, et cette fois-ci, je ne me dégonflai pas. En fonçant droit sur Matthias, je pris sans hésiter la place vacante à côté de lui, et enchaînai immédiatement :

– Je sais, c'est la place de Victoire.

Muet, il m'adressa un regard agréablement surpris. Au même moment, Delatour, qui attendait comme toujours que tous ses élèves soient installés pour commencer son cours, me lança un regard assassin. Comment avais-je pu oublier ?... Refuser l'invitation d'un professeur pour ensuite m'afficher sous son nez dans son cours, et avec le petit ami de sa nièce n'était peut-être pas la meilleure idée que j'aie eue récemment...

– Matthias, il faut absolument qu'on parle, dis-je en plantant mon regard dans le sien.

– Je crois aussi, répondit-il, sérieux.

– Passe à la maison ce soir, on sera plus tranquilles, soufflai-je.

– Bouge, m'interrompit Victoire.

Je me contentai de la regarder, immobile, en pensant à ce que je lui avais fait la veille.

– Samantha, pouvez-vous rendre sa place à Victoire comme elle vient de vous le demander, s'il vous plaît ?

Le ton sec et froid de Delatour associé à son charisme naturel lui donnait un côté indiscutablement sexy. Pour autant, je ne saisissais pas. Qu'est-ce que ça pouvait bien lui faire, que je m'asseye à côté de Matthias ? Était-il question de contenter Victoire, ou de se venger de mon refus de l'autre jour ?

Résignée, je récupérai mes affaires en repartant au fond de la classe : le premier rang m'aurait été trop irritant pour l'heure. Victoire, triomphante, se contenta d'un petit couinement de satisfaction, et profita de l'agitation pour embrasser Matthias vulgairement.

La journée fut longue, mais pas interminable. Plus l'heure de rentrer approchait, plus j'angoissais de ne pas le voir arriver. Je tentais de me faire une raison tant bien que mal : jusqu'ici, il n'avait eu aucun problème à s'inviter tout seul, il serait donc capable de répondre à mon invitation, surtout avec tout ce que nous avions à nous dire.

Enfin, je crois.

… J'espère.

…

Entre Victoire, Sam et Julien, l'emploi du temps de Matthias était comme qui dirait « légèrement chargé » ces derniers temps. La présence de Julien depuis deux jours l'avait tant apaisé qu'il se laissait même gagner par la nostalgie de ses années lyonnaises. En y réfléchissant, tout était tellement plus simple, plus léger, là-bas…

De retour de la fac, Matthias n'avait que quelques minutes devant lui pour prévenir Julien qu'il devait passer chez Sam pour discuter avec elle. Matthias savait que son ami ne s'en vexerait pas : il connaissait l'importance de Sam aux yeux de Matthias, et pour le nombre d'heures passées à parler d'elle, même au téléphone, il ne pourrait que s'en réjouir.

En arrivant, Matthias ne fut pas surpris de le retrouver vautré au fond d'un transat, en train de prendre le soleil. En le voyant, il se leva d'un bon pour lui sauter dessus, surexcité :

– T'es prêt ? demanda-t-il, un sourire en coin.

Sans comprendre, Matthias rit nerveusement en l'interrogeant du regard. Devant le silence de son ami, il insista :

– Qu'est-ce qu'il y a ?

– Tes affaires sont prêtes ou pas ? On part dans une heure, mon pote !

– *What ?*

La spontanéité légendaire de Julien continuait de surprendre Matthias.

– On part à Lyon ! Je nous ai organisé quelques jours de ouf. J'ai tout prévu, ça te mettra même pas dans la merde pour tes cours !

Son enthousiasme laissa Matthias pantois : comment pouvait-il refuser une telle initiative ?

– Mais…

– Y a pas de « mais », gros ! T'es bien, là, en ce moment ?

– Ben… balbutia-t-il.

– Donc on se casse, c'est tout.

Même pour quelques jours, Matthias mourait d'envie de partir à Lyon. Il savait que ce séjour ne pourrait lui être que bénéfique pour s'aérer la tête, l'esprit, et lui apporter des réponses. Malgré ça, il avait fait une promesse, et imaginer Sam l'attendre en vain ne l'emballait pas. Et pourtant, face à l'enthousiasme et à l'envie subite de fuir ses problèmes, il n'eut pas la force de refuser. Aussi importante qu'elle soit, cette discussion pourrait bien attendre quelques jours…

– On part pour combien de temps ? céda-t-il.

– Pour l'instant, c'est pas la question. Va chercher ton sac, ordonna-t-il joyeusement en se dirigeant vers la voiture.

Matthias devinait le sac de Julien déjà prêt et dans l'entrée, qui n'attendait plus que le sien juste à côté. Il le regarda machinalement faire ronronner son moteur en pensant à Sam qui l'attendrait en vain. Après tout, ce voyage tombait sans doute à pic. Toute cette histoire de temps, de pouvoirs, tous ces problèmes avaient commencé avec son retour ici... et avec Sam. Malgré lui, il avait commencé à développer une certaine forme de peur vis-à-vis d'elle, que seule la distance pourrait adoucir. Le cœur lourd, il restait immobile, les yeux dans le vide, quand Julien l'interpella :

– T'as pas le choix, gros. On part, c'est tout.

Il le connaissait trop bien.

– OK... abdiqua-t-il.

* * *

Arrivée chez moi, je fus déçue mais pas surprise de constater qu'il n'était pas là. Encore pleine d'espoir de le voir débarquer d'une minute à l'autre, je tentai tant bien que mal de m'occuper l'esprit, un thé à la main et la télé allumée, pour ne pas stresser davantage. L'enjeu de cette conversation était si grand qu'il m'était impossible de me concentrer sur autre chose. Aujourd'hui, ce soir, on discuterait ouvertement de ce dont je n'avais jamais osé parler à personne. Ce soir, on saurait tous les deux.

À mesure que les heures défilaient, mes espoirs s'estompaient. Un cocktail de rancœur et de déception bouillonnait en moi, grandissant un peu plus à chaque coup d'œil vers la pendule du salon. En un seul regard, ma mère avait compris que j'attendais quelque chose dont je n'avais pas envie de parler. Elle avait sans doute passé le mot à mon père, qui ne vint pas me déranger lui non plus. Lorsqu'il fut 21 heures, l'idée de le voir enfin arriver me quitta définitivement. Malgré les preuves d'intérêt qu'il m'avait fournies ces derniers jours, cette lettre, tous ces regards, ces sauvetages à répétition, il se fichait finalement bien de moi. J'aurais voulu lui dire qu'il ne respectait rien, que si moi je n'étais pas suffisamment importante pour lui, il devait au moins respecter ces pouvoirs que nous ne maîtrisions pas. Contrariée, je ne pris même pas la peine de lui écrire ou de l'appeler, j'avais suffisamment donné. Au fond de mon lit, entre tristesse, colère et incompréhension, je cherchais en vain la force de me ressaisir, quand la tentation de poser mes idées à l'écrit me vint à l'esprit. Puisqu'il ne voulait pas l'entendre, j'allais l'écrire, moi aussi. *Lui* écrire.

XXVIII

Matthias,

J'ai eu beau t'attendre, ici ou ailleurs, en te regardant, en t'ignorant, en t'adorant ou en te détestant, rien n'y fait, on n'aura jamais réussi à se parler vraiment.

Depuis quelque temps, je découvre sans les comprendre des initiatives de ta part envers moi ; ce presque baiser dans la bibliothèque, cette lettre dans mon sac que je n'ai jamais pu lire, ces regards de loin…

Pourquoi ne viens-tu pas me parler ? Pourquoi m'évites-tu sans cesse alors qu'on se croise tous les jours, et qu'il nous est même possible de nous voir l'un chez l'autre ? Pourquoi n'es-tu pas venu ce soir ?

Comme je te l'ai dit, je ne comprends pas les tenants et les aboutissants de ton comportement, dont je commence à me lasser. Te courir après n'est pas dans mes plans.

Pour autant, nous devons absolument discuter de ce qu'il s'est passé sur la route l'autre jour. Croyant être seule dans cette histoire, j'ai longtemps évité cette conversation. Maintenant que j'ai vu ce que nous savons, je crois que nous avons d'importantes informations à échanger. Et pour le coup, même à l'écrit, j'en serais bien incapable.

Réponds-moi, s'il te plaît. Ou viens me voir, discutons. Faisons preuve de maturité et de courage, pour une fois.

Essayons d'oublier nos enfantillages… nous n'avons plus huit ans.

Enfin, je crois.

Je t'embrasse,
Sam

Les mots me semblaient fades et insipides, face à l'ampleur du sentiment que je n'avais pas su retranscrire. Pour autant, j'avais défini l'essentiel : un sentiment de trop-plein et d'agacement, un peu de déception, et la nécessité que nous discutions enfin. Sans être alanguie, cette lettre m'offrait néanmoins la possibilité de dire le fond de ma pensée en gardant ma dignité.

Armée de ma lettre, bien décidée à la lui donner en mains propres, j'arpentai la fac au hasard, dans l'espoir de trouver Matthias… en vain. Le gymnase, la cafète, les couloirs, les salles de révision et même Victoire étaient tristes de son absence. Sans me démonter, je savais que le cours de Delatour serait la dernière occasion de le rencontrer et de la lui donner. Pas la plus discrète, certes, mais c'était ce à quoi il me forçait. Intérieurement, je priais pour avoir le courage de ne pas me dégonfler à la dernière minute.

Devant la salle, je découvris avec surprise quelques étudiants agglutinés à la porte close. Delatour était toujours en avance, quelles que soient les circonstances. Je cherchai le visage de Matthias dans la foule de mes camarades sans le trouver. Alors que Tim et Anna, main dans la main, arrivaient à leur tour, mon regard croisa celui de mon ex-meilleur ami.

– Salut, Sam, ça va ? demanda-t-il, soucieux.

Abasourdie par un retournement de veste aussi soudain, je lui lançai un regard ahuri pour seule réponse.

– Bon… je dois… enfin t'as compris, dit-il en désignant Anna, restée à l'écart.

Devant mon air blasé, il insista :

– Non, mais elle s'est fait voler son appareil, elle est pas bien…

Je ne répondis pas, le laissant repartir vers sa dulcinée. Mes questionnements sur Tim attendraient que j'aie accompli mon objectif principal : trouver Matthias, qui n'arrivait toujours pas. Mes espoirs de le voir arriver se décuplèrent en voyant débarquer Victoire.

– Vous fatiguez pas, les gars, il est pas là, dit-elle à l'attention du groupe.

Dans le brouhaha provoqué par la joie des étudiants qui n'avaient finalement pas cours, je désespérai de voir enfin Matthias arriver et m'échappai rapidement, loin de Victoire que j'entendais déjà parler de Matthias et Julien.

Les trois jours suivants furent aussi décevants que celui-là. Alors que Matthias demeurait introuvable, Delatour restait absent, lui aussi. Seul rayon de soleil dans cette histoire, le sourire de Tim qui, pendant ces trois jours, s'était agrandi et avait évolué en un regain d'intérêt envers moi. Surprenant, mais bienvenu. C'était en le voyant revenir vers moi aussi maladroitement que je m'étais rendu compte à quel point il m'avait manqué. Sans lui poser de question – l'influence d'Anna était à mon sens une grande partie de la réponse – je l'accueillais volontiers auprès de moi lorsqu'il prenait la peine de faire un pas dans mon sens.

Nos dix ans d'amitié jouaient évidemment en sa faveur. La rancune n'avait jamais été dans mes habitudes, et sa sollicitude – discrète, mais présente – suffisait à combler les excuses qu'il ne m'avait pas faites. Prise de nostalgie, je m'emballai alors qu'il venait vers moi :

– Ça te dirait qu'on aille boire un verre ce soir ? demandai-je, enjouée, à l'idée de retrouver mon ami.

Devant son air ennuyé, je compris que le refus n'était pas loin.

– Non ? Ça te dit rien ? devinai-je, déçue et gênée d'être allée peut-être trop vite.

– C'est pas ça… marmonna-t-il, contrarié.

– Bon, ben accouche.

– J'ai promis à Anna de sortir avec elle, ce soir, ça fait un moment qu'on n'a pas fait de soirée que tous les deux…

– OK, pas de souci !

J'étais déçue, mais pas suffisamment pour le lui laisser paraître. Après tout, s'il avait enfin une « femme » dans sa vie, je ne pouvais que me réjouir pour lui… Je sentais cependant la culpabilité dans son regard.

– Y a pas de problème, je te dis ! Hey ! Tranquille, on ira boire un verre une autre fois, d'accord ?

Rassuré, il me répondit par un sourire. Je me plus à imaginer qu'il était déçu de ne pas pouvoir accepter ma proposition, et cette simple hypothèse réchauffa mon cœur.

* * *

Les jours qui me rapprochaient de Tim me rappelaient l'absence de Matthias qui n'en finissait pas.

Même Delatour était revenu le matin même. Puisque je n'avais toujours pas vu Matthias, je ne lui avais pas remis la lettre et ma patience atteignait ses limites. À la fin de la journée, décidée à aller la lui porter directement chez lui en mains propres, j'enfilai mon manteau quand ma mère m'interpella :

– Tu veux pas qu'on aille manger un bout ? Toutes les deux ?

L'idée me séduisait autant qu'elle retardait le moment fatidique du dépôt de la lettre.

– Maintenant ? demandai-je, embêtée.

– Ben d'ici cinq, dix minutes ?

Je restai muette pendant qu'elle me sondait du regard.

– Tu as mieux à faire que d'aller manger avec ta petite maman, peut-être ? plaisanta-t-elle.

– Arrête ! cédai-je en rigolant.

Nous partîmes toutes les deux, laissant mon père et mon frère derrière nous, pour une soirée entre filles bien méritée. En me promettant d'aller la déposer au retour, je fourrai la lettre dans ma poche avant de monter dans la voiture.

– Bon, qu'est-ce que tu veux manger, mon cœur ?

Au volant de sa décapotable, les cheveux au vent, ma mère avait des allures d'actrice américaine. Elle respirait la liberté, l'indépendance et le bonheur. Comme elle était belle, ma mère…

– Chérie ? reprit-elle en me sortant de mes pensées. Tu ne réponds pas ?

– Euh, ben j'sais pas, mexicain ? proposai-je au hasard.

– Oh ! oui. Oh ! oui, quelle bonne idée !

Je me sentais légère. Près de ma mère, tout semblait plus heureux, plus vivant, moins grave. À notre arrivée, elle insista pour qu'on s'installe en terrasse. Malgré la légère fraîcheur du soir qui tombait, je cédai, ravie d'avoir choisi un manteau suffisamment chaud. Le serveur, un beau jeune homme d'à peu près mon âge, blond, les yeux bleus, assez petit mais drôlement charmant, nous apporta les cartes.

– Ouh, il est mignon ce serveur ! lança ma mère, mutine.

– Maman… l'arrêtai-je, en levant les yeux au ciel.

– En tout cas, il t'a regardée !

– Maman, c'est normal qu'il m'ait regardée, il m'a donné un menu ! Il t'a regardée toi aussi, tu sais ?

Nous continuions de rire et discuter tout en choisissant quel plat ravirait nos papilles pour la soirée. Alors que j'argumentais très sérieusement sur l'inutilité du piment, que défendait ma mère, j'aperçus Tim, au loin avec Anna. Main dans la main, ils avancèrent sans me remarquer jusqu'à la terrasse voisine, où les attendaient Victoire… et Matthias. Alors que mon cœur bondissait dans ma poitrine, je zigzaguais entre la découverte du mensonge de Tim, la déception de constater qu'il m'avait menti, le plaisir de voir Matthias, la colère de voir qu'il ne m'avait pas prévenue de son retour, le déplaisir de le voir accompagné de Victoire, la détermination d'aller lui donner la lettre, et la nécessité que ma mère ne se doute de rien… Autant dire que, le temps de réfléchir à tout ça, elle avait déjà tout capté.

– C'est sa copine, à gauche ? demanda-t-elle en désignant Victoire.

Les dents serrées, je ne pris pas la peine de répondre, l'image parlait d'elle-même.

– Dis donc, ils sont drôlement vulgaires !… s'indigna ma mère, les regardant s'embrasser.

Ce qui s'était annoncé comme une soirée de lâcher-prise se transforma en échec. Rien de la suite du repas que je partageai avec ma mère ne me parut plus important ni plus intéressant que ce qui se passait à la table de

Matthias. Des papillons s'envolaient dans mon ventre chaque fois que je pensais à lui remettre la lettre. Il fallait que je le fasse, et je priais pour ne pas qu'ils partent avant que nous ne terminions.

À la fin du repas, je comptais sur ma mère pour l'entrée en matière vers Matthias : elle n'aurait jamais pu résister à l'envie d'aller saluer son petit protégé, aussi vulgaire soit-il avec sa copine qui n'était pas moi.

– Bonjour Matthias ! lança joyeusement ma mère une fois arrivée devant la tablée de mes camarades.

Alors que Matthias regardait ma mère d'un air supérieur, comme s'il ne la connaissait pas, je croisai le regard de Tim, à mi-chemin entre la culpabilité de m'avoir menti et la jalousie envers Matthias pour n'avoir pas été salué par ma mère le premier.

– Bonjour Isabelle ! fayota-t-il, en se levant pour l'embrasser, alors que Matthias n'avait toujours pas réagi.

– Bonjour, Isabelle, répéta Matthias du tac au tac, sorti de sa transe.

Alors qu'il avait embrassé ma mère, il retourna s'asseoir sans me calculer, ce qui n'échappa pas à ma génitrice.

– Vous vous êtes déjà vus, aujourd'hui ? conclut-elle.

Je regardai Matthias me toiser nonchalamment. Agacée par son attitude que je jugeai immature, l'idée de lui donner la lettre me parut soudain futile : pourquoi continuer de m'acharner pour un con pareil ? Un regard vers Victoire me rappela les événements passés. Je revoyais par flashes la voiture, les boissons glacées, sa tête sur la route dans un bain de sang… et Matthias. Qui avait sauvé la vie de Victoire.

– Je peux te parler une seconde ? demandai-je.

Finalement, je me fichais bien de Tim, d'Anna et de Victoire. Même l'attitude de Matthias m'était égale, après tout. Seul m'importait le but que je m'étais fixé, lui donner la lettre en mains propres, être sûre qu'il la lise et prenne conscience de ce que j'avais à lui dire. Après quelques secondes d'hésitation, il se leva enfin et me suivit silencieusement. Alors que je m'éloignais un peu de ses amis, ma mère resta près d'eux, occupée à discuter avec Tim, sûrement avide de récupérer sa place de favori auprès d'elle.

– Matthias, je…

– Qu'est-ce que tu veux ? me coupa-t-il, sévère.

– Oh, tu te calmes ?

– OK, répondit-il en tournant les talons.

– Attends ! le rattrapai-je aussitôt. Tiens, dis-je en lui tendant la lettre.

Mes mains tremblaient. Il m'arracha l'enveloppe des mains sans un mot, sans même me regarder.

– T'es vraiment trop con, terminai-je en l'assassinant du regard.

– Maman, tu viens ? criai-je de loin. On s'en va.

Aussi séchée par le comportement incompréhensible de Matthias que j'étais, j'avais atteint mon but : il avait ma lettre.

XXIX

Tout le long du retour, le comportement de Matthias fut le sujet de prédilection de ma mère. Même elle, qui le considérait presque comme un fils, et accessoirement, comme la réplique la plus exacte de ce qu'on appelle le prince charmant, avait déchanté devant son attitude.

– Non mais tu te rends compte ? Tu as vu la façon dont il m'a regardée ? On aurait dit que j'étais une étrangère ! s'indignait-elle au volant.

Sans répondre, je profitais du vent dans mes cheveux et sur ma peau pour me détendre, moi aussi. Je n'étais pas heureuse de ce que ressentait ma mère. En revanche, j'étais rassurée de constater que je n'étais pas seule à subir la connerie de Matthias.

– Ah non ! mais je vais en toucher un mot à Silvia, c'est pas possible…

– NON ! criai-je aussitôt. Non, euh… Maman, laisse Silvia en dehors de ça. S'il te plaît, c'est déjà assez compliqué comme ça.

À mon grand soulagement, ma mère n'insista pas. Je fermai les yeux et me rappelai le visage de Matthias, son attitude, son regard, le timbre de sa voix... Rien à voir avec le Matthias de ce soir.

Le lendemain, je l'aperçus à la fac, comme s'il n'avait jamais manqué à l'appel. Comme si de rien n'était. Le cœur serré, j'espérais une réponse de sa part, un geste, une discussion, ou ne serait-ce qu'un regard, en lien avec ce que j'avais écrit dans ma lettre.

Quelque chose qui m'aurait prouvé qu'il n'en avait pas rien à taper...

En vain.

Plus tête à claques que jamais, Matthias n'eut pas plus de considération pour moi que la veille. Perdue dans le flot de mes pensées, je le regardais faire le malin devant Victoire, de l'autre côté de la classe. Mon cœur était sec, vide. Machinalement, le regard droit sur eux, je faisais tourner mon stylo entre mes doigts qui tomba bruyamment par terre.

– Mademoiselle Delorme ! Vous semblez passionnée par mon cours, comme à votre habitude ? lança Delatour, amer.

– Pardonnez-moi, *monsieur*, dis-je en insistant sur le « monsieur », je vous écoute...

– Oubliez vos enfantillages, Samantha, vous n'avez plus huit ans. Enfin, je crois... dit-il, avant de revenir à son cours.

Cette phrase... ces mots.

C'étaient les miens.

C'était exactement et mot pour mot ce que j'avais écrit dans la lettre. Était-ce possible ? Qu'il sache, qu'il ait lu la lettre ? Mon cœur s'accélérait pendant que je sondais les visages de Matthias, Victoire et Delatour, essayant de deviner si mon intuition était la bonne.

Le plus simplement du monde, je décidai d'aller cueillir

Matthias à la fin du cours. Foutu pour foutu, il était sûrement plus intelligent d'aller questionner directement l'intéressé plutôt que de me morfondre, seule dans mon coin.

Sonnerie.

Le cœur lourd, je me dirigeai vers Matthias dont les affaires étaient déjà rangées. Alors qu'il enfilait son sac sur son épaule gauche, je m'apprêtais à l'interpeller quand j'entendis une autre voix m'appeler.

– Samantha, je peux vous parler une minute ?

Décidément, ce Delatour commençait sérieusement à me les briser. J'avais d'autres choses à faire que de conter fleurette à mon prof qui tantôt était cool avec moi, tantôt prenait un malin plaisir à m'humilier devant sa classe entière, et même se montrait parfois carrément déplacé. Pour autant, j'allais peut-être avoir d'autres réponses en discutant avec lui plutôt qu'avec Matthias. Après tout, c'était lui qui avait cité ma lettre. Et puis… je n'avais pas tout à fait le choix, de toute façon.

– Bien sûr, répondis-je poliment dans un sourire crispé, alors que Matthias s'échappait sans même me regarder.

Je retournai à ma place pour ranger mes affaires que j'avais laissées en plan, à l'instar de Delatour qui attendait que la classe se vide enfin.

– Est-ce que tout va bien, Samantha ? demanda alors mon professeur.

Je restai sur mes gardes, tout à mes interrogations.

– Bien, *monsieur*, répondis-je froidement.

– Je dois donc définitivement oublier l'idée que vous m'appeliez par mon prénom ? enchaîna-t-il, recouvrant son air charmeur.

Je devenais lasse de tous ces petits jeux dont je n'avais pas tout à fait la certitude qu'ils existent vraiment. Matthias, Tim, et depuis l'Angleterre, Delatour…

– Où voulez-vous en venir, *monsieur* ? perdis-je patience.

Il encaissa l'échec en souriant, comme si ma réaction lui avait donné encore plus envie de se battre. Il plongea ses yeux dans les miens en s'approchant de moi.

– Venez chez moi, ce soir, Samantha, souffla-t-il.

Mon cœur fit un bond monumental dans ma poitrine. Entre l'intimidation et la révolte, j'en avais marre d'avoir peur, marre de me protéger, marre de toujours me conduire comme la gentille jeune fille en fleur qu'avaient fait de moi mes parents.

– Quelle heure, quelle adresse ? lançai-je, déterminée, avec une assurance qui ne me ressemblait pas.

– Venez pour 19 heures, dit-il, ravi.

Sans ajouter un mot, je sortis de la salle. Qu'est-ce que j'avais fait ? Et si, en acceptant son invitation j'avais aussi accepté ses avances ? Et s'il essayait de me sauter dessus une fois chez lui ?

Et si j'étais complètement à côté de la plaque, aussi ? Avoir accepté de venir chez lui me permettrait sûrement de savoir enfin ce qu'il me voulait, à l'abri de toutes les indiscrétions. C'était du moins ce que je pensais, lorsqu'un éclair de lucidité m'envahit : et Victoire ? Serait-elle là ? Était-ce un piège de la part de Delatour ? Sans me dégonfler, je saisis la première opportunité pour me rassurer. Le soir même, à 19 heures, je serais définitivement fixée.

...

En sortant du cours de physique, Victoire fulminait de voir une fois de plus cette fille qu'elle détestait plus que tout rester à la demande de son oncle. Que lui trouvait-il ? Et pourquoi continuait-il de la solliciter alors qu'il savait qu'elle la haïssait ?

– Il est parti, Matthias ? demanda Anna en la rattrapant.

– Ouais, il avait des trucs à faire, je crois, répondit-elle, machinalement.

Et puis Matthias. Avec lui aussi, cette fille avait des comportements particuliers. Qu'est-ce qu'elle lui voulait, à la fin, pourquoi s'immisçait-elle partout où elle allait ?

– Tu l'as pas trouvé un peu spé, hier soir ?

– Hein ? Qui ça ? demanda Victoire, agacée d'être dérangée à longueur de journée par les commentaires idiots de son sous-fifre.

– Ben Matthias !

Intéressée, elle l'invita finalement à continuer.

– T'as pas trouvé qu'il était... je sais pas, un peu plus badass que d'habitude ? Un peu moins gentil, un peu plus rock ?...

La remarque arracha un sourire à Victoire, qui se souvint de la façon dont il avait envoyé bouler Sam la veille au soir, devant sa propre mère.

– Ouais, t'as raison, répondit-elle, séduite à l'idée que son mec devienne « badass ». J'adore quand il est comme ça.

* * *

Si ma mère avait constaté avec tristesse le comportement de Matthias la veille, il ne lui avait pas échappé que j'en souffrais beaucoup. Éteinte depuis lors, je n'avais pas vraiment souri, parlé ou mangé, ce qui avait eu le don de l'inquiéter plus que de raison.

– Mon cœur, je nous ai organisé une sortie piscine ce soir ! m'annonça-t-elle, déterminée à me faire changer d'air.

– J'peux pas, maman, j'ai déjà un truc de prévu...

Surprise et intéressée, ma mère me regarda, espiègle.

– Ah... ? Et on peut savoir ce que tu vas faire ?

– Je vais chez mon prof de physique, balançai-je de but en blanc.

Sa réaction était celle à laquelle je m'étais attendue : totale incompréhension. Je savais que cette information l'inquiéterait plus qu'autre chose, mais c'était plus fort que moi, je crevais d'envie de balancer mille pavés dans la mare, provoquer des ouragans et des raz-de-marée autour de moi.

Comme si le chaos de ma vie devait déborder sur les autres, comme si je n'étais pas capable de contenir tout ça.

– Ah ?… répondit-elle, désemparée. Tu rentres pour quelle heure ?

– Je sais pas, maman… pas tard, la rassurai-je.

Rarement je m'étais sentie aussi peu à l'aise qu'en arrivant devant chez Delatour. En sonnant, j'eus l'impression de l'avoir laissé gagner un jeu dangereux. Alors que j'envisageais sérieusement l'option de finalement m'enfuir en courant, la porte s'ouvrit, me faisant à moitié sursauter.

– Quelle ponctualité ! salua mon professeur, ravi. Entrez, Samantha.

Pendant qu'il préparait du thé, je restais tendue et mal à l'aise, gênée d'être entrée dans l'intimité de son domicile. Plus nous échangions de banalités, plus je m'interrogeais sur les raisons de ma présence ici. Alors que nous parlions de la pluie et du beau temps, il s'interrompit un instant, puis me fixa, en revenant de la cuisine.

– On pourrait peut-être se tutoyer, non ? proposa-t-il, en me tendant une tasse.

Le thé brûlant sentait divinement bon. Un mélange de rose, de framboise et de litchis embaumait la pièce alors que je tentais de considérer l'impact de sa proposition. Son regard insistant me sommait de répondre vite. Après tout, qu'est-ce que je risquais ?

– D'accord, Salvator, acceptai-je.

J'avais décidé de ne pas me prendre la tête, et de me

comporter comme s'il était mon camarade. Après tout, c'était bien lui qui faisait preuve de sollicitude envers moi, et non pas l'inverse. Puisque mes refus me valaient quelques tacles pendant la classe, peut-être étais-je finalement bien inspirée de les transformer en acceptations ?

À ma grande surprise, à force de feindre la tranquillité, je finis par me sentir enfin à l'aise au contact de Delatour. Ce tutoiement avait abaissé une barrière que je n'aurais pas soupçonnée. De blagues en anecdotes, nous ne vîmes pas le temps passer, quand il s'interrompit pour aller chercher un livre « fascinant » à l'étage, tout en me chargeant de trouver la paire de ciseaux rangée dans un des tiroirs. Je cherchais frénétiquement de quoi satisfaire mon nouvel acolyte, quand une découverte me stoppa net. Dans un des tiroirs, sous quelques torchons, je trouvai une copie au nom de Matthias. En y jetant un œil discrètement, je ne pus m'empêcher d'en lire quelques lignes lorsque je vis mon prénom inscrit à plusieurs reprises. Consciente de n'avoir que très peu de temps devant moi, je continuai mes recherches dans ce tiroir, oubliant mes ciseaux, quand je tombai soudain sur une « fiche technique physique » à l'effigie de Matthias.

Sa taille, son poids, ses mensurations, la couleur de ses yeux, et même une mèche de cheveux y étaient répertoriés, inscrits ou collés. Mon cœur s'emballait pendant que je continuais les fouilles malgré moi. Au fond du tiroir, sous un objectif photo que je connaissais bien, je finis par trouver quelques clichés de Matthias, ceux pris par Anna pour le concours, ainsi qu'une autre photo, de Matthias et moi cette fois-ci, prise de loin.

Cet objectif, c'était celui d'Anna.

Et en dessous de ces photos était cachée ma lettre.

XXX

Aussi loin que remontaient mes souvenirs, jamais il ne m'avait semblé apercevoir un semblant d'affection de la part de Delatour envers Matthias. Souvent, mes tentatives pour approcher ce dernier avaient échoué à cause de Delatour. Même le jour où il avait failli m'embrasser, c'était Delatour qui nous avait séparés.

Oui, maintenant ça me revenait en tête. Ce jour où j'avais attendu Matthias dans le couloir, comme si de rien n'était, et qu'il avait fait irruption pour me donner un livre. Ces phrases assassines, lorsqu'il me regardait en classe, la place qu'il avait prise à côté de moi alors que Victoire était à côté de Matthias pendant le voyage en Angleterre… définitivement, il y avait quelque chose de louche à propos de Delatour. Quelque chose qu'il semblait reprocher à Matthias, et qui manifestement interdisait à ce dernier de m'approcher.

Mais quoi ? Qu'est-ce qui pouvait légitimer un professeur à décider de mes fréquentations ?

Cette fois-ci, comportement idiot ou non, lettre ou pas, avec ou sans Victoire, j'étais bien décidée à parler à Matthias. Il fallait absolument que je lui demande ce qu'il pensait de Delatour, s'ils avaient déjà discuté, s'ils s'étaient déjà engueulés, s'il se doutait de quelque chose de pas net lui aussi… Je devais savoir pourquoi Delatour avait rassemblé autant d'informations sur lui. Est-ce qu'il avait découvert le pouvoir de Matthias ? Et le mien ?

En cours d'anglais, je fus ravie de découvrir Matthias, seul, tranquillement assis à sa place. Profitant des retards habituels de Victoire, je m'assis à sa place, déterminée à dire enfin à Matthias tout ce que j'avais sur le cœur.

– C'est la place de Victoire, là, répliqua-t-il, sèchement.

– Je sais, merci, répondis-je dans un sourire crispé. Matthias, il faut que…

– OH ! cria-t-il, faisant en sorte que la classe entière se retourne sur nous. C'est la place de Victoire, il faut te le dire en quelle langue ?

Un silence de plomb envahit la salle. Tous les yeux des étudiants rivés sur moi et sur lui, il semblait savourer l'humiliation qu'il me faisait subir, les yeux toujours plantés dans les miens. Je sentais mon cœur battre fort contre ma poitrine, ma mâchoire se serrer, et ma bouche s'assécher. Jamais quelqu'un pour qui j'avais eu une affection aussi particulière ne m'avait si mal parlé. Même pas Tim.

Personne. Jamais.

Résignée, et tentant maladroitement de cacher ma peine, je me levai lentement sans le quitter des yeux, puis partis me rasseoir au fond de la classe, seule. Je sentais sur ma joue gauche le regard de Tim qui me connaissait trop bien pour sous-estimer l'état dans lequel je pouvais potentiellement me trouver. En l'ignorant, je fouillais dans mon sac, feignant d'y chercher quelque chose pour ne pas supporter les regards de mes camarades malveillants, jusqu'à ce que Mme Sterling entre enfin.

– *Good morning, class !* lança-t-elle joyeusement, alors que je rongeais mes dernières forces pour ne pas craquer.

La joie et la bonne humeur de Mme Sterling ne furent pas suffisantes pour me faire oublier l'humiliation que je venais de vivre de la part de celui dont j'étais aussi connement tombée amoureuse. Je passai l'heure et demie à regarder le bourreau de mon cœur en continuant de me persuader que quelque chose ne tournait pas rond chez lui depuis ses quelques jours d'absence. S'il refusait de parler, il y avait forcément une raison, de même que si Delatour s'intéressait à Matthias en même temps qu'à moi, c'était sûrement la preuve qu'il se doutait de quelque chose. La fin du cours sonna péniblement. Malgré l'affront, je ne désespérais pas de réussir enfin à parler à Matthias : définitivement, quelque chose de pas net se tramait, et les pouvoirs dont je nous connaissais l'existence ne pouvaient y être étrangers.

Dans mon intérêt comme dans le sien, il fallait absolument que nous arrivions à avoir une discussion sérieuse et sans faux-semblants. Sans détours. Alors que je pressais le pas pour le rattraper dans les couloirs, la voix de mon meilleur ami me freina.

– Sam !

Si ce n'était pas le moment de venir me déranger, je n'avais pas non plus envie de sa pitié. D'ailleurs, je n'avais envie de rien, sauf de cette fichue discussion.

– Sam ! insista-t-il.

– Pas maintenant, Tim ! lançai-je sans me retourner, continuant ma course vers Matthias.

En sentant son bras m'attraper, la spontanéité de ma réaction me surprit autant que lui.

– Putain, je t'ai dit pas maintenant, tu comprends le français ? criai-je, mauvaise.

Il me fallut moins de temps pour regretter ma réaction

que pour l'achever. C'était ma haine envers Matthias que je venais de déverser sur Tim. À l'issue de ces mots qu'il ne méritait pas, je vis ses yeux embués fixer le sol. Sa main lâcha mon bras, puis il se retourna dignement pour s'éloigner définitivement de moi. Le cœur lourd, je n'eus pas le temps de le regarder partir que j'avais déjà perdu Matthias, qui s'était volatilisé plus vite que l'éclair.

C'était pas mon jour.

Rien à foutre. S'il ne voulait pas d'une confrontation directe, alors j'allais jouer avec les mêmes arguments que les siens. Je savais d'ores et déjà que Silvia serait ravie de m'avoir chez elle, et me pointer à l'improviste ne pouvait qu'attiser sa joie de me voir.

…

Alors qu'il arrivait devant le pas de la porte, Sam, qui l'attendait déjà depuis quelques secondes, le rejoignit, haletante.

– Matthias, je dois te parler.

Son regard déterminé ne mentait pas ; à l'évidence, rien ni personne n'aurait pu la détourner de son but.

– J'ai pas le temps, désolé, lança-t-il froidement en attrapant la poignée de porte.

– Putain, mais à quoi tu joues, bordel ? s'écria-t-elle, barrant l'accès de la porte d'entrée. Tu peux pas m'écouter l'espace d'une minute ? C'est trop demander pour toi ?

Devant l'émotion palpable de sa voix, le jeune homme ne réagit pas. Rien ne semblait l'atteindre, il était devenu comme intouchable.

Insaisissable.

Il lança un regard au loin, et croisa celui d'un homme habillé tout de noir, qui les observait discrètement. Ses cheveux sombres étaient implacablement coiffés en arrière, son style, impeccable, et son regard, profond. Lorsque l'homme lui fit signe, il reprit la parole.

– Allez, casse-toi, maintenant. CASSE-TOI ! cria-t-il, regardant la jeune femme jusqu'à ce qu'elle quitte le trottoir.

Alors qu'elle en descendait tout juste pour traverser, il claqua la porte, satisfait.

* * *

J'étais complètement sonnée par son comportement de connard. Totalement à l'ouest, j'ai descendu la marche du trottoir comme je l'avais déjà fait mille fois, l'esprit ailleurs, et sans regarder ni à droite ni à gauche. De toute façon, je n'avais d'yeux que pour ma déception. À part le bourdonnement des cris de Matthias, je n'entendais plus grand-chose non plus. Seulement le vide et de la déception…

Soudain, une masse immense heurta mon corps de plein fouet.

Dans une douleur indescriptible, je sentis la peau de mon visage racler le goudron.

Et puis, le trou noir.

Le néant.

XXXI

Aïe. Ma tête…

Les yeux encore fermés, je rassemblai mes esprits et creusai le fond de ma mémoire afin de retrouver quelles folies de la veille pouvaient bien me faire payer un prix pareil. Pourtant, mes recherches archéologiques restant infructueuses, les dernières images dans ma mémoire s'arrêtaient au visage de Matthias.

Ah oui, c'est vrai… putain…

Ses mots. La violence de sa réaction. Les souvenirs revenaient dans ma tête, aussi douloureux que des claques en pleine figure. Je me souvins de la dureté de son regard que je ne lui connaissais pas. De cette expression si dure, de sa gestuelle, de…

– Ah ben ça y est ? On a ouvert les yeux ? lança joyeusement une voix à côté de moi.

Si mes yeux s'ouvraient doucement, j'avais encore un peu de mal à décoder l'image.

– Vous savez comment vous vous appelez ? demanda la voix, soudain plus proche. Ouh ouh ? Vous m'entendez ? reprit-elle, plus fort.

La voix s'adressait à moi comme à une demeurée, et ça avait le don de m'agacer. J'avais beau commander à ma bouche de répondre à cette personne d'arrêter de crier si fort dans mon oreille, rien n'y faisait. Pour seule réponse, un flot d'air mécontent racla ma gorge.

– Ah ! J'aime mieux ça ! lança la voix qui se précisait lentement mais sûrement en une ombre blanche et mouvante sur fond jaune neutre.

Mais où j'étais, putain ?

– Vous avez eu un accident, mademoiselle ! Vous êtes à l'hôpital, votre maman n'est pas loin ! Je vous rassure, tout va bien !

Mon cœur s'emballa. Un accident ? De quoi ? Où, comment ? Alors que je prenais petit à petit conscience de ma situation, la douleur vive dans mes jambes me rappela celle que j'avais oubliée.

L'impact.

Cette voiture… enfin, je me souvenais. Cette voiture blanche, qui m'avait percutée juste devant chez Matthias.

J'eus du mal à rassembler pleinement mes esprits, et la farandole de médecins qui se succédait autour de moi pour me questionner ne m'aidait en rien. Au-delà de ceux-là, je fus surprise de constater que beaucoup de personnes étaient venues à mon chevet. Des policiers, pour commencer. La personne qui m'avait foncé dessus avait apparemment pris la fuite, et l'enquête policière ne semblait pas fructueuse : pas de témoins, zéro souvenir, aucune trace sur la route… Mes parents, bien sûr, venaient me voir tous les jours. Ceux de Matthias, Tim aussi, avec sa mère, et même Anna était passée me voir.

Seul Matthias manquait à l'appel. Il était le seul à n'être pas passé me voir, à n'avoir montré aucun signe d'intérêt.

Même Delatour m'avait fait livrer des fleurs pour me souhaiter un bon rétablissement.

Plus les jours passaient, et plus je me faisais à l'idée qu'il ne viendrait définitivement pas me voir. Après tout, s'il m'avait autant évitée et envoyée bouler quelques instants avant mon accident, il n'avait aucune raison de venir faire son *mea culpa* dans ma chambre d'hôpital. Silvia, lorsqu'elle était venue, n'avait même pas mentionné son fils, et c'était très bien comme ça. Je n'avais pas mentionné Matthias non plus, d'ailleurs. Devant personne, parce que je ne voulais pas qu'on me parle de lui. Je ne voulais pas savoir qu'il filait le parfait amour avec cette pétasse de Victoire pendant que moi, j'avais frôlé la mort et qu'il ne s'en inquiétait même pas.

Du moins, pas suffisamment pour prendre la peine de venir me rendre visite.

* * *

Bilan des opérations : une voiture en cavale, cinq jours de coma, traumatisme crânien, une jambe dans le plâtre, quatre côtes fêlées et de grosses griffures sur le visage, qui « devraient s'estomper rapidement et sans dommages », d'après les médecins. J'avais mal, et l'usage des béquilles me brûlait les mains. Pour autant, ce n'était pas ma condition physique qui m'inquiétait. J'avais confiance en la capacité de mon corps à recouvrer toutes ses facultés, et le temps serait le seul instrument de ma guérison.

Mais Matthias…

S'il avait sauvé Victoire de la mort, pourquoi n'avait-il rien fait pour moi ?

Je dus passer quelques semaines enfermée entre l'hôpital et la maison, sans avoir encore le droit de sortir, et encore moins de retourner à la fac. Trois, pour être exacte, entre l'impact et ce jour-là. Vingt et un jours durant lesquels mon « ami » Tim, aussi grand et maladroit qu'imprévisible, était venu me voir quotidiennement, m'apportant les cours, des chocolats, et même des fleurs. Ma mère m'avait rapporté avec émotion la dévotion dont il avait fait preuve pendant que j'étais dans le coma.

– Il est venu tous les jours, tu sais, m'avait-elle raconté, il t'a tenu compagnie pendant des heures. En revanche, ça n'avait pas l'air de plaire à sa copine la blondinette…

Elle m'avait raconté la tête d'Anna qui était venue le chercher en furie jusque dans ma chambre, la surprise de voir un bouquet de la part d'un certain « Salvator » dont elle n'avait pas entendu parler, la peur dans les yeux des Lombarda, qui avaient eux-mêmes appelé les urgences…

Mais rien sur Matthias. Aucune nouvelle.

Alors que mes côtes commençaient à peu près à devenir supportables sans antidouleurs, j'eus enfin le droit, au beau milieu de ma quatrième semaine de quarantaine, de sortir et d'aller en cours. Tim, plus présent que jamais, était même venu me chercher pour l'occasion.

– Qu'est-ce que tu fais là ? demandai-je, amusée de le voir.

– Ben je viens te chercher ? Tu vas pas porter ton sac jusqu'à la fac alors que t'es encore en béquilles…

J'explosai de rire alors qu'il continuait de me regarder, interrogateur.

– Quoi ? demanda-t-il, vexé que je me moque de lui. Je peux savoir ce qu'il y a de drôle ? Si t'es pas contente, j'y vais tout seul…

– Bien sûr que ça me fait plaisir, dis-je, continuant de rire aux éclats en serrant mes côtes douloureuses, mais tu crois vraiment que je vais aller à la fac à pied, avec mes béquilles et mes côtes en vrac ?

Ses taches de rousseur se dissimulèrent sur ses joues qui rougissaient.

– Mais viens avec nous, si tu veux ? proposai-je sincèrement. Y a de la place dans la voiture, tu sais.

Il accepta de bon cœur, et ma mère nous déposa ensemble devant l'entrée de la fac.

– Bonne journée, les enfants ! cria-t-elle exprès pour nous taper l'affiche.

En souriant, Tim lui répondit du tac au tac :

– Merci, madame Delorme !

– Fayot, va, répliquai-je en claquant la portière de la voiture.

– Tu veux que je trace vers la salle ? proposa-t-il, surexcité, en attrapant mon sac, comme ça je garde deux places ? Sinon on va être québlo…

Mon cœur fit un bond dans ma poitrine : est-ce que ça voulait dire qu'il n'était plus avec Anna ? Je me rendis compte que nous n'avions parlé de rien d'autre que de moi depuis des semaines. Ma convalescence, l'hôpital, l'accident… Mais jamais je ne lui avais posé une question sur lui. Jamais je ne m'étais souciée de ce qui avait pu se passer dans sa vie, ces quatre dernières semaines.

– T'inquiète pas, trancha-t-il devant mon air surpris. Allez, je pars devant, tu me rejoins, d'accord ? Et puis comme ça, je préviens la prof aussi.

Je le regardai filer comme le vent alors que mes mains chauffaient déjà sur mes béquilles. Le flot des étudiants m'empêchait d'avancer, et je souffrais de me sentir à ce point lente et inutile. Alors que je tentais de me frayer un chemin parmi tous ces gens, j'aperçus soudain Matthias, à quelques mètres de moi. Le simple fait de le voir me figea. Je restai immobile, les yeux fixés sur lui, presque ahurie.

À cet instant, nos regards se croisèrent. Désemparée, trop occupée à faire durer ce moment tout en ayant l'air naturel, j'entrepris d'initier un mouvement. Ma béquille glissa aussitôt sur un prospectus abandonné par terre, me faisant m'étaler de tout mon long dans ce couloir bondé, m'offrant en spectacle devant tout le monde. Alors que quelques bonnes âmes se précipitaient sur moi pour m'aider à me relever, je fus meurtrie de constater que Matthias était resté immobile. Désabusé, il n'avait pas bougé d'un iota. Rien.

Avec quelques minutes de retard, j'arrivai enfin dans la salle, sous l'œil soucieux et compatissant de Mme Sterling.

– *Oh Sam, welcome back, it's nice to see you again !* lança-t-elle, chaleureuse. *Sit down, please, we're gonna watch a movie today !*

Tim n'avait pas menti, il m'attendait loyalement, une place libre à sa droite. En allant m'asseoir, je croisai l'œil assassin d'Anna qui ne semblait pas heureuse de me voir presque rétablie.

– Tim, tu sais, t'es pas obligé… chuchotai-je, pour ne pas que Mme Sterling nous entende.

– Chut, me coupa-t-il, faussement concentré sur le film.

Respectueuse de sa concentration, même feinte, je n'insistai pas. Après quelques minutes, les yeux toujours rivés sur l'écran, il se reprit.

– Bien sûr, que je suis obligé.

Surprise, je le regardai d'un œil interrogateur.

– Je suis ton meilleur ami, continua-t-il en me regardant, cette fois. C'est à moi de prendre soin de toi, maintenant. J'ai été trop con, et tu sais même pas à quel point je m'en veux. J'ai été le pire des égoïstes. Plus jamais je ne t'abandonnerai. Je suis désolé.

Le cours d'anglais était soudain bien loin de nous. Sans plus nous soucier de Mme Sterling, d'Anna qui nous dévisageait ni du reste de la classe, Tim me regardait sans ciller, dans l'obscurité de la salle dont les rideaux avaient été tirés pour l'occasion. Son visage était proche du mien, et mon cœur se serrait au fur et à mesure qu'il prononçait ces mots. Je le regardai fixement, moi aussi, quand il continua :

– Et puis... tout ça, c'est ma faute, dit-il tout bas, baissant finalement les yeux vers son bureau.

– Quoi ? dis-je tout haut sans y prendre garde.

Alors que la classe entière se retournait vers nous dans un « chuuuut » général, je m'excusai d'un geste avant de retourner à mon interlocuteur.

– Pourquoi c'est ta faute ?

– Ben... hésita-t-il, si j'avais réussi à te retenir, ce jour-là, si j'avais été suffisamment convaincant pour que tu restes avec moi, tu te serais pas fait renverser, avoua-t-il, les yeux remplis de larmes qu'il ne méritait pas. J'ai eu tellement peur, putain...

Un élan de tendresse et de douceur m'envahit soudain. Comme il était grand, tout à coup, assumant ses peurs, ses doutes et sa fragilité. J'attrapai sa main pour y déposer un baiser sincère, avant de reprendre la parole.

– Tim...

J'attendis qu'il me regarde de nouveau. Sa main toujours dans la mienne, il serra ses doigts très fort autour des miens. Malgré les larmes pudiques qui roulaient sur ses joues, il leva les yeux, plein d'espoir.

– Tu n'y es pour rien, continuai-je.

Le Songe d'une nuit d'été fut bien moins intéressant que ma main qui resta serrée dans celle de Tim jusqu'à la fin de l'heure. Lorsque la fin du cours sonna, il embrassa doucement le dos de ma main avant que la lumière ne se rallume. Lorsque Mme Sterling appuya sur l'interrupteur, il m'observa, serein, lumineux, heureux, et me dit gentiment :

– Je te raccompagne, ce soir ?

– Et Anna ? m'inquiétai-je pour celle à qui il n'avait pas adressé un seul regard.

En riant, il m'embrassa sur la joue.

– T'inquiète pas pour elle, va.

Le retour fut douloureux. Pour mes mains, mais aussi pour mes côtes qui n'avaient pas eu l'habitude de supporter une journée de travail depuis un moment. Tim, à côté de moi, mon sac et le sien sur les épaules, me regardait l'air soucieux.

– Qu'est-ce qui va pas, Sam ?

J'étais sûre qu'il se doutait de ce qui n'allait pas.

– Rien… lâchai-je, évasive.

– Sam. Je te connais par cœur. Qu'est-ce qui va pas ? insista-t-il.

Je fis une pause pour soulager mes mains, avant de le regarder enfin.

– J'ai pas de nouvelles de…

L'émotion me prit à la gorge comme un retour de flamme. Les trémolos de ma voix m'empêchèrent de terminer ma phrase alors que je fondais en larmes, faible et pitoyable, agrippée à mes béquilles, incapable de bouger. Tim lâcha aussitôt les deux sacs pour me prendre dans ses bras. Enfin cachée par son épaule, je déversai sans pudeur le flot des larmes que j'avais contenu depuis trop longtemps. Je n'avais jamais remarqué à quel point ses bras étaient confortables, et ô combien il sentait bon. Sa main caressait ma nuque alors qu'il me serrait fort contre lui.

– Pleure, ma belle, si tu en as besoin, dit-il doucement. Je suis là, maintenant.

Je freinai son étreinte qui serrait mes côtes un peu trop fort.

– Oh ! pardon, s'excusa-t-il, amusé.

– Tim, demandai-je entre deux sanglots, il faut que je te pose une question.

Ses deux mains sur mes épaules, il me regarda droit dans les yeux.

– Tout ce que tu veux.

Devant sa sollicitude, je savais déjà que ma question ne lui plairait pas.

– Pourquoi Matthias est comme ça avec moi ? Qu'est-ce que j'ai fait ?

Aussitôt, il laissa tomber ses mains de mes épaules pour regarder dans la direction opposée, en soupirant.

– Tim, tu traînes avec lui tous les jours, insistai-je, tu dois forcément en savoir plus que moi, même si tu l'aimes pas.

– C'est pas que je l'aime pas, répondit-il, énervé.

Surprise de sa réponse, je continuai de le fixer alors qu'il semblait chercher ses mots. Au bout de quelques instants, il explosa.

– Putain, mais qu'est-ce que vous avez toutes avec lui ? Toi, Victoire, même Anna ?…

Je savais ô combien il devait souffrir de cette situation : toutes les filles craquaient sur Matthias, c'était désormais de notoriété publique, et jamais sur lui. Bien sûr, je n'échappais pas à la règle…

– Tu sais quoi ? continua-t-il en s'énervant. Il est pas net, ton Matthias. Je l'ai jamais senti, ce mec, mais là c'est le pompon. Putain, je me pointe tous les jours, je te ramène tes cours, je viens te chercher jusque chez toi, je porte ton sac, je te réserve des places, je suis aux petits soins avec toi, je peux pas faire plus !… Et lui, il vient pas te voir une seule fois, il en a rien à foutre de ta gueule, et tu pleures des rivières en prononçant son prénom ?

Mais vas-y, explique-moi son secret ! Parce que là, je te le dis, je saisis pas…

La colère ne lui allait pas ; jamais je ne l'avais vu comme ça. À l'évidence, il ressentait toutes ces choses depuis un certain temps, et le poids de ses doutes devait peser trop lourd dans sa poitrine.

– Tim, calme-toi.

Je le regardai faire les cent pas devant moi.

– Tu fais quoi, là, tu me nargues ? ironisai-je pour détendre l'atmosphère.

Ma vanne lui arracha un sourire que je ne lui connaissais pas. Soudain, je le trouvai terriblement charmant. Il s'approcha de moi pour se confesser :

– Sam, je suis désolé de m'être emporté comme ça. Mais y a un problème, avec ton mec.

– C'est pas mon mec, répondis-je du tac au tac.

– Arrête de faire la gamine, t'as très bien compris. Y a un truc pas net avec Matthias depuis que Julien est venu.

Mon cœur se souleva. Lui aussi, alors, l'avait remarqué ?

– Il est toujours là, au fait ? demandai-je, soudain intéressée par cette piste.

– Non, il est resté à peine vingt-quatre heures, je crois. En tout cas, on ne l'a vu qu'une seule fois. Mais depuis, il est trop chelou. Genre méconnaissable.

Devant mon scepticisme, il enchaîna après quelques secondes :

– Même Anna, elle pense comme moi… et Victoire aussi.

– Victoire ? m'écriai-je, incrédule.

– Bon, elle, ça lui plaît, ce changement de comportement, avoua-t-il. Mais ouais, même elle, elle a vu un changement. Alors je sais pas ce qu'il lui a dit ou ce qu'il lui a fait, son Julien, mais je te le dis, depuis qu'il est venu, c'est plus la même personne.

Les confessions de Tim m'interpellèrent. Si je n'étais pas la seule à l'avoir trouvé bizarre, alors il se passait quelque chose d'étrange, certainement en lien avec son ami Julien. En réfléchissant à la manière dont j'allais amener le sujet auprès de Silvia pour en savoir plus sur le fameux Julien, je repris mes béquilles pour continuer notre route jusque chez moi. Une fois arrivé devant la maison, Tim brisa le silence.

– Je te laisse, il faut que j'y aille…

– Tu veux pas venir boire un verre ? m'empressai-je de proposer, terrifiée à l'idée de le perdre de nouveau.

– C'est gentil, faut vraiment que je file… À demain, lança-t-il en m'embrassant sur la joue.

Le cœur lourd, je le regardai s'éloigner, m'assurant qu'il ne se fasse pas lui aussi renverser par une voiture.

Le choc post-traumatique, sans doute.

Alors que je tentais d'ouvrir la porte tant bien que mal, entre mes béquilles et mon sac, ma mère se précipita pour venir m'aider. À son regard surexcité, je compris qu'une surprise m'attendait.

– Tu vas être contente, mon cœur, trépigna-t-elle d'impatience, en attrapant mon sac. Il est là !

XXXII

Je ne sais pas si c'est la haine de le voir à ce point se foutre de ma gueule ou le soulagement que Tim ne soit pas témoin de sa présence qui m'a pris à la gorge en premier. Un million de réactions s'offraient à moi, mais je n'en choisis aucune. Aucune vanne, aucune phrase n'était suffisamment assassine pour lui faire autant de mal que tout celui qu'il m'avait causé ce dernier mois. Depuis notre rendez-vous manqué, il n'avait plus jamais été la personne droite et loyale que je pensais connaître. En faisant tout mon possible pour rester calme, je me contentai de le fixer durement quelques secondes, avant de monter dans ma chambre en silence. Je savais déjà que ça ne l'arrêterait pas.

Peut-être avais-je seulement envie de le faire galérer, au final.

De me venger.

… Ou qu'il me coure un peu après ?

* * *

À peine avais-je claqué la porte qu'elle s'ouvrit de nouveau sur celui qui n'en finissait pas de faire battre mon cœur. Forcément, c'était facile de me courser avec mes béquilles. Il s'adossa à la porte en me fixant. Muette, je continuais de le dévisager, partagée entre l'amour et la haine, sans pourtant pouvoir m'empêcher de toujours lui trouver cette expression particulière qui ne me plaisait pas.

– Il faut qu'on parle, Sam, annonça-t-il, brisant le silence.

Sans me quitter des yeux, il attendit ma réponse.

– Tu comptes ouvrir la bouche un jour ? lança-t-il.

Son culot me fit grimacer. Définitivement, il n'avait pas compris comment se comporter avec moi.

– Sors d'ici, Matthias, je ne veux plus te voir, dis-je, le plus calmement possible.

Sans se démonter, il s'approcha de moi lentement.

– Sam, je suis désolé.

Son front presque collé au mien, il avait laissé tomber mes béquilles pour prendre mes mains dans les siennes. En équilibre sur ma jambe gauche, je respirais aussi profondément que possible pour ne pas exploser. Garder mon calme, inspirer, expirer… un, deux…

– Dis quelque chose, s'il te plaît… reprit-il, en approchant encore son visage du mien.

J'étais tiraillée entre une envie pressante de le découper en morceaux, et le désir fou de l'embrasser.

– Dire quoi ? Que t'es qu'un gros con ? répliquai-je, animée.

Ma répartie lui arracha un sourire. Plus malin que moi, il ne répondit pas, posant ses lèvres contre mon front. Je fermai les yeux pour profiter de cet instant chimérique, alors qu'il lâchait mes mains pour me prendre par les hanches.

– Laisse-moi tranquille, le suppliai-je, priant le ciel pour qu'il continue.

Pendant que je me battais pour garder l'équilibre, ses mains glissèrent sous mon pull, contre ma peau. Il caressa le bas de mes reins, remontant doucement vers mes omoplates, puis dans mon cou. Ses lèvres quittèrent mon front pour rejoindre ses mains dans ma nuque, avant de l'effleurer en l'embrassant. Mon corps était parcouru par plus de frissons que je ne l'aurais cru possible ; je lui appartenais déjà malgré moi. J'étais faible. Comme un prince charmant, il passa son bras sous mes genoux pour me porter jusqu'au lit. Les bras noués autour de son cou pour ne pas tomber, je le regardai de près, incapable de me souvenir pourquoi je le détestais autant quelques instants auparavant. J'observais sa peau, le grain de beauté sur sa joue droite qui répondait à celui à gauche de son menton. Ses lèvres, ses yeux bruns aux longs cils… d'aussi près, il était encore plus beau. J'étais tellement persuadée d'être en train de rêver que j'étais incapable de réfléchir à autre chose. Quand je fus allongée, il se posa à côté de moi, son visage toujours très proche du mien. Je restai immobile, comme tétanisée par ce qu'il comptait faire de moi. Ses doigts effleurèrent ma joue alors qu'il replaçait une mèche de mes cheveux.

– T'es belle… souffla-t-il.

Alors qu'il approchait ses lèvres que j'avais tant rêvées près des miennes, mon cœur s'arrêta de battre. Faible et désarmée, j'abandonnai mes certitudes et ma rancune pour ne profiter que de cet instant merveilleux qui s'offrait enfin à moi.

Soudain, dans un éclair de lucidité, alors que l'instant dont j'avais tant rêvé était sur le point de se réaliser, je l'écartai de moi pour le regarder droit dans les yeux.

– Et Victoire ? le sondai-je, soudain très sérieuse.

– On s'en tape, de Victoire… souffla-t-il en se rapprochant de moi.

Dans l'intimité de ma chambre, son corps collé au mien, je respirai une dernière fois son souffle avant que nos lèvres se rejoignent enfin.

XXXIII

Cette matinée avait un goût différent des autres. Seule dans le salon devant mon café, je rêvais, l'air béat, en regardant les fleurs des arbres éclore les unes après les autres.

– Ça va mieux, mon cœur ? me salua ma mère.

Silencieuse, je levai la tête vers elle pour la laisser m'embrasser avec un sourire niais.

– Ah ! ça en a l'air, en tout cas ! observa-t-elle, ravie.

En continuant de sourire pour toute réponse, je replongeai dans mes rêves de jeune fille en fleur. Je repensais à cette nuit incroyable. À Matthias. À sa peau, son odeur, ses mains sur mon corps, sa voix… ses lèvres…

J'étais complètement ensorcelée.

On s'était endormis l'un contre l'autre, mais à mon réveil, il n'était plus là. Certaine qu'il était parti plus tôt pour ne pas avoir à rendre de comptes à nos parents, je ne m'en inquiétai pas et partis en cours le cœur léger.

Confiante.

Ma mère me déposa devant la fac, où je retrouvai Tim

qui m'attendait. Toujours fidèle à lui-même, il attrapa mon sac avant de me proposer d'aller nous garder des places.

– Tim, mets-toi à côté d'Anna, s'il te plaît, le coupai-je, certaine que Matthias m'accorderait cette fois-ci la place à sa droite.

L'œil interrogateur de Tim me força à me justifier :

– Elle avait pas l'air bien hier, je pense que tu lui manques… Fais ça, mets-toi à côté d'elle, insistai-je. On se mettra ensemble au prochain cours, si tu veux.

Convaincu, il marcha vers la salle en restant près de moi. Une fois à l'entrée, je le laissai se diriger vers Anna, et pris la direction du bureau de Matthias, assis seul, comme à chaque début de cours. Sans poser aucune question, souriante et confiante, je m'assis délicatement sur la chaise à sa droite en posant mon sac. Je souris de plus belle lorsque nos regards se croisèrent, quand il lança froidement :

– C'est la place de Victoire, là.

– On s'en tape de Victoire… soufflai-je, dans un sourire complice.

En voyant son œil s'animer, je fus rassurée de voir qu'il riait lui aussi, quand une lourde main pesa sur mon épaule. Je me retournai aussitôt et découvris le visage de Victoire, bien décidée à récupérer sa place.

– T'as un problème ? demandai-je, sûre de moi.

– Ouais, un peu, ouais ! lança-t-elle en ricanant. Bouge de là.

Imperturbable, je me tournai vers Matthias qui me fixait lui aussi, mais sans sourire, cette fois.

– Et ben, t'attends quoi ? Bouge ! ordonna-t-il.

La surprise m'ôta la parole : j'avais forcément loupé un épisode, pourquoi est-ce qu'il me parlait aussi mal, alors qu'on venait de passer la nuit ensemble ?

– Oh, t'es sourde ? Tu bouges, maintenant, l'handicapée ! cria Victoire, impatiente.

L'incompréhension me coupa la seule jambe encore valide qu'il me restait. Incapable de saisir ce qu'il se passait, ni de bouger, je dégustai l'humiliation qui prenait un goût de déjà-vu oppressant dans mon quotidien, ces derniers temps. Je restai assise sans comprendre, pendant que Victoire s'égosillait, quand une main délicate attrapa mon sac et m'aida à me lever pour lui laisser sa place. Tout était sourd et flou autour de moi, je n'avais plus conscience de la réalité. Ça n'est qu'une fois assise à ma nouvelle place que je reconnus la touffe rousse de Tim, qui me souriait gentiment avec un trait d'émotion un peu triste et compatissant dans l'œil.

– Il s'est passé quoi ? chuchotai-je, incrédule, en sortant de ma transe.

– Ben… Victoire t'a demandé de bouger et tu l'as pas fait, alors je suis venu t'aider à bouger, souffla-t-il en s'asseyant finalement à côté de moi.

Anna nous fusillait du regard. Encore sonnée, je continuai de questionner Tim, sans comprendre :

– Mais attends, c'est trop spé ce qu'il vient de se passer, constatai-je, incrédule.

– Ça doit être le syndrome du choc post-traumatique, ma belle… me rassura-t-il, une main sur mon épaule.

Il parlait de ma légère absence, mais moi je parlais de Matthias. Que s'était-il passé entre ce matin et maintenant ?

Ce n'est qu'à ce moment que Delatour entra enfin. Surprise, je me rappelai soudain qu'il n'était pas dans ses habitudes d'arriver après sa nièce – donc en retard. Alors que le cours démarrait, je fermai les yeux et respirai doucement en essayant de me détendre, en vain : je n'arrivais pas à me sortir Matthias de la tête.

– Samantha ? Est-ce que tout va bien ? demanda mon professeur, inquiet.

Effectivement, j'avais les yeux fermés et la tête entre mes deux mains… Tim me donna un coup de coude alors que Delatour attendait patiemment ma réaction.

– Ben réponds, Sam, s'il te plaît, lança Matthias, ou va voir le prof, discutez ! Fais preuve de maturité et de courage, pour une fois ! s'écria-t-il sans même me laisser le temps de répondre.

– Merci, monsieur Lombarda, le fit taire Delatour.

Ces mots…

Réponds-moi, s'il te plaît. Ou viens me voir, discutons.

Faisons preuve de maturité et de courage, pour une fois.

Encore une fois, c'étaient les miens. C'étaient presque mot pour mot ceux que j'avais utilisés dans la lettre ; comment osait-il ? Alors que les étudiants se regardaient sans comprendre, je vis Victoire se lever.

– Pour ceux qui n'ont pas compris, c'est parce que Sam a écrit une lettre à Matthias où elle lui dit qu'elle veut absolument lui parler !

Elle avait singé sa réplique en prenant une voix de pétasse confirmée, alors que je tentais de comprendre ce qu'il m'arrivait.

Elle savait.

– Victoire ! la réprimanda Delatour, tentant de masquer son amusement.

Un bourdonnement grondait de plus en plus fort dans mes oreilles, alors que ma vision se brouillait de nouveau. J'eus soudain très chaud, des sueurs froides dégoulinaient dans mon dos… Il fallait que je sorte. Sans en demander la permission, je pris la fuite par les couloirs déserts. Alors que je priais le ciel pour disparaître de la surface de cette Terre, j'entendis des pas raisonner derrière moi. Je reconnus la foulée de Tim.

– Sam, m'appela-t-il, attends-moi !

– Comme si t'allais galérer à me suivre, plaisantai-je en grimaçant alors qu'il me rattrapait.

Il me fixa, soucieux, alors que je faisais mon possible pour fuir son regard.

– Ça va ? s'inquiéta-t-il.

Je refusai de répondre, les yeux baissés et tentant de continuer ma route.

– Viens là, m'ordonna-t-il en passant ses bras autour de moi. Tu veux venir au match, demain soir ? Je joue à 21 heures, ça te changera les idées…

Avant même que je n'ouvre la bouche, il avait déjà lu la réponse sur mon visage.

– Non ?…

– C'est pas ça, Tim, c'est juste que si c'est pour rester toute seule sur les gradins…

– Bon, se résigna-t-il, j'aurai essayé… et tu vas où, là ?

– Les médecins avaient raison, j'aurais dû rester encore un peu à me reposer, répondis-je, lasse. J'ai des vertiges, je suis pas bien.

À la compassion dont il faisait déjà preuve s'ajouta le respect de ce que j'omettais de mentionner.

– Tu veux que je te raccompagne ? proposa-t-il.

– C'est gentil, refusai-je en souriant, je vais me débrouiller, ne t'inquiète pas. Retourne en cours !

– Sûre ? insista-t-il.

– Sûre ! assurai-je, en souriant.

Je regardai mon ami s'en aller en tentant d'avoir ma mère au téléphone, en vain. Plus il s'éloignait, plus mes espoirs de la joindre diminuaient. Et il était hors de question de retourner en cours ou d'attendre à la fac. À l'évidence, j'allais devoir souffrir tout le retour en béquilles, et tant pis pour mes côtes, et tant pis pour mes mains.

* * *

Après une heure de bataille, j'avais à peine fait la moitié du chemin, et la douleur dans mes côtes ajoutée à mes mains qui brûlaient me forçait à prendre des pauses conséquentes toutes les cinq minutes. Au bout d'une énième tentative pour avoir ma mère au téléphone, je pris de nouveau mon sac sur mes épaules et continuai mon chemin, quand une voiture ralentit à mon niveau. Non sans une certaine anxiété, je jetai un œil à ma gauche pour découvrir l'identité du conducteur. Dissimulé dans l'habitacle, je reconnus le visage de Delatour.

XXXIV

– Tu veux que je te dépose, Samantha ? proposa-t-il le plus naturellement du monde.

Putain, il manquait pas de culot, celui-là. Sa nièce m'avait humiliée dans son cours, il en avait presque ri de bon cœur, et là il me proposait de me ramener, comme si de rien n'était ?

– Ça ira, merci, répliquai-je en regardant droit devant moi.

Je venais à peine de reprendre ma route que mes mains me suppliaient déjà de faire une nouvelle pause.

– Tu souffres le martyre avec ces béquilles, monte, enfin, insista-t-il, je vais te ramener !

Malgré ma rancune, j'étais forcée d'admettre que la proposition était alléchante. Résignée, je m'approchai de la voiture pour déposer mes béquilles à l'arrière avant de monter à l'avant à côté de lui, silencieuse.

– Je te dépose chez toi ? demanda-t-il après quelques secondes de blanc.

– 23, Chemin-Fleuri, c'est pas loin du centre commercial, dis-je froidement.

La route fut silencieuse. J'étais furieuse contre lui, mais contrainte à respecter celui qui sauvait mes mains de la souffrance. Une fois devant chez moi, il s'arrêta et me fixa, l'air grave. Enfoncée dans mon mutisme, je restai silencieuse, lui laissant le plaisir de briser la glace.

– Samantha, lança-t-il, autoritaire.

Pour seule réponse, je tournai la tête vers lui en soutenant son regard.

– Vous êtes une forte tête, dit-il, amusé.

– Ah, on se vouvoie, finalement ? répondis-je du tac au tac.

Ma répartie lui arracha un sourire sincère.

– Qu'est-ce qu'il s'est passé tout à l'heure ? demanda-t-il, soudain soucieux.

Je me renfermai un peu plus, certaine qu'il était parfaitement au courant.

– Samantha, tu peux répondre, tu sais, insista-t-il.

– Vous savez très bien ce qu'il s'est passé, et vous le savez depuis un moment déjà, l'accusai-je.

Il me regarda avec une expression d'incompréhension, m'invitant à continuer.

– J'ai écrit une lettre à Matthias qu'il a manifestement fait lire à Victoire, voilà ! criai-je, hors de moi.

L'ignorance feinte qu'il affichait sur son visage m'agaça davantage.

– Mais arrête de faire genre, explosai-je, tu l'as lue toi aussi, puisque tu l'as citée l'autre jour !

D'un geste de la main, il me somma de rester calme, avant de prendre la parole :

– Samantha, je ne sais pas de quelle lettre tu parles…

– C'est pour ça que je l'ai retrouvée chez toi ? le coupai-je, sûre de moi.

Après un silence, il se mit à sourire.

– D'accord… s'amusa-t-il.

– Quoi ?

J'avais l'impression d'être la proie d'un chat qui s'amusait avec son déjeuner. Il patienta une seconde avant de continuer, amusé.

– Je suis déçu.

– Déçu de quoi ?

– Tu es une jeune femme intelligente, Samantha, mais là, vraiment, c'est décevant, continua-t-il, toujours amusé.

Je faisais tourner mes méninges à cent à l'heure pour essayer de trouver la faille dans mon raisonnement, quand il enchaîna :

– Tu sais avec qui je vis ?

Victoire… Je compris instantanément la suite de ce qu'il allait m'expliquer, et regrettai aussitôt mes paroles.

– Tu sais qui sort avec la personne avec laquelle je vis ? poursuivit-il, triomphant.

Matthias…

– Si tu retrouves chez moi une lettre que tu as donnée au petit copain de ma nièce, est-ce que tu ne penses pas que, potentiellement, elle peut l'avoir elle-même déposée là-bas ?

De honte, je baissai les yeux en triturant mes mains. À cet instant, je tentais de me remémorer les mots que j'avais cru l'entendre citer, et que j'avais pris pour une référence à ma lettre :

Essayons d'oublier nos enfantillages… nous n'avons plus huit ans.

Enfin, je crois.

À la réflexion, il ne s'agissait pas forcément d'une phrase qu'on ne pouvait énoncer qu'une fois dans sa vie, et il était effectivement possible qu'il dise cela sans faire référence à ma lettre… dont il n'avait manifestement pas pris connaissance. Je sentis mon regard s'adoucir malgré moi.

– Est-ce que tu es rassurée ? demanda-t-il.

Les yeux fixés sur ses mains posées sur le volant, j'observai la ligne de ses doigts, l'attache de ses poignets, ses avant-bras, qui s'élançaient vers de beaux bras musclés et d'élégantes épaules arrondies.

– Samantha ?

Provocateur, il ne cachait pas son plaisir de me voir l'observer.

– Pardon, Salvator, dis-je en me reprenant, je ne sais pas ce qu'il m'est passé par la tête…

Il m'observait à son tour, avec une soudaine gourmandise.

– Quoi ? lançai-je pour mettre fin à cette situation embarrassante.

– Rien, dit-il en se replaçant face au volant. Bonne soirée, n'oublie pas de rattraper ton cours, puisque tu l'as loupé. Je risque de le passer à l'examen… petite exclu, comme ça.

– Arrête ! criai-je, espiègle. Dis-moi !

Il tentait de masquer son envie de rire, sans succès.

– Samantha, sors de cette voiture, demanda-t-il en réprimant un sourire.

– Salvator, dis-je, déterminée, avec la même autorité que lui.

Pour toute réponse, il soutint mon regard, silencieux.

– T'es belle, c'est tout. Allez, sors, maintenant, ordonna-t-il en ouvrant ma portière.

Il s'était penché sur moi pour attraper la poignée, m'offrant son cou et sa nuque, dont les effluves de parfum m'envoûtèrent. J'obéis, sonnée par ce compliment inattendu. Je sortis de la voiture en boitant, récupérai mes béquilles et le regardai s'éloigner. Mon professeur, que je tutoyais désormais et qui m'avait déjà invitée une fois chez lui, venait plus ou moins de m'avouer son faible pour moi, donc, *WHAT THE FUCK* ?

XXXV

– Samantha ? C'est pour toi ! cria ma mère depuis le salon

Surprise, je regardai l'heure en me demandant qui pouvait bien venir me voir à une heure pareille. Il était 22 h 30… Delatour ? Après ce qu'il s'était passé dans la voiture, peut-être avait-il ressenti le besoin de s'expliquer, d'en discuter ? Remarque, j'avais peut-être juste oublié un truc dans la voiture…

Sans savoir pourquoi, j'espérais secrètement que ce soit lui. Mon cœur s'accéléra légèrement à cette idée. Rapidement, je passai devant le miroir avant de descendre découvrir de qui il s'agissait.

En voyant l'identité de la personne qui m'attendait, mon sang ne fit qu'un tour. Matthias… évidemment. Qui d'autre, après tout ? Je me détestais d'avoir pu croire une seconde qu'il s'agissait de mon professeur. Sans lui adresser la parole, ni même un regard, je remontai immédiatement dans ma chambre en l'ignorant.

– Sam, attends ! l'entendis-je crier alors que je claquais ma porte.

Je bloquai l'entrée, la main sur la poignée, tandis qu'il tambourinait derrière.

– Sam, ouvre, s'il te plaît !

– Va te faire foutre, Matthias ! Casse-toi !

L'humiliation qu'il m'avait fait subir le jour même ne s'effacerait pas de sitôt, et je comptais bien la lui faire payer. Il continuait de tambouriner à la porte, quand j'entendis la voix de mon père dans le couloir.

– Tu as oublié quelque chose, Matthias ? demanda-t-il.

– C'est pas ça, c'est Sam, elle boude, plaisanta-t-il, l'air léger.

L'idée qu'il fasse passer mon indignation pour un caprice de petite fille me rendit folle. Comment osait-il ? De rage, j'ouvris la porte sur mon père et Matthias.

– Casse-toi, espèce de gros con ! Je ne veux pas te voir, tu comprends ça ?

– Samantha, tu te calmes ! s'écria mon père, scandalisé. Je ne sais pas ce qu'il s'est passé entre vous, et je ne veux pas savoir. Mais il est hors de question que tu insultes Matthias, et encore moins sous mes yeux, est-ce que c'est clair ?

L'injustice dont j'étais victime fit monter des larmes que j'aurais préféré mille fois dissimuler. Le sanglot dans ma voix m'empêcha de répondre, quand Matthias prit la parole.

– Je suis désolé, Franck, je vais m'en occuper. Viens, Sam, dit-il en m'entraînant dans ma chambre.

Il était vraiment trop fort. Une fois la porte claquée, je le rouai de petits coups de poing pour manifester ma haine.

– Casse-toi, continuai-je moins fort, pour ne pas que mon père ne revienne. Je ne veux pas te voir, t'entends ?

Il n'eut aucun mal à immobiliser mes petits poings qui le battaient sans conviction.

– Sam, arrête, dit-il, calmement.

Je continuai de me battre pour empêcher les larmes de rouler sur mes joues, en vain. Toute cette rancœur, toute cette humiliation, depuis des mois… tout ça, c'était sa faute.

– Sam… reprit-il, compatissant, cette fois-ci.

Il me prit dans ses bras lorsqu'il me vit pleurer. Inarrêtable, je continuais de le taper doucement en déversant le flot de ma peine sur son épaule.

– T'es trop con, continuai-je, épuisée. Je te déteste…

Plus je le détestais, plus je le serrais fort dans mes bras. Je mordais ses trapèzes et son cou, ses épaules même, exprès pour lui faire mal, mais il ne réagissait pas. Il me serrait fort, lui aussi, et soudain, dans ses bras, je me sentis bien.

Enfin…

Alors que je me calmais un peu, il desserra son étreinte pour me regarder. Mes yeux rougis par les larmes et la rancune ne mentaient pas, j'étais en colère, mais faible face à lui. Fatiguée. Il replaça vers l'arrière tous les cheveux qui encombraient mon visage, avant de me reprendre dans ses bras.

– Je comprends pas pourquoi tu fais tout ça, dis-je, une fois calmée.

Il me fixa de ses grands yeux bruns, dont l'expression continuait de me surprendre. Il semblait tellement innocent, soudain, tellement pur…

– Sam, j'ai pas choisi de faire tout ça.

Intriguée, je gardai le silence pour entendre la suite.

– Ce matin, avant de partir de chez toi, j'ai reçu un message de Victoire, très tôt, qui me demandait où j'avais passé la nuit. Apparemment, elle est passée chez moi hier soir et comme tu le sais, je n'y étais pas.

– Attends, comment ça, elle est passée chez toi ? le coupai-je. Elle a vu tes parents, genre ?

Il fit une moue gênée.

– Ben… elle passe par la porte de derrière, en fait, qui donne directement sur ma chambre… Mes parents n'y entrent jamais…

Je n'étais jamais retournée chez Matthias depuis mes huit ans – du moins pas à l'intérieur de la maison –, et j'eus un léger pincement au cœur de savoir que Victoire connaissait désormais mieux les lieux que moi.

– Elle m'a appelé un peu plus tard, continua-t-il, et je ne sais pas comment ni pourquoi, mais elle m'a tout de suite parlé de toi…

Il s'arrêta, guettant ma réaction qui ne vint pas.

– Sam, c'était pour te protéger que j'ai fait ça, je voulais pas qu'elle sache, je voulais garder ça pour nous… me supplia-t-il en attrapant mes mains pour les embrasser.

Soudain, il s'interrompit. Il patienta un long moment dans le silence, et prit une grande inspiration avant de reprendre la parole.

– Je t'aime, Samantha, dit-il en me fixant droit dans les yeux. Depuis qu'on est gamins, je suis amoureux de toi. Te voir en douter me fait plus de mal que la planète entière ne pourrait m'en faire.

Je le croyais sincère, mais ce soupçon de je ne sais quoi continuait de me déranger sur son visage.

– Tu me crois pas ? s'inquiéta-t-il.

– Comprends-moi, après tout ce que tu m'as fait subir, j'…

Sans me laisser le temps de finir ma phrase, ses lèvres heurtèrent les miennes pour se transformer en un baiser intense, fougueux, passionné. J'étais tellement démunie, face à lui, que je me laissai faire comme une débutante. Comme la veille, il me porta jusqu'au lit, aussi romantique et charmant, pour continuer de m'y embrasser. Perdue dans la passion que j'éprouvais pour lui, je ne résistai pas lorsqu'il retira mon pull, mon T-shirt, mon pantalon…

Ce n'est qu'une fois en sous-vêtements, presque nue contre lui, que j'émis un léger recul.

– Qu'est-ce qu'il y a ? T'as pas envie ? souffla-t-il en mordillant mon cou.

– C'est pas ça, je…

Il continua vers ma nuque, mes oreilles, et, prise de frissons, je l'arrêtai net pour le regarder directement, cette fois-ci.

– Attends, arrête !

– Qu'est-ce qu'il y a ? s'agaça-t-il.

C'était là la réaction à laquelle je ne me serais jamais attendue. Piquée, je répondis du tac au tac.

– Oh ! Si je t'emmerde, tu peux aussi rentrer chez toi !

Aussitôt, il s'excusa avant de me prendre contre lui.

– Excuse-moi…

– J'ai peur que tu te foutes de ma gueule, Matthias, dis-je, cachée dans ses bras. J'ai peur que demain tu recommences, peur que tu m'abandonnes, peur que tu me fasses du mal… J'ai trop peur de tout ça…

Doucement, il me prit par les épaules et plongea dans mes yeux pour avoir toute mon attention.

– Sam. Je viens de t'expliquer. Quoi que je fasse, maintenant, tu sais que c'est toi la seule, l'unique. D'accord ? Jamais de la vie je ne me foutrai de toi. Jamais.

Rassurée, je reposai ma tête contre son front avant de le laisser m'embrasser de plus belle. Ça n'était pas ma « première fois », mais c'était pourtant bien la première fois que j'avais si peur de passer à l'étape supérieure. Comme un pressentiment, quelque chose qui m'alertait, pour me dire de ne pas le faire…

Mais, aveuglée par l'amour, le désir et l'envie, je ne luttai pas longtemps contre son corps, avant de succomber au plaisir d'être ensemble.

* * *

– Allô ?

Ce réveil avait un goût de rêve et de merveille. Pour la première fois de ma vie, la voix suave de Matthias m'avait réveillée et, toujours nue dans les draps, je profitai de cet instant de calme pour me coller à lui, goûtant la chaleur de sa peau dans la lumière pâle du matin.

– Oui, bien sûr, j'arrive tout de suite, dit-il en se levant d'un bond.

Surprise, je l'interrogeai du regard en le regardant s'habiller.

– C'était Victoire, se justifia-t-il, il faut absolument que j'y aille, sinon on va avoir de vrais problèmes.

Pendant qu'il boutonnait son jean déchiré aux genoux, je regardais son torse, ses épaules, son ventre qui laissait deviner de beaux abdos. Ses cheveux en pétard lui donnaient un air encore plus sexy que d'ordinaire. Il enfila son T-shirt en même temps que ses chaussures, m'embrassa en coup de vent avant de disparaître plus vite que l'éclair. Après quelques secondes, je me levai d'un bond, moi aussi, avant de me jeter à la fenêtre pour le regarder partir.

Soudain, mon cœur s'emballa. Je le vis s'éloigner sur le trottoir, mais il n'était pas seul. À ses côtés marchait un homme élégant, tout habillé de noir. J'avais très bien reconnu ses cheveux sombres tirés en arrière, son long manteau de cuir brun et ce style impeccable.

Matthias m'avait donc menti. Il n'était pas parti en trombe pour rejoindre Victoire et protéger notre liaison… Il était parti rejoindre Delatour.

XXXVI

– Vous avez été absent plus d'un mois, monsieur Lombarda… dit Delatour, assis sur son bureau.

– Ça n'empêche pas que j'ai travaillé quand même ! le coupa Matthias.

– Ah ? Et comment ?

Son air supérieur énerva Matthias plus vite que l'éclair.

– Ben, j'ai des bouquins…

– Les « bouquins », comme vous dites, ne suffisent pas à remplacer mes cours, monsieur Lombarda. Vous êtes exclu de ma classe.

La main sur la poignée, Matthias commença à ouvrir la porte pour quitter la salle, quand son professeur l'interrompit.

– Attendez, un instant, s'il vous plaît.

* * *

Matthias était parti très tôt, mais je n'arrivais pas à me rendormir. Ses mensonges tournaient en rond dans ma tête sans que j'y comprenne quoi que ce soit. Si Victoire n'était pas censée être mise au courant de ma relation avec Matthias, qu'est-ce que Delatour foutait en bas de chez moi ?

Lorsque ma mère me déposa à la fac, je fus bien aise de n'y croiser aucune tête connue. Je n'avais pas envie de discuter. En traversant les couloirs vers mon cours d'anglais, j'entendis deux hommes élever la voix, sans saisir le sens de leurs propos. En m'approchant de la salle d'où venaient les voix, j'aperçus Matthias et Delatour dans l'entrebâillement de la porte. Mon cœur s'emballa plus fort que jamais. Que faisaient-ils encore ensemble ?

Cette fois-ci, c'était le moment où jamais. Figer Delatour pour enfin pouvoir discuter avec Matthias, pris la main dans le sac, et lui poser toutes les questions auxquelles je n'avais pas de réponse.

Trois…

Deux…

Un…

Clac !

* * *

À ma grande surprise, rien ne se passa. Matthias et Delatour continuaient de débattre sur un sujet que je ne saisissais pas, sans avoir été arrêtés par quelque force temporelle que ce soit. Je reculai aussitôt pour qu'ils ne m'entendent pas et réitérai l'opération plusieurs fois, toujours sans succès : le temps ne se figeait pas. Il ne se figeait plus. Démunie, je m'enfuis rapidement vers mon cours d'anglais avant qu'ils ne me surprennent, la tête remplie d'interrogations sur Matthias et Delatour et sur ce qu'ils pouvaient bien avoir à faire ensemble.

Soudain, en arrivant à destination, mon cœur s'arrêta net : comment pouvait-il être déjà là, alors que je l'avais vu quelques minutes plus tôt avec Delatour ?

…

– Quoi ? s'agaça Matthias.

– Au-delà du fait que je ne souhaite plus vous voir dans mon cours, je tiens à vous avertir que vous feriez mieux de rester éloigné de Mlle Delorme pendant un moment.

– Je ne vois pas le rapport, répondit-il, piqué.

– Vous avez très bien compris, monsieur Lombarda, termina Delatour, sûr de lui. Son accident l'a beaucoup fragilisée, et je me suis porté garant de sa santé dans l'enceinte de cette faculté, mentit-il.

– Son accident ? reprit Matthias, déconcerté.

– Samantha a passé plusieurs jours dans le coma après avoir été renversée devant chez vous, elle a besoin de repos. Je crois savoir que vos rapports sont particuliers. Ainsi, je vous somme de rester loin d'elle. Prenez bien garde à cela. Vous reprendrez le reste de vos cours dès demain, le temps que j'informe l'administration de votre retour. Maintenant, sortez de ma salle, je vous prie.

De rage, Matthias quitta la salle en claquant violemment la porte. Partir avec Julien lui avait fait du bien, mais il regrettait déjà d'être resté absent si longtemps. Un accident ? Plusieurs jours de coma ? Comment toutes ces choses avaient-elles pu arriver sans qu'il ait été mis au courant ?

* * *

– Putain, mais tu sers vraiment à rien, toi, bouge de là ! s'écria Victoire en me bousculant.

Elle s'installa à côté de Matthias avant de l'embrasser langoureusement, pendant que je ramassais ma béquille. Le chaos que provoqua ce baiser dans mon ventre était plus désagréable encore que tout ce qu'elle m'avait déjà fait subir, mais c'était toujours moins déstabilisant que la soudaine ubiquité de Matthias. Remarque, j'avançais tellement lentement avec mes béquilles qu'il avait pu me dépasser sans que je ne le remarque. Rapidement, je me ressaisis avant de prendre la direction de mon bureau habituel, au fond de la classe, quand j'entendis la voix de Tim :

– Sam ? Mais viens là ! s'indigna-t-il.

– Et Anna ? demandai-je en bougeant seulement mes lèvres, dans un souci de discrétion.

– Elle vient pas aujourd'hui, viens ! répondit-il de la même façon, en venant prendre mon sac.

La sollicitude de Tim me fit du bien. Lorsque je fus correctement installée, il me regarda du coin de l'œil en demandant :

– Toujours pas motivée pour le match de ce soir ?

Son entêtement me fit sourire. Ça avait l'air de lui faire tellement plaisir…

– Allez, d'accord, cédai-je, mais tu me raccompagnes, hein ? Et tu restes pas dix ans dans les vestiaires !

– Promis ! chuchota-t-il, alors que la prof arrivait.

* * *

Avoir accepté de venir à ce match fut une bien meilleure idée que ce que j'aurais pu croire. J'avais oublié à quel point un match de basket pouvait être intéressant, et ô combien scander le nom d'une équipe pouvait être libérateur. J'étais seule sur les gradins, mais j'étais là pour Tim. Pas de Victoire, ni d'Anna ni de Matthias, j'étais là pour mon ami, loin de tous les soucis de mon quotidien infernal. C'était bien…

J'aurais voulu que ça ne s'arrête jamais.

Comme promis, Tim se rhabilla vite dans les vestiaires,

et me rejoignit encore plus rapidement que ce que j'avais espéré.

– Mais t'as même pas pris de douche ? demandai-je, surprise.

– Ben non, tu m'as dit de faire vite…

– Aaaaaah ! Beurk ! plaisantai-je.

– Bon, on va boire un coup ? Ou tu dois rentrer ?

Après une légère hésitation, j'acceptai sa proposition. Après tout, je n'avais rien de mieux à faire que de boire un verre avec mon ami, et puis prolonger cet instant de bien-être, ça n'avait pas de prix.

L'endroit, nos discussions, nos rires, nos peines, tout était simple à nouveau. Aucune gêne, aucun tabou ne persistait entre nous, et la mise au point fut moins pénible que celle à laquelle je m'étais attendue. Je ne lui avais pas raconté mon idylle naissante avec Matthias, mais lui m'avait fait part de ses doutes quant à Anna. Loin d'en être ravie – voir Tim enfin en couple était une vraie bonne nouvelle à mon sens – je lui donnai mon avis et quelques conseils pour tenter d'apaiser les tensions avec Anna, en vain. Il semblait déjà assez sûr de lui concernant la suite des évènements. C'est exactement à cet instant que notre moment privilégié de simplicité prit fin.

– On vous dérange ?

La voix stridente dans mon dos me fit sursauter, pendant que le visage de Tim se décomposait.

– Non, on allait partir, répondit-il.

– Vous allez bien boire un verre avec nous, non ? s'imposa une seconde voix dans mon dos, plus sensuelle.

Si Anna n'était pas seule, cette voix ne pouvait être que celle de Victoire. Une boule grandissait au creux de mon ventre, je n'avais pas envie de ça.

– Tu viens, Sam ? proposa Tim sans même me laisser le temps de faire face aux deux jeunes femmes.

Trop heureuse de pouvoir prendre la fuite aussi simplement, je me levai d'un bond sans me retourner, en attrapant mes béquilles.

Tim me raccompagna gentiment jusque chez moi, où je fus surprise de constater que mes parents n'étaient pas encore rentrés. Sur le perron, tous les événements de cette journée interminable me revinrent à l'esprit : Matthias, Delatour, Tim, Victoire, Anna... autant de problèmes que je n'arrivais pas à résoudre. Je n'avais pas eu de nouvelles de Matthias depuis ce matin, mais l'avoir vu avec Delatour me laissait perplexe. La porte d'entrée s'ouvrit sur mon frère Charles, qui me sauta dessus en m'arrachant à toutes mes interrogations.

– Charles, au lit maintenant, il est tard ! dit gentiment Silvia. Bonsoir, Samantha, tu vas bien ?

– Très bien, merci, mais qu'est-ce que tu fais là ? demandai-je, surprise.

– Tes parents m'ont demandé de garder ton frère, ils voulaient se faire un ciné, ce soir...

Je la regardai s'occuper de mon frère comme s'il était son propre fils, non sans une certaine émotion. Cette vision me rappelait comme nos deux familles étaient liées. Elle surprit mon regard attendri.

– Je vais coucher ton frère, et on se fait un petit thé toutes les deux ?

– Carrément, acceptai-je de bon cœur.

Assise à table avec moi, elle me raconta sa rencontre avec ma mère, mes bêtises lorsque j'étais petite, et regretta de ne pas avoir ses albums photo sous la main.

– Comment ça va, ta jambe ? s'inquiéta-t-elle.

– Ça peut aller ! minimisai-je.

– Tu sais, Sam, je n'ai pas voulu t'embêter concernant Matthias, mais...

– C'est passé, la coupai-je, pensant qu'elle parlait de son absence à l'hôpital.

– Écoute-moi, insista-t-elle. Il est rentré ce matin. Seulement, je pense que son voyage l'a fait beaucoup réfléchir. Je crois savoir que vous aviez quelques différends avant son départ…

Je n'entendais plus ses paroles, j'étais médusée.

– Comment ça, il est rentré ce matin ?

– Ne sois pas vexée s'il ne t'a pas prévenue de son retour, tu sais, il est un peu sauvage, parfois…

Face à mon incompréhension, elle marqua une pause pendant laquelle un regard coupable se dessina sur son visage.

– C'est ma faute, s'il n'est pas venu te voir à l'hôpital, avoua-t-elle.

– Je ne comprends pas, répondis-je, fébrile.

– Samantha, excuse-moi… supplia-t-elle en me prenant les mains. Matthias n'était pas bien depuis quelque temps, il était parti avec son ami pour s'aérer la tête depuis seulement deux jours, je n'ai pas voulu l'inquiéter en lui parlant de ton accident, je te demande pardon…

De nouveau, je sentis mes oreilles bourdonner et ma vision se brouiller. Aussi loin que je me souvienne, Matthias n'avait pas manqué à l'appel, récemment.

Il savait très bien que j'avais eu mon accident, puisqu'il m'avait vue avec mes béquilles un nombre incalculable de fois. Et puis, il n'était pas avec Julien, puisqu'il était là au moment où je m'étais fait renverser… Devant ma mine fermée, Silvia se leva.

– Je vais peut-être te laisser… s'excusa-t-elle. En tous cas, sache que c'est ma faute. N'hésite pas à appeler Matthias, je sais qu'il t'aime beaucoup.

Elle enfila son manteau et m'embrassa maternellement avant de s'en aller.

Définitivement, quelque chose ne collait pas. Il n'était pas rentré ce matin, puisqu'on avait passé les deux dernières nuits ensemble !

… Soudain, un éclair de lucidité m'apparut.

Le lapin de Matthias alors qu'il devait venir me voir pour que l'on discute, avant mon accident. Son comportement étrange depuis cette date. Sa méchanceté gratuite, l'expression de son visage qui souvent m'était inconnue ces derniers temps, ses attitudes étranges, et ce matin, ce mensonge, Delatour… Sa présence quasi simultanée dans la classe de physique et celle d'anglais… En définissant toutes ces inexactitudes que j'avais pourtant déjà décelées sans vouloir les voir vraiment, l'évidence me sauta aux yeux. Puisqu'il m'était possible de figer le temps, et qu'il lui était possible de voyager dans le temps, peut-être était-il également possible de dédoubler les gens ? Quoi qu'il en soit, et c'était désormais certain, il y avait un imposteur dans cette histoire.

XXXVII

La nuit fut longue… interminable. Coincée dans mon lit, coincée par le temps, mes pensées, la folie de tout ce qui soudain devenait possible, j'avais cru devenir dingue, l'espace de quelques heures. S'il y avait un imposteur, donc deux Matthias, si le « vrai » Matthias était rentré hier matin, comme me l'avait indiqué Silvia, alors c'était tout mon monde qui s'écroulait. Avec qui avais-je passé les deux dernières nuits ? Qui était ce jeune homme qui m'avait regardée droit dans les yeux, en m'assurant presque que j'étais la femme de sa vie, et qu'il en avait toujours été persuadé, et ce depuis ses huit ans ? Qui était cet homme qui m'avait serrée dans ses bras tout ce temps, et que j'avais aimé de tout mon cœur et pour la première fois la nuit dernière ?

Mais qui m'assurait que je n'étais pas complètement ailleurs, complètement en train de me planter ? Qui me démontrait qu'au-delà de pouvoir figer le temps et revenir en arrière, il était aussi possible de créer des clones des gens ? Et puis, comment ?

– Salut Sam ! Ça va ? s'écria Anna en me brisant les tympans.

J'implorai aussitôt le ciel pour que le supplice ne dure pas trop longtemps.

– Salut, Anna, dis-je en soupirant.

– Alors, c'était bien, hier soir ?

– De quoi ?

– Ben le match ! s'exclama-t-elle comme si j'étais demeurée.

– Oui, c'était bien. Tu peux arrêter de crier, s'il te plaît ?

– Oups, désolée, ricana-t-elle sans baisser la voix. T'as vu, j'ai autorisé Tim à passer un peu de temps avec toi, j'suis sympa, hein ?

Sans la calculer, je continuai mon chemin.

– Non, parce que tu sais, avec Tim, on s'autorise des choses, en fait, continua-t-elle en me rattrapant, on évolue dans une vraie relation, tu vois…

– Bien sûr, répondis-je, toujours moins concernée par ce qu'elle racontait.

Pendant qu'elle déblatérait de quoi se rassurer sur son couple, la nécessité de trouver Matthias me prit d'assaut. Il fallait absolument que je sache s'il y avait effectivement deux Matthias, ou si j'étais juste en train de devenir folle.

– Tu sais pas où est Victoire ? la coupai-je, alors qu'elle continuait son monologue.

– Ben non, je viens d'arriver, en fait, répliqua-t-elle, sèchement. Tu lui veux quoi, à Victoire ?

– Occupe-toi de ton cul, ça vaudra mieux, lançai-je avant de prendre la direction opposée.

Bon sang, qu'est-ce que ça faisait du bien de la remettre à sa place, celle-là !

…

La nuit de Tim fut longue… Interminable. Depuis sa discussion avec Sam, pendant laquelle il s'était lui-même rendu compte que sa relation avec Anna ne tenait plus à rien, il avait retourné le problème dans tous les sens, avant de conclure pour lui-même qu'il allait lui falloir trouver le courage de la quitter en bonne et due forme. C'était la première « vraie » relation de sa vie, et la première fois qu'il allait rompre avec quelqu'un. Comme offertes sur un plateau, il tomba immédiatement sur Anna et Victoire en arrivant à la fac.

– Je te dis qu'elle te cherchait !

– T'inquiète si elle me cherche, elle va vite me trouver. Hey, ça va, Tim ? le salua Victoire en l'embrassant.

– Et vous ? répondit-il, embrassant Anna, cette fois-ci.

– Ouais, j'ai croisé ta « cops », répliqua cette dernière.

– Ah, elle est où ? demanda-t-il, avide de pouvoir s'échapper.

– En parlant de copain copine, il est où, Matthias ? coupa Victoire.

– Je sais pas, pourquoi ? Ça va ? s'inquiéta Anna. Il est vraiment bizarre, en ce moment… confia-t-elle.

Aussi surpris l'un que l'autre, Anna et Tim se turent, avides d'entendre la suite des confidences de Victoire.

– Un coup il fait le mec, un coup il fait le romantique, il est trop changeant, hier soir il a même pas voulu me voir…

Tim, intrigué, enregistrait avec précision les paroles de Victoire. Si Matthias se comportait mal avec elle, il y avait donc des chances qu'il en fasse de même avec Sam, et c'était bien là ce qui l'inquiétait.

– Tu vas où ? interrogea Anna alors qu'il s'éloignait.

– Je vais manger avec ma *cops*, elle m'attend. À toute, les filles ! lança-t-il en s'éloignant sous le regard triste d'Anna.

Même s'il n'avait pas rendez-vous avec elle, il ne fut pas surpris de la trouver assise seule à une table, dévorant son sandwich au soleil.

– Doucement, tu vas t'étouffer ! plaisanta-t-il.

En le voyant arriver, les yeux de Sam s'éclaircirent. Ravi de constater qu'elle paraissait heureuse de le voir, il lui sourit.

– Ah mais vous êtes là, monsieur ! Asseyez-vous ! rit-elle.

– Ça va ?

Sa mine s'assombrit soudain.

– Ça va pas ?

Pour seule réponse, elle le regarda en forçant un sourire.

– Qu'est-ce qu'il y a ?

– Moi je veux bien te le dire, mais tu vas encore péter un câble… dit-elle en louchant sur le bout de pain qui lui restait entre les mains.

– Matthias ? devina-t-il, légèrement agacé.

– Comment tu sais ? s'étonna-t-elle.

– Oh, y a pas grand monde qui m'énerve, tu sais…

Elle termina son sandwich en riant, avant d'en venir au but :

– C'est plus tabou, alors ?

– C'est plus tabou, assura Tim, déterminé à redevenir un ami présent et à l'écoute.

– Il faut que je lui parle, avoua-t-elle. C'est important.

– Et je ne saurai pas pourquoi tu dois lui parler, bien sûr ?

– Pas tout de suite, dit-elle dans un sourire complice en se levant. Bientôt, promis.

– Hé, tu vas où ?

– T'occupe !

* * *

Je venais d'apercevoir Matthias avec Victoire, au loin. Il fallait absolument que je le choppe pour lui parler. Je les suivis aussi discrètement que possible, jusque dans les couloirs déserts. L'écho de mes pas ajouté à celui de mes béquilles me contraignit vite à m'arrêter, cachée à l'angle d'une intersection. Ils s'étaient arrêtés eux aussi, et ne tardèrent pas à hausser le ton. J'étais incapable de saisir le sens de leurs propos ; pour autant, j'étais suffisamment proche pour comprendre qu'ils s'engueulaient. Sur la fin de leur diatribe, je n'entendis qu'un « laisse-moi tranquille, s'il te plaît », de la part de Matthias à l'intention de Victoire, qui s'en tint à sa demande. Mon intuition avait beau m'assurer qu'il s'agissait de celui que je n'avais apparemment pas croisé depuis plus d'un mois, je restai sur mes gardes. Après que Victoire se fut éloignée, je sautillai jusqu'à lui avant de l'attraper par le bras pour l'entraîner dans une salle vide.

Enfin seuls. J'allais enfin avoir les réponses aux questions que je me posais…

Toutes les réponses.

XXXVIII

Dans le couloir, Tim, de loin, regarda Victoire partir en laissant Matthias en plan, puis Sam sortir de sa cachette pour l'attirer dans une salle. Rassuré que son amie ait pu avoir le moment privilégié dont elle avait manifestement besoin, il était sur le point de s'en aller tranquillement, quand il entendit l'écho d'une démarche caractéristique.

– Anna ! cria Tim à l'intention de sa petite amie.

Aussitôt, la jolie blonde s'arrêta pour lui faire face.

– Tiens ? Qu'est-ce que tu f…

Sans lui laisser le temps de finir sa phrase, Tim colla ses lèvres sur les siennes, amorçant un long et langoureux baiser. S'il n'en avait pas très envie, il savait qu'il s'agissait d'autant de minutes précieuses gagnées pour que Samantha et Matthias puissent discuter tranquillement.

– Tu veux venir chez moi ? proposa-t-il.

– Ben je…

– Allez… insista-t-il, enjôleur.

Il savait qu'elle ne résisterait pas à un regain d'attention de sa part alors que leur couple battait de l'aile depuis plusieurs semaines. Oubliant l'urgence d'aller prévenir

Victoire de ce qu'elle avait espionné de Sam et Matthias, Anna se laissa séduire par la proposition de son petit ami.

* * *

Je verrouillai la porte en m'y adossant, afin de m'assurer que personne ne nous dérange. C'était maintenant. Maintenant ou jamais. Lorsque nos regards se croisèrent, une étincelle que j'avais crue éteinte dans ses yeux refit enfin surface. J'étais quasiment certaine d'être en face de la personne que je recherchais. Celui que je n'avais pas vu depuis longtemps. Trop longtemps… Pour en être certaine, je continuai de le fixer calmement, puis je fis claquer mes doigts. Sans surprise, je vis le cours du temps s'arrêter ; les feuilles mortes que je voyais à travers la fenêtre s'étaient figées en pleine chute, mais pas Matthias.

– Bonjour, Matthias.

Ma voix résonna bizarrement dans le silence de plomb qui régnait dans cet espace hors du temps. Face à moi, Matthias semblait partagé. Je sentais en lui du respect, des remords, mais surtout beaucoup de timidité et de tendresse.

– Qu'est-ce qu'il t'est arrivé ? s'inquiéta-t-il en avisant mes béquilles.

Le cœur serré, je repensai à ce que m'avait appris sa mère la veille.

– Tu ne sais rien du tout, alors ? compris-je, la gorge nouée.

Ses yeux bruns démunis se perdaient dans les miens pendant que je comprenais peu à peu ce que j'avais refusé de croire.

– J'étais parti… répondit-il, le regard au sol.

– T'étais où ? l'interrogeai-je, fébrile.

– Chez Julien.

– Combien de temps ?

Mon cœur s'emballait au rythme de ma raison.

– Je suis rentré hier matin, répondit-il solennellement.

La probabilité pour que la personne avec qui j'avais fait l'amour l'avant-veille soit bien lui devenait carrément nulle.

– T'es parti quand ? demandai-je d'une voix blanche.

Tapi dans sa gêne, il ne répondit pas. Des larmes pudiques naissaient aux coins de mes yeux.

– T'es parti quand ? criai-je soudain, devancée par mes émotions.

– Après le cours, quand tu m'as demandé de passer chez toi. Julien m'a fait la surprise, j'ai pas pu refuser.

Je ne sus retenir les larmes qui roulaient désormais abondamment sur mes joues. C'était sûr, cette fois, il y avait bien eu un clone de Matthias, un imposteur, avec lequel j'avais passé plus de temps que je n'aurais pu le croire. Un imposteur qui m'avait humiliée maintes et maintes fois, et à qui j'avais tout pardonné, pensant qu'il s'agissait de l'élu de mon cœur.

Comme j'avais eu tort de croire une chose pareille…

Jamais mes lèvres n'avaient embrassé ni même touché celles de Matthias.

Jamais ma peau n'avait été collée à la sienne, jamais il ne m'avait avoué être amoureux de moi depuis des années. Toutes ces paroles avaient été inventées par l'imposteur qui venait de détruire mon cœur. En voyant mes larmes, Matthias se précipita sur moi en s'excusant :

– Je suis désolé, Sam, je sais, on devait parler, j'imagine que tu as dû m'attendre, je…

– Tais-toi ! hurlai-je. Si tu m'avais prévenue, si tu m'avais juste envoyé un message, tout ça ne se serait jamais produit.

– Tout ça, quoi ? demanda-t-il, surpris.

Un lourd dilemme prit place dans ma tête et mon esprit. J'hésitais vivement entre lui raconter toute la vérité ou continuer à le protéger de toute cette histoire, quand l'évidence me rattrapa : par la fenêtre, j'observai les feuilles des arbres restées immobiles, me rappelant que le temps était toujours figé, sans aucun impact sur lui. Une longue hésitation plus tard, je pris une grande inspiration avant de commencer.

– Regarde dehors, ordonnai-je calmement.

Poliment, il s'exécuta puis se retourna vers moi.

– Regarde encore, dis-je en m'approchant de lui, cette fois-ci.

Une fois à son côté, je fis claquer mes doigts de nouveau, observant le fil du temps reprendre son cours. Devant son absence de surprise, je conclus sans prendre la peine de figer à nouveau le temps, et cette fois-ci, certaine de ce que j'avançais :

– Tu sais. Depuis le début, tu sais.

Il me regarda longuement en silence, avant d'acquiescer gravement. S'ensuivit une longue conversation sans tabou concernant nos pouvoirs et ce que nous avions vécu et découvert. Il me raconta le premier arrêt du temps, et la peur qu'il avait éprouvée, lui aussi. Toutes les angoisses devant ces statues de cire que j'avais ressenties moi aussi, au moins autant de peurs indescriptibles, la quasi-certitude d'être prisonnier d'un cauchemar sans fin. Puis le deuxième, le déjà-vu, la confirmation de ce qu'il n'était finalement plus si certain d'avoir vécu. Enfin, notre entrevue à table. Lorsque, pour la première fois, il m'avait vue animée dans ce monde figé qui l'effrayait tant, sans pouvoir pourtant en être tout à fait sûr. Longtemps, il avait cru devenir fou. Sa culpabilité n'avait cessé de grandir, pensant qu'il s'agissait de son fait, et son envie de m'en protéger avait dépassé tout le reste, il avait préféré me fuir.

Puis il avait fini par comprendre, le jour de cette fameuse engueulade pendant la classe de Delatour. La découverte de son pouvoir n'était survenue que bien plus tard, en même temps que moi, il pouvait revenir quelques secondes dans le temps… Malgré ça, il n'avait pas encore pu définir combien de temps ni comment. À l'évidence, il ne savait pas plus que moi d'où pouvaient bien nous venir ces pouvoirs surnaturels. Pour autant, ils nous unissaient.

Il avait pris le temps de tout me raconter quand, de mon côté, il me restait une information à lui communiquer. Malgré cette conversation improbable que nous venions d'avoir, j'eus peur de passer pour une folle.

– Qu'est-ce qu'il y a ? s'inquiéta-t-il devant mon expression dubitative.

– Je crois qu'il faut que je te dise quelque chose, Matthias.

Concentré sur ce que je m'apprêtais à lui dire, il se contenta de me fixer sans ciller. Soudain, les mots me semblèrent difficiles à choisir. Je n'arrivais pas à formuler cette phrase sans qu'elle ne paraisse trop bizarre.

– Personne n'a su que tu étais parti, commençai-je.

– C'est-à-dire ? s'étonna-t-il.

– C'est-à-dire que… on t'a tous vu pendant ces quatre dernières semaines.

Interloqué, Matthias ne répondit pas. Consciente qu'il s'agissait d'une info difficile à avaler, je lui laissai le temps de comprendre.

– Je me suis douté que quelque chose ne tournait pas rond lorsque j'ai vu Victoire tout à l'heure, avoua-t-il.

Je le regardai, scandalisée. Après toutes ces révélations, notre première vraie discussion sur nos pouvoirs, la première anecdote qui sortait de sa bouche, c'était sur Victoire ?

– C'est tout ce que tu as à me répondre, Matthias ? Je te dis qu'un clone de toi rôde dans la nature, et tu me parles de ton amourette à la con avec Victoire ?

Mes mots avaient trahi mes sentiments, et sans le vouloir, je venais de me cramer toute seule. Comprenant ce qu'il se tramait, il ne put réprimer un sourire terriblement charmeur.

– Quoi ? l'agressai-je faussement, sans réussir à neutraliser un sourire, moi non plus.

– Tu m'as manqué, Sam… dit-il en s'approchant de moi.

Mes yeux encore humides s'embuèrent à nouveau. En lui racontant ce qu'il s'était passé en son absence, j'avais pris soin de passer sous silence mon idylle avec celui que j'avais cru être lui, et ces mots m'y renvoyaient. Si j'avais su l'expression qu'il avait réellement en me disant ces mots, jamais je ne serais tombée dans le piège de ce grossier imposteur.

– Toi aussi, tu m'as manqué, répondis-je, cueillie.

Doucement, il me prit dans ses bras pour m'y serrer très fort.

– Donc si j'ai bien compris, en plus de mon pouvoir dont je n'ai encore saisi presque aucun détail, comparé à toi, il faut en plus que je m'occupe de mon clone ?

En me voyant soupirer, il enchaîna :

– Qu'est-ce qu'il a fait, ce clone ? demanda-t-il, soucieux, en desserrant son étreinte. Il est gentil, au moins ?

La gêne s'empara de moi, j'étais incapable de répondre.

– Sam ? J'ai besoin de savoir, insista-t-il.

– Moi, j'aimerais surtout savoir d'où il vient et comment le distinguer de toi à coup sûr, répliquai-je.

– Parce que c'est pas assez évident ?

Ses yeux trahissaient l'offense que je venais de lui faire malgré moi. S'il savait…

– Excuse-moi, repris-je, c'est pas facile pour moi non

plus… Ton clone n'a rien fait d'extraordinaire, à part être désagréable au possible.

– Tu n'as rien remarqué de particulier ? Un truc qui pourrait nous mettre sur une piste, découvrir d'où il vient ?

Aussitôt, l'envie de lui révéler la présence de Delatour qui l'attendait devant chez moi me brûla les lèvres.

– Sam ? demanda-t-il, pas dupe.

– Je… crois que j'ai vu un truc un peu spécial, balbutiai-je.

– Dis-moi ?

– Y a quelques jours, tu étais… enfin *il* est passé chez moi le matin, et il a prétexté un appel de Victoire pour partir très vite. Et par la fenêtre, je l'ai vu partir avec Delatour…

– Putain, le fils de p… ! explosa-t-il. Je l'ai jamais senti, ce Delatour, y a un truc qui cloche chez lui, putain ! T'as rien remarqué d'autre de bizarre, chez lui ?

Toute la sollicitude de mon professeur me revint en tête instantanément. Ses attitudes enjôleuses, notre tutoiement, son omniprésence depuis quelque temps…

– Sam, faut qu'on se dise les choses, sinon on va pas avancer, s'impatienta-t-il.

– Disons qu'il m'a un peu draguée, ces derniers temps… avouai-je.

Dans les yeux de Matthias, je vis s'amorcer un ouragan de rage, de haine et de colère.

– Non, mais léger, hein, rien de…

– Je vais lui éclater la tête, lâcha-t-il, très calmement.

Sa réplique me flatta autant qu'elle me donnait envie de rire.

– Il t'a pas touchée, au moins ? s'inquiéta-t-il en s'approchant de moi.

– Matthias, je suis une grande fille…

– Il t'a touchée, oui, ou non ?

– Non ! répondis-je clairement, sans réussir à masquer le plaisir que j'avais de le voir s'inquiéter pour moi.

– Sam, y a rien de drôle là-dedans, il faut absolument qu'on se méfie de lui, y a quelque chose de pas net avec ce mec.

– Ben commence par t'éloigner de sa filleule, alors, répliquai-je du tac au tac.

Une deuxième fois, les mots avaient trahi ma pensée, et quelques papillons s'envolèrent dans mon ventre lorsque je pris conscience de mes paroles.

– Tu as raison, répondit-il, grave, sans prêter attention à mes minauderies. De toute façon, elle m'a jamais plu, cette meuf, avoua-t-il.

J'avais envie de lui poser une centaine de questions sur le sujet, en commençant par l'insulter d'être sorti avec elle, puisqu'il s'en fichait, et que moi, j'étais amoureuse de lui, mais j'eus cette fois-ci la force de m'abstenir.

– C'est malin de sortir avec des filles dont on se fiche, me contentai-je de répliquer.

En souriant, il se tourna vers moi.

– Peut-être parce que c'est plus compliqué d'avouer ses sentiments à celles qui comptent vraiment, souffla-t-il en s'approchant.

Cette fois-ci, mon cœur s'emballa, et tout l'irréel de ma réalité, nos pouvoirs extraordinaires, son double… tout s'évapora lorsque ses mains attrapèrent mes hanches, les collant contre les siennes, alors que son visage arrivait juste au-dessus du mien. Affolée, je gardai la tête droite, face à son torse, quand une force irrésistible leva mon menton vers ses lèvres.

– Maintenant, tu sais, chuchota-t-il, en approchant son visage du mien.

La délicatesse et la douceur dont il faisait preuve étaient délicieuses. Lentement, il posa ses lèvres sur les miennes pour les embrasser. Pour la première fois, enfin, Matthias m'avait embrassée. Pour la première fois, nous nous étions parlé sans tabou – ou presque. Je goûtais ses lèvres avec un plaisir infini, promenant mes mains sur son torse alors qu'il passait les siennes sur ma nuque et dans mes cheveux. Nos respirations s'accéléraient, nos mouvements se faisaient plus précis, plus forts, plus intenses, quand la porte s'ouvrit à la volée, signant la fin définitive de cet instant de paradis.

À l'entrée de la salle se tenait une belle jeune femme brune à la peau presque mate, dont je n'avais jamais vu la faiblesse avant ce jour. Les yeux secs mais le cœur lourd, elle ne prit même pas la peine d'ouvrir la bouche. Devant la réaction de Matthias et l'intense complexité de leur échange de regards, je compris que la rupture dont nous avions parlé quelques minutes plus tôt serait plus compliquée que prévue.

XXXIX

De toutes les déceptions de sa vie, de tous les coups durs et de toutes les trahisons qu'elle avait vécus, Matthias embrassant Sam n'était qu'une infime poussière perdue dans l'univers pour Victoire. Et pourtant, jamais elle ne s'était sentie aussi mal à cause d'un homme. Elle qui se pensait tellement insensible, comment avait-elle pu se trouver à ce point touchée par ce qu'elle venait de découvrir ?

Après avoir fermement refusé toute explication, excuse ou discussion de la part de Matthias, Victoire s'était empressée de quitter la fac, de peur qu'on ne la voie dans cet état. Depuis qu'elle était venue vivre chez son oncle, quelques années auparavant, elle s'était promis que plus rien ni personne ne lui ferait vivre toutes les humiliations et méchancetés qu'elle avait subies dans son enfance. Venir s'installer ici chez lui, c'était sa revanche sur la vie. Sur le monde.

En marchant jusque chez elle, Victoire n'avait pas résisté au soulagement de laisser s'échapper quelques larmes salvatrices. Les yeux rougis par cette douleur qu'elle n'assumait pas, elle entra par le garage, où bricolait son oncle.

– Hé ! Alors ? Qu'est-ce qui ne va pas ? s'inquiéta-t-il, paternel.

– Rien, tont', je dois faire une allergie… prétexta-t-elle en s'échappant vers sa chambre.

Pas dupe, l'homme continua :

– Ah ! ça tombe bien, les allergies c'est ma spécialité ! Montre-moi ça…

En examinant le visage de sa nièce blêmi par la déception, il se prononça :

– C'est bien ce que je pensais…

– Quoi ? s'inquiéta la jeune femme en se précipitant vers un miroir pour examiner ses yeux.

– C'est un gros chagrin ! s'amusa son oncle.

– Pfffff, t'es con !

– Tu ne me parles pas comme ça, Victoire, lança-t-il, autoritaire. Viens, dit-il en l'emmenant jusqu'au salon.

Quand elle fut assise, une tasse de thé dans les mains, les yeux de Victoire semblèrent apaisés et son visage, un peu détendu.

– Que s'est-il passé ? demanda Delatour, soucieux.

– J'ai pas envie d'en parler, se borna-t-elle, louchant sur sa tasse.

– C'est Matthias ? Qu'est-ce qu'il a fait encore ?

– Rien, il a embrassé une autre fille, et ça m'a fait chier, voilà, cracha-t-elle.

Après un silence, il reprit enfin la parole.

– Il me semblait avoir été clair, concernant ce garçon… dit-il, soudain très sombre.

– T'as été très clair, ouais, répondit-elle, provocante.

– Je t'ai demandé de t'approcher de lui pour le rendre indisponible, pas pour te faire du mal ! explosa-t-il.

– Mais je suis pas ta pute ! hurla-t-elle.

À ces mots suivit une énorme gifle qui plomba l'atmosphère. Assise au fond de son fauteuil, les yeux et la joue rougis, Victoire se jurait intérieurement qu'elle partirait de cette maison aussitôt qu'elle le pourrait, quand son oncle s'accroupit devant elle.

– Je t'ai seulement demandé de le rendre indisponible, et tu avais l'air plutôt en accord avec cette idée, se justifia-t-il très calmement. Ne me dis plus jamais de chose pareille, Victoire. Plus jamais.

Perdue, la jeune femme se jeta dans les bras de son oncle, dans un chagrin inconsolable.

– J'ai pas fait exprès, tont', j'ai pas décidé de tomber amoureuse de lui, articula-t-elle entre deux sanglots.

Déstabilisé par un contact physique dont il n'avait pas l'habitude, Salvator, gauche, la repoussa doucement sur son canapé.

– Bon… allez, ça va passer… il portait sa bague ?

– Quoi ? demanda Victoire, sonnée. De quoi tu parles ?

– Ben, je sais pas, moi, j'essaie de changer de sujet… balbutia-t-il.

Sa nièce le regarda sans comprendre, profitant de sa réflexion pour avaler quelques gorgées de thé.

– Bon, il portait une bague, oui ou non ? insista-t-il.

– Mais j'en sais rien, tont', t'es trop bizarre avec ta bague, là…

– Oh, bon, si on peut plus rien dire… dit-il en triturant son collier.

…

En arrivant à la fac, ce matin-là, Tim était heureux et fier de lui. Pour aider son amie, il avait réussi à garder Anna près de lui, afin d'offrir à Sam tout le temps dont elle avait besoin avec celui qu'il avait deviné être l'élu de son cœur.

Pour autant, il fut surpris de découvrir sa mine déconfite.

– Qu'est-ce qu'il t'arrive, ma belle ? demanda-t-il, soucieux.

Lasse, elle tourna la tête vers lui, blasée.

– Laisse tomber, Tim…

– Mais dis-moi, qu'est-ce qu'il y a ?

Têtue, elle se muta dans un silence déterminé.

– Je sais tout, lança Tim, malicieux.

Aussitôt, Sam tourna vivement la tête vers son ami.

– Tu sais quoi ?

– Pour Matthias. Je vous ai vus ensemble, grosse maligne.

– Ah…

Sam reprit son air blasé, semblant attendre son jugement dernier.

– Bon, ben raconte, quoi ! s'impatienta Tim.

– Raconter quoi ? On s'est parlé, c'est tout…

– Est-ce qu'il est toujours… « bizarre » ?

Les yeux de Sam se remplirent soudain d'intérêt. Devant cette réaction, l'intuition de Tim se confirmait, quelque chose ne tournait pas rond.

– Alors ? insista-t-il.

– Je dois filer, on se voit plus tard, s'excusa-t-elle.

Frustré par cet échange, Tim regarda son amie s'éloigner, quand ses tympans sifflèrent. Anna n'était manifestement pas loin. Effectivement, la seconde suivante, deux énormes limaces pleines de gloss se pendaient langoureusement à ses lèvres.

– Ça va, les filles ? demanda-t-il, une fois extirpé des griffes de sa petite amie.

À cet instant, Tim remarqua l'air sombre et triste de Victoire, souligné par celui, soucieux, d'Anna.

– Qu'est-ce qu'il se passe ?

– Sam et Matthias se sont embrassés, lança Anna du tac au tac, trop heureuse d'annoncer la nouvelle à son petit ami dont elle craignait les sentiments pour Sam.

– Putain, mais tu peux pas fermer ta gueule ? s'indigna Victoire.

Tim accusa le coup, sans se détourner de son objectif principal : puisqu'ils y étaient, autant en apprendre un maximum.

– Ah ! merde... je suis désolé, Victoire, dit-il, sincère.

– Merci, Tim, répondit-elle, de toute façon je vais rester avec lui quand même.

Les trois étudiants continuaient d'avancer ensemble, lorsque les deux filles s'écartèrent légèrement de Tim, afin d'avoir un peu plus d'intimité. Malgré ces précautions, aucun de leurs propos ne lui échappa.

– Hier, mon oncle m'a fait une phase trop cheloue, confia Victoire à Anna.

– Ah ! ouais ? Qu'est-ce qu'il a fait ?

– Parle moins fort !

– Pardon... chuchota-t-elle. Qu'est-ce qu'il a fait, alors ?

Même à voix basse, Tim saisissait parfaitement chacun de leurs échanges.

– Ben, en gros, je lui ai raconté ce que j'ai vu, tu vois, je lui ai dit que j'étais triste, et là pour me « consoler », il a voulu changer de sujet.

– Ouais ?

– Et là, j'ai pas compris, il m'a parlé d'une bague...

Tim, qui sentait que la conversation devenait intéressante, ne put s'empêcher d'intervenir.

– Matthias t'a offert une bague ? Mazel tov ! Tu vois, y a pas de quoi s'inquiéter, alors ! plaisanta-t-il.

– Mais t'as rien compris, c'est son oncle qui lui demandait si Matthias portait une bague, banane ! répliqua Anna.

Excédée, Victoire se contenta de soupirer.

– Pardon, Victoire, s'empressa-t-elle. Oh ! mais ça va, on peut tout lui dire, à Tim, c'est une tombe, de toute façon !

Pour seule réponse, Tim leva sa main droite en signe de « je le jure », en souriant. Victoire s'approcha finalement de lui pour résumer l'histoire :

– En gros, mon oncle m'a demandé de but en blanc si Matthias portait une bague, alors que je lui disais que j'étais triste, et j'ai trouvé ça bizarre, c'est tout. Rien de passionnant, quoi.

Dans la salle de classe, Matthias était déjà installé. En l'apercevant, Victoire se tourna aussitôt vers Tim.

– Tim, ça te dérange de te mettre à côté de Matthias, pour une fois ? J'voudrais me mettre à côté d'Anna…

Surpris, Tim avisa son camarade et presque ennemi avant de répondre :

– Est-ce que j'ai le choix, de toute façon ?

Pour seule réponse, Victoire l'embrassa sur la joue, suivie d'Anna qui l'embrassa tout court. Vaincu, il traîna les pieds jusqu'à la place voisine à Matthias, quand il s'arrêta net.

Sur la main droite de Matthias brillait effectivement un anneau argenté, légèrement ciselé, qui lui semblait familier. Sans aucun doute, c'était bien la bague dont avaient parlé les filles un peu plus tôt. Mais surtout, il l'avait déjà vue quelque part.

XL

– Sympa, ta bague, lança-t-il en s'asseyant.

Puisqu'il était condamné à passer l'heure auprès de lui, Tim comptait bien rentabiliser son temps : s'il parvenait à en savoir plus sur cet anneau, il pourrait peut-être définir les raisons pour lesquelles Delatour s'y était intéressé.

– Tu l'as eue où ?

– Ça fait longtemps... répondit Matthias, évasif. Pourquoi ?

– Comme ça, je suis quasi sûr d'avoir vu la même sur une copine, c'est pour ça...

– Ça m'étonnerait, répondit-il, piqué.

– Pourquoi, parce que t'achètes pas tes bagues chez bijoux Brigitte ? railla Tim.

– Non, parce que je l'ai depuis plus de dix ans, et que j'y tiens particulièrement, s'énerva-t-il.

Comprenant qu'il dépassait certaines limites, et loin de chercher le conflit, Tim s'adoucit.

– Excuse-moi, gros. Je voulais pas te vexer.

– Pas de souci.

Les deux jeunes hommes passèrent la fin du cours sans

s'adresser la parole de nouveau. Pourtant, Tim restait sur sa faim : pourquoi une bague, aussi précieuse sentimentalement soit-elle, intéressait-elle son professeur ? Mais surtout, il était certain d'avoir vu la même des années durant – et encore actuellement, d'ailleurs – au doigt de Sam. Obsédé par cette histoire, Tim décida de se rendre chez son amie après les cours. Puisqu'elle avait décidé de déserter la fac quelque temps, prétexter de lui ramener ses cours serait largement suffisant pour légitimer une petite visite à l'improviste.

Victoire quitta le cours comme elle l'avait commencé, sans calculer Matthias. Si elle n'avait pour le moment pas très envie de lui adresser la parole, elle regrettait malgré tout son absence de réaction. Elle aurait aimé piquer son ego, son amour-propre ou n'importe quoi qui puisse le rendre fou et le forcer à venir lui parler, venir la supplier de lui pardonner. Alors que Matthias lui avait semblé jouer au même jeu qu'elle dans l'enceinte de la fac, sa surprise n'en fut que plus intense quand elle entendit sa voix l'appeler de loin.

– Victoire ! cria-t-il. Victoire, attends-moi !

Aussitôt, la jeune femme se ressaisit. Il allait payer très cher son affront de la veille. Faisant mine de ne rien entendre, elle continua son chemin, pressant presque le pas pour le faire courir.

– Victoire ! s'écria-t-il, essoufflé, arrivant enfin à sa portée. Attends.

– Qu'est-ce qu'il y a, t'as oublié quelque chose ? répliqua-t-elle.

Son ton était aussi froid qu'elle était heureuse intérieurement. Tout en continuant de le cacher, elle s'apprêtait à le faire galérer plus que jamais.

– Victoire, je suis désolé, il faut que tu me croies. C'est elle qui m'a sauté dessus, t'es arrivée au mauvais moment, mais j'en ai rien à taper, moi, de cette meuf ! C'est qu'une conne !...

Dubitative, Victoire s'adoucit aussitôt.

– Une conne, tu dis ?

– Mais bien sûr ! Tu vois bien que c'est toi que j'aime, je me fiche des autres !

Un incendie se déclara dans la poitrine de Victoire. C'était la première fois qu'il lui disait qu'il l'aimait, mais surtout, c'était la première fois qu'elle était aimée de quelqu'un qu'elle aimait elle aussi. L'incident de la veille devenu très lointain, Victoire, soulagée, se jeta au cou de son bien-aimé.

– Moi aussi je t'aime, Matthias, souffla-t-elle entre deux baisers langoureux.

Leurs mains s'entrelaçaient au rythme de leurs embrassades, quand elle se stoppa net.

– Tu portes pas de bague, au fait ?

– Pourquoi tu me parles de bague ? demanda-t-il, surpris.

– Pour rien, laisse tomber...

– Ben si, dis-moi ! insista-t-il, agacé.

– Rien, j'te dis, c'est mon oncle qui m'a parlé d'une bague, on s'en tape...

La mine du jeune homme s'assombrit aussitôt. Sans réussir à masquer son déplaisir, il continua son chemin auprès de Victoire, sombre, froid et silencieux.

...

Une fois chez Sam, bien qu'accueilli chaleureusement par la mère de cette dernière, Tim déchanta. Elles étaient manifestement en pleine discussion, au vu des tasses qui trônaient sur la table, et il ne voulait pas les déranger.

– Ça va, Tim ? demanda Sam.

– Ouais, je viens te ramener tes cours, dit-il en désignant son sac.

– Il est gentil, ce garçon ! s'enthousiasma sa mère.

– Merci, mon pote ! s'exclama Sam en attrapant les feuilles qu'il lui tendait.

Tim avisa la bague : elle était bien identique à celle de Matthias, à cela près qu'elle était plus dorée qu'argentée. Mal à l'aise, il aurait aimé un peu plus d'intimité pour pouvoir entendre les réponses à toutes les questions qu'il désirait poser à Sam, concernant l'anneau. Se promettant de s'y atteler plus tard et dans d'autres circonstances, il décida finalement d'écourter sa venue, quand Isabelle le retint.

– T'as pas l'air bien, Tim, tu veux boire quelque chose avec nous ?

Cette proposition tombait à pic. Changeant de tactique, il prit la décision de jouer les enfants de chœur au cœur brisé, pour mieux exploiter son sujet. Une fois installés à table tous les trois, il fut bien aise de retrouver sa place de « chouchou » auprès d'Isabelle.

– Qu'est-ce qui va pas, mon Tim ? s'empressa-t-elle, trop heureuse de pouvoir être avec les « jeunes ».

– Ça va pas trop avec ma copine, commença-t-il, enfantin.

– Merde, ça s'est pas arrangé ? s'inquiéta Sam.

Aussi heureux que surpris, Tim ne s'attendait pas à ce que Sam tombe aussi facilement dans le panneau de sa supercherie. Après quelques échanges inutiles, il profita d'un instant de silence pour embrayer innocemment :

– Elle est vraiment jolie, cette bague…

Sam leva sa main droite en guise de présentoir.

– Ça fait hyper longtemps que tu l'as, non ? enchaîna-t-il. Je me souviens pas de t'avoir vue sans !

– J'avoue ! rit-elle. Je sais même plus d'où je la tiens…

– Oh ! ma chérie ! C'est Constance qui te l'avait offerte ! s'empressa Isabelle. Pour tes huit ans, je crois… alors tu vois, ça date !

– Constance ?… demanda Sam sans comprendre. Aaaaah ! Constance ! La nounou, là ? Celle dont tu nous as parlé l'autre jour ?

Le visage d'Isabelle s'éclaira.

– Exactement ! dit-elle en souriant. Elle vous aimait beaucoup.

– *Vous* ? reprit Tim.

– Oui, elle gardait Sam et Matthias quand ils étaient petits !

Tim se plongea soudain dans les abîmes d'une intense réflexion. Si Matthias portait cette bague depuis plus de dix ans et que Sam portait la sienne depuis ses huit ans, cela signifiait qu'ils avaient reçu leurs anneaux respectifs au même moment… et manifestement de la même personne.

– C'est marrant, parce que Matthias, il a une bague un peu comme la tienne ! remarqua Tim innocemment.

– Ah ouais ? demanda Sam, incrédule, en collant la bague devant son nez comme si la réponse était écrite dessus.

– Oh ! ben peut-être qu'elle vous en a offert une à chacun, c'est possible ! s'enjoua sa mère.

…

Victoire était secouée par la sombre réaction de son compagnon à l'évocation de la bague. Une fois arrivé chez elle, il s'installa confortablement dans le canapé, quand elle s'éclipsa.

– Tu vas où ? demanda-t-il.

– Je vais prendre une douche, tu veux venir ? proposa-t-elle, mutine.

– Non, c'est bon, je vais aller tchatcher avec Salvator, t'inquiète.

Déçue, elle s'éloigna en direction de la salle de bains. Depuis le canapé, le jeune homme attendit avec impatience le cliquetis du verrou de la salle de bains pour faire tranquillement ses affaires. Quand celui-ci fut tourné, il descendit les marches quatre à quatre vers la cave, dans laquelle se trouvait le pseudo-laboratoire de Delatour, où il le trouva enfin.

– C'est quoi, cette histoire de bague ? s'énerva-t-il, provocant.

– Tu vas baisser d'un ton, mon bonhomme, parce que sinon tu vas pas faire long feu, répondit Delatour le plus calmement du monde, sans lui adresser un regard.

– Il me faut cette bague.

– Non.

– Pourquoi ? insista-t-il.

– Parce qu'il me faut bien un moyen de vous distinguer ! continua le professeur, toujours aussi calme.

– Ouais, et ben maintenant, Victoire se doute de quelque chose, s'agaça le jeune homme, donc je veux une bague.

Delatour, concentré, ne prit pas la peine de répondre. Alors qu'il le regardait travailler, le garçon s'approcha, attrapant le pendentif de son créateur pour l'observer de plus près.

– Tiens, ben ça, c'est parfait ! constata-t-il, ravi. C'est exactement la même, j'peux la p…

– LÂCHE ÇA IMMÉDIATEMENT ! cria Delatour, soudain hystérique, dans un mouvement assez violent pour envoyer valser son interlocuteur jusqu'au mur d'en face.

Terrifié, le jeune homme respirait fort et, sans bouger, attendit que Salvator se calme.

* * *

La remarque de Tim n'avait rien d'incroyable, mais si Matthias et moi avions la même bague, il était possible qu'il s'agisse de quelque chose en rapport avec notre *point commun*. J'étais ennuyée de vouloir à ce point les quitter rapidement, mais je ne parvenais de toute façon pas à dissimuler ma surprise, ni mon envie – presque besoin – d'en savoir plus.

– Faut que j'y aille, dis-je en me levant brusquement.

– Tu vas où ? demandèrent Tim et ma mère en chœur.

– Ben… chez Matthias, admis-je sans me soucier de leurs avis.

Ces bagues me trottaient dans la tête. Non pas qu'elles m'avaient ébranlée, j'étais seulement terriblement surprise de me rendre compte que je n'avais même pas été fichue de constater moi-même que nous avions le même anneau. C'était vrai, j'avais toujours eu cette bague à la main droite, et aussi loin que je m'en souvienne, je n'avais jamais réussi à l'enlever. Pour autant, je la trouvais jolie et distinguée, et jamais je n'avais suffisamment voulu m'en séparer pour aller jusqu'à la faire couper. Devant chez Matthias, une angoisse nouvelle m'envahit : et si je tombais à nouveau sur son clone ? Comment pouvais-je m'assurer qu'il s'agissait bien de la bonne personne ? La porte s'ouvrit sur son merveilleux visage, qui me fit oublier tous mes troubles.

– Hey ! dit-il, gêné. Qu'est-ce que tu fais là ?

– Je peux entrer ? demandai-je, gênée à mon tour.

– Bien sûr, s'excusa-t-il, entre.

Je n'étais pas venue chez Matthias depuis plus de dix ans, et le fait d'être dans son espace me plaisait beaucoup. C'était petit mais chaleureux, on se sentait bien, ici. Retrouvant rapidement mes esprits, je fis volte-face, avisant immédiatement ses mains, pour observer ladite bague.

– Qu'est-ce qu'il t'arrive ? demanda-t-il, surpris par la vivacité de mon mouvement.

J'hésitais à lui parler de but en blanc de la bague, quand une petite voix dans ma tête me retint : s'il s'agissait du faux Matthias, je ne voulais pas lui donner plus de détails sur ma vie privée qu'il n'en avait déjà.

– Constance, ça te parle ? questionnai-je alors, contente de mon détour.

– Bien sûr, notre nounou. Qu'est-ce que j'aimais cette femme… se souvint-il, dans un sourire nostalgique.

Rassurée, et alors convaincue qu'il s'agissait bien de celui que j'étais venue voir et pas de son clone, je poursuivis :

– Ta bague, c'est Constance qui te l'a offerte ?

– Oui, comment tu sais ?

En guise de réponse, Sam leva sa main droite jusque sous le nez de Matthias.

– Ça alors ! dit-il, en attrapant sa main. Mais oui, je me souviens ! Elle nous les avait offertes en même temps, parce que nos anniversaires n'étaient qu'à quelques jours d'écart !

Mon regard se perdit très loin, pendant que je cherchais moi aussi ces souvenirs dans ma mémoire.

– Ça te revient pas ? constata-t-il, déçu.

– Non… admis-je, peinée moi aussi.

– C'était la dernière fois qu'on l'a vue, termina-t-il. Elle était trop fatiguée ensuite, je crois qu'elle est tombée malade… ou qu'elle l'était déjà… C'était un peu son cadeau d'adieu, finalement.

Après une longue pause durant laquelle nous scrutions nos bagues respectives, je brisai le silence :

– J'ai jamais pu l'enlever.

– Moi non plus ! s'étonna Matthias.

– Sérieux ? demandai-je, incrédule. C'est fou !

– Montre encore ? dit-il, en attrapant ma main.

Ce faisant, il m'attira près de lui, collant son corps contre le mien, avant de poser ses lèvres sur les miennes avec un naturel déconcertant.

XLI

En allant donner ses cours à Sam, Tim n'avait pas remarqué qu'Anna l'avait suivi jusque là-bas. Peu après, ils s'étaient retrouvés pour une soirée romantique destinée à les rapprocher, qu'Anna détourna à sa façon.

– On peut savoir ce que tu foutais chez elle ?

– Je te l'ai dit cent fois, Anna, je suis allé lui déposer ses cours, c'est tout... soupira Tim.

– Putain, mais dis-le si je te fais chier ! hurla-t-elle, excédée.

À l'évidence, les sentiments d'Anna envers Tim étaient réels et sincères. Pour autant, ses attitudes excessives avaient éloigné d'elle celui qu'elle désirait désormais plus que tout.

– Anna, je crois qu'il faut qu'on parle, dit Tim calmement.

Consciente de ce vers quoi il tentait d'orienter la conversation, Anna devint pâle, et son cœur s'accéléra plus que de raison.

– Tu vas me quitter ? demanda-t-elle, ses grands yeux bleus soudain embués.

Bientôt, de lourdes larmes coulèrent sur ses joues et jusque sur son menton, alors qu'elle restait silencieuse, tentant de conserver un brin de dignité. Touché, Tim la prit dans ses bras avant de prononcer sa sentence.

– Je suis désolé, Anna…

Les sanglots qu'elle avait retenus jusqu'alors éclatèrent soudain contre l'épaule de celui qui l'abandonnait.

– Mais comment je vais faire sans toi ? demanda-t-elle, entre deux gémissements.

Pour toute réponse, Tim continuait de serrer fort la jeune femme contre lui. Il était sûr de sa décision, et continuer d'argumenter l'aurait seulement fait douter davantage. Après de longues minutes à éponger ses pleurs, Tim suggéra à son ex-petite amie qu'il était temps de partir. Dévastée, la jeune femme prit la nouvelle comme un terrible affront, avant d'appeler celle qu'elle considérait comme sa meilleure amie, pour partir la rejoindre.

Là-bas, Anna déchanta en voyant Victoire et son petit copain tranquillement installés sur le canapé.

– Pardon, je ne voulais pas vous déranger, s'excusa-t-elle sans retenir ses larmes qui continuaient de monter.

– Tu plaisantes ? Tu nous déranges pas du tout ! la rassura Victoire, avant de l'inviter sur le canapé elle aussi. Pousse-toi, Matthias !

Il se leva aussitôt qu'Anna s'assit à côté de lui.

– Tu vas où ? s'inquiéta soudain Victoire.

– Je vous laisse entre meufs, je reviens, promit-il en descendant à la cave.

À cet endroit l'attendait Delatour, triomphant.

– La voilà, ta bague, abruti, lança-t-il en même temps que l'anneau.

Ravi, le jeune homme l'attrapa au vol avant de la passer à son annulaire gauche.

– Nickel ! s'enthousiasma-t-il, c'est exactement la même ! C'est la vôtre ?

Delatour se mura dans un silence qui laissait supposer l'affirmative.

– Prends-en soin, répliqua-t-il. Allez, va-t'en, maintenant.

Aussitôt, le jeune homme s'exécuta, prêt à rejoindre les deux jeunes femmes qui n'étaient plus là. Sans se démonter, il enfila sa veste pour sortir les rejoindre. Derrière lui, sa bague fermement attachée autour de son cou, dissimulée sous sa chemise noire, Delatour le pistait, avide de découvrir son comportement au-delà des directives qu'il lui avait données. Soudain, une voix familière l'interpella.

– Salvator ?

Il se retourna sur une femme d'âge mûr qu'il se rappelait connaître, sans se souvenir vraiment comment ni pourquoi.

– C'est incroyable que je vous croise ici, dit-elle en lui faisant la bise, je parlais justement de vous et de votre femme il y a peu de temps !

Sa mine s'assombrit.

– Comment va Constance ? continua Isabelle, heureuse de cette rencontre fortuite.

Devant le silence buté de son interlocuteur, elle insista.

– J'ai dit quelque chose qu'il ne fallait pas ?

– Elle est décédée, répondit-il, glacial, en la fixant droit dans les yeux.

Désemparée, triste et choquée, Isabelle ne sut que répondre, à part des condoléances de circonstance.

– Vous ne pouviez pas savoir, remarqua-t-il, froid. Si vous le permettez, je suis déjà en retard, s'excusa-t-il avant de s'échapper.

Il s'éloigna rapidement, laissant l'ancienne amie de sa femme sous le choc, plantée au milieu de la rue.

* * *

En recevant un appel de Tim dans la soirée, alors que je savais qu'il était censé voir Anna, j'avais rapidement saisi l'enjeu de la situation. Malgré tout le plaisir que j'éprouvais à rester chez Matthias, le moral de mon ami passait avant mes amourettes, et de toute façon, je ne voulais pas non plus qu'il se doute de ce qu'il se passait entre Matthias et moi. En le retrouvant à la maison, je fus malgré tout vraiment surprise : j'avais toujours plus ou moins pensé que Tim n'avait rien à faire avec Anna, mais jamais je n'aurais cru le voir à ce point libéré et à la fois ennuyé de quitter une fille.

– Bon, ça y est alors ? C'est définitif ?

– Ben… ouais, admit-il, maintenant on va pouvoir passer du temps ensemble comme avant !

Sous le coup de l'émotion, j'allais le prendre dans mes bras, quand il m'interrompit.

– Bon, et toi alors, t'as pu voir Matthias ?

– Ouais… répondis-je, évasive.

– Et alors, cette histoire de bague ?

Sa question m'interpella. Pourquoi s'intéressait-il aux bagues, lui aussi ? Me ravisant aussitôt, jugeant ma réflexion trop suspicieuse, je répondis :

– Ben rien, c'était bien notre nounou qui nous les avait offertes… Oh ! et tu sais pas quoi ? Lui non plus, il arrive plus à l'enlever ! C'est trop drôle, non ?

Devant mon enthousiasme, Tim resta coi. Je savais qu'il éprouvait un peu de jalousie envers Matthias, et je regrettai déjà mon émerveillement. J'allais changer de sujet, quand j'entendis ma mère rentrer de ses courses. Me levant pour l'accueillir, la mine triste et fermée qu'elle arborait me surprit.

– Ça va, maman ? Qu'est-ce qu'il se passe ? m'inquiétai-je en récupérant ses sacs de courses.

À l'évidence, elle n'avait pas envie de parler, mais ma curiosité et l'inquiétude que j'éprouvais alors étaient plus fortes que moi.

– Maman, parle ! Qu'est-ce qu'il y a ? insistai-je.

– J'ai croisé le mari de Constance, tu sais, ta nounou…

– Oh ! c'est vrai ? Ils habitent toujours ici ? m'enthousiasmai-je, excitée.

Si Constance et son mari habitaient toujours ici, il fallait absolument que je les rencontre pour en savoir plus sur Matthias et moi, et sur ces fameuses bagues.

– Et alors, pourquoi tu tires cette tête, du coup ?

Les yeux de ma mère, assise sur une des chaises du salon, s'embuèrent alors que je me tenais debout près d'elle.

– Elle est décédée, ma chérie. J'ai appris ça tout à l'heure.

Désemparée, j'enlaçai ma mère machinalement en faisant le tour de toutes les possibilités qui s'offraient désormais à moi concernant cette affaire. Je me sentis peu humaine en observant que j'étais plus déçue pour les informations qui s'étaient éteintes avec cette femme que pour elle-même. En me reprenant, je serrai fort ma mère contre mon cœur, avant de l'interroger.

– Tu veux qu'on aille le voir, ce monsieur, maman ?

– Oh, tu sais, je pense qu'il en a assez eu pour aujourd'hui, répondit-elle en louchant sur son mouchoir.

– Tu sais, maman, les gens qui se retrouvent seuls n'ont jamais trop de compagnie, même s'ils la refusent régulièrement, prêchai-je, sûre de moi. Il s'appelle comment, ce monsieur ?

– Salvator Delatour, il est professeur à la fac, je crois, articula ma mère.

Tim fit volte-face vers moi, alors que je sentais mon cœur s'arrêter.

– Salvator Delatour était le mari de Constance.

XLII

Un immense tourbillon de pensées s'empara de moi, me faisant presque perdre la raison. Salvator Delatour, mon professeur de physique, qui m'avait entre autres plus ou moins draguée, le mari de Constance, mon ancienne nounou, Constance qui nous avait offert ces bagues, et qui était maintenant décédée… Le coup de chaud qui me tomba dessus m'obligea à m'asseoir, moi aussi. Ce que ma mère prit pour de la compassion était en réalité tout autre ; j'étais en colère, désemparée, dévastée, incertaine, apeurée, aussi… Il fallait à tout prix que j'en parle à Matthias. Mais avant, que j'y réfléchisse moi aussi tranquillement et posément. De toute façon, il était déjà tard.

J'avais réfléchi longtemps à la façon dont j'allais exposer les choses à Matthias, avant de décider d'arrêter de me prendre la tête avec ces histoires. Le trouver à la fac le lendemain ne me fut pas difficile, en revanche, la vision de Victoire près de lui le fut davantage. En apercevant sa bague, je compris aussitôt qu'il s'agissait de celui que je cherchais et non de son clone. Sûre de moi, je m'avançai vers lui, quand Victoire lui sauta au cou dans une embrassade langoureuse et peu élégante. Interloquée, j'observai l'absence de mouvement de recul de la part de Matthias et vérifiai de nouveau la présence de la bague qui ne manquait définitivement pas à l'appel : Matthias était donc bien en train d'embrasser Victoire en toute impunité, aux yeux de tout le monde, et surtout, devant moi.

...

Tim comprit rapidement qu'il ne se passait rien de bon, quand il aperçut de loin Sam et sa mine décomposée. Un simple regard en direction de son champ de vision lui apprit rapidement la raison de son désespoir. Alors qu'elle faisait machine arrière et semblait quitter les lieux, Tim s'empressa de la rattraper pour la réconforter, quand Anna l'interpella.

– T'es sérieux, là ? s'indigna-t-elle. Tu me quittes hier et tu lui cours déjà après ? Mais j'hallucine !

Vaincu, Tim abandonna sa course après Samantha.

– Anna, je ne compte pas sortir avec Sam, la rassura-t-il gentiment, c'est mon amie, c'est normal que je passe du temps avec elle…

Alors qu'il tentait d'apaiser la peine de son ex-petite amie, Tim aperçut Matthias un peu plus loin, enlevant sa bague de son annulaire gauche pour la montrer à Victoire.

– Qu'est-ce qu'il y a ? demanda Anna, observant l'expression de Tim.

Hors de lui, Tim sentit le sang lui monter à la tête. De toute évidence, Matthias s'était fichu de Sam depuis le départ, et avait couronné toute cette supercherie en inventant des similitudes entre leurs deux bagues qui, ça ne faisait désormais plus aucun doute, n'avaient en réalité rien à voir.

– Rien. Il faut que j'y aille, Anna, arrête de t'inquiéter.

En entrant dans la salle d'anglais, il fut soulagé d'y trouver Samantha.

– Ça va ? salua-t-il, innocemment.

Pour seule réponse, Sam se contenta de soupirer.

– Ça va pas, donc, constata Tim, ironique.

À cet instant, Anna et Victoire entrèrent dans la salle à leur tour. Alors que la première les fusillait du regard, Sam ouvrit enfin la bouche.

– Il est pas avec elles, Matthias ? s'inquiéta-t-elle.

Surpris, Tim balbutia, amer :

– Il devrait pas tarder, j'imagine.

Effectivement, Matthias entra quelques minutes plus tard. Tim avisa l'anneau à sa main droite, en même temps que sa voisine qui l'assassinait du regard au passage.

– Faut que je te raconte un truc, chuchota Tim, sans quitter Matthias des yeux. Ça va pas te plaire…

– Quoi, encore ?

– À la fin du cours.

Agacée, Sam ne répondit pas. Lorsque Mme Sterling libéra enfin ses élèves, Tim rattrapa son amie, qui semblait bien plus intéressée par l'idée de rejoindre Matthias que de discuter avec lui.

– Sam ! Attends ! s'écria-t-il.

– J'ai pas le temps, Tim, répliqua-t-elle en continuant de s'éloigner.

– Sam ! insista-t-il, la retenant par le bras.

– Putain, Tim, laisse-moi tranquille, tu me saoules ! explosa-t-elle.

Son sang ne fit qu'un tour. Sans prendre le temps de se calmer, le flot de paroles s'extirpa de sa bouche sans qu'il n'aie aucun contrôle dessus.

– Tu sais quoi ? C'est un fils de pute, ton Matthias, il s'est foutu de ta gueule ! hurla-t-il. Sa bague, je l'ai vu l'enlever tout à l'heure pour la montrer à Victoire, tu sais, la meuf avec qui il continue de sortir pendant que vous flirtez régulièrement ensemble ? Et puis merde, va te faire foutre ! termina-t-il, en prenant la direction opposée.

Laissant une Sam désemparée derrière lui, Tim n'était pas parvenu à bout de ses nerfs, qui définitivement avaient besoin d'exploser. Il partit aussitôt rejoindre Matthias, qu'il avait vu quitter la salle.

– Oh ! l'interpella-t-il, violemment. Viens là !

Matthias, surpris, se retourna calmement.

– Qu'est-ce qu'il t'arrive ?

– Tu me demandes ce qu'il m'arrive, espèce d'enfoiré ? Tu crois que j'ai pas compris ton petit jeu avec Sam ?

Conscient de l'état de nerfs de son interlocuteur, Matthias conserva son calme.

– Je peux savoir ce que tu me reproches ?

– C'est pas parce que tu connais Sam depuis plus longtemps que moi que tu as tous les droits sur elle. Tu n'as pas le droit de jouer avec son cœur, comme tu le fais, ni de te comporter en connard de cette façon.

– Mais de quoi tu parles ? s'impatienta-t-il.

– Je t'ai vu, tout à l'heure, enlever ta bague pour la montrer à Victoire. Espèce de connard, ça te fait marrer de t'inventer des points communs avec Sam ? T'as pas senti qu'elle était sincère avec toi, putain ?

Aussitôt, toutes les accusations insensées de Tim envers Matthias prirent sens dans son esprit : il n'avait pas parlé à Victoire de la journée. De plus, il ne pouvait pas enlever sa bague. Ça n'était donc pas lui, mais son clone, que Tim avait vu avec Victoire.

– Tu me crois pas ? s'agaça Matthias. Tu veux essayer de me l'enlever, ma bague ? proposa-t-il, tendant sa main droite.

Tim s'acharna aussitôt sur l'anneau, sans se faire prier. Au bout de plusieurs secondes effrénées, il battit en retraite.

– Je sais très bien ce que j'ai vu, s'entêta-t-il.

Dans l'esprit de Matthias, la gravité de la situation tenait surtout du fait que son clone avait lui aussi une bague, désormais, et qu'il lui fallait absolument en informer Sam le plus rapidement possible. Devant l'indignation de Tim, Matthias tenta de le calmer.

– Je suis désolé, Tim, je comprends ton énervement, mais tu n'as pas toutes les cartes en main pour comprendre ce qu'il se passe entre Sam et moi. Je me paye pas sa tête, sois-en sûr.

Pas dupe, Tim s'approcha de Matthias.

– J'en ai rien à foutre, de tes excuses. C'est à elle, que tu dois les faire. D'ici là, je te préviens, si j'apprends encore un faux pas de ta part envers elle, je t'éclate la tête.

Matthias, conscient des raisons pour lesquelles Tim s'était mis dans tous ses états, ne renchérit pas. Après tout, ils avaient tous les deux le même objectif, celui de protéger Sam.

* * *

Une fois de plus, j'avais été trop dure avec Tim, et je m'en voulais déjà de l'avoir envoyé chier. Je ne pouvais pas m'empêcher de réfléchir à ce qu'il m'avait dit, concernant la bague. Si son histoire était vraie, alors Matthias s'était bien payé ma tête jusqu'au bout.

En me promettant de m'excuser rapidement auprès de lui, au lieu de rentrer chez moi, je partis immédiatement en direction de chez Matthias. La discussion que nous devions avoir ne pouvait pas se dérouler à la fac. Je fus ravie de tomber immédiatement sur lui.

– Je peux te parler, une seconde ? demandai-je fermement.

– Bien sûr, dit-il poliment, entre.

Il avait l'air content de me voir. De mon côté, je bouillonnais. Une fois installée confortablement avec lui, la gorge serrée, je n'arrivai pas à démarrer la conversation.

– Qu'est-ce qu'il se passe, Sam ?

Son ton traduisait un peu d'inquiétude. Pour ma part, je peinais à conserver mon sang-froid.

– Je t'écoute, insista-t-il.

– Matthias, si tu veux rester avec Victoire, tu peux, commençai-je, franche et directe. Je ne te demanderai jamais de la quitter. En revanche, je refuse que tu te foutes de ma gueule.

La surprise sur son visage m'agaça.

– Que je me foute de ta gueule… ? répéta-t-il, surpris.

– Je t'ai vu l'embrasser ce matin, l'accusai-je.

Il se mura dans un silence buté qui me fit encore bouillir davantage.

– C'est peut-être pas le moment, continuai-je, mais il faudra bien qu'on parle un jour de ce qu'il se passe entre nous.

– Parlons-en, proposa-t-il en me fixant.

– Oui, parlons-en, m'agaçai-je tout à coup. Tu trouves ça normal de rouler des gros patins en public à Victoire, alors que tu m'embrassais la veille ?

– Qui te dit que c'était moi ? répliqua-t-il calmement.

Je me remis immédiatement en question. Son attitude calme et posée, ajoutée à ce que m'avait raconté Tim concernant la bague, me fit douter.

– Je peux vérifier un truc ? demandai-je, suspicieuse.

– Tout ce que tu voudras.

– Ta bague, tu peux pas l'enlever, tu m'as dit ?

Son visage se ferma.

– T'as parlé à Tim, c'est ça ? demanda-t-il.

– Comment tu sais ?

– Il est venu me parler, à moi aussi. Je crois que l'autre a une bague aussi, apparemment il l'a vu l'enlever.

Encaissant la nouvelle, je restai sur mes gardes.

– C'est ce qu'il m'a dit, effectivement. Toi, t'arrives pas à l'enlever, de toute façon ? C'est bien ce que tu m'as dit ?

– Tu me crois pas ? s'agaça-t-il. Tu préfères croire ton copain Tim qui pense que je me fous de ta gueule ?

– La confiance n'exclut pas le contrôle, le défiai-je. Donne-moi ta main.

Sûr de lui, il me tendit sa main droite immédiatement. De mon côté, mon manque d'assurance transparaissait.

– Ben vas-y, essaie ! s'écria-t-il. Tu verras que je te mythonne pas, comme ça on pourra peut-être passer à autre chose ensuite.

J'avais honte de douter de lui, mais je m'exécutai malgré tout. Doucement, je commençai à tirer sur l'anneau, qui glissa immédiatement de son annulaire. Ce qu'il tenta de faire passer pour de la stupeur me donna la nausée. Aussitôt, les propos de Tim me revinrent en tête : il avait raison depuis le début.

Matthias m'avait menti.

XLIII

L'anneau dans ma main fit tomber toute mon assurance en poussière. Mon cœur s'emballa comme jamais, alors qu'un sentiment de trahison et d'injustice s'emparait de moi.

– Tu t'es foutu de ma gueule ? demandai-je, fébrile, les yeux embués.

Plus il mimait la surprise, plus il me dégoûtait. Je m'éloignai de lui au fur et à mesure qu'il tentait de trouver une explication. Il avait beau dire qu'il ne comprenait pas, j'exécrais chacune de ses paroles. La trahison dont je constatais l'ampleur me donnait une nausée difficilement répressible. Plus rien ni personne n'avait plus d'importance que ce que je ressentais à cet instant.

Matthias s'était foutu de ma gueule depuis le départ. Depuis toujours.

Malgré cela, le doute m'habita soudain : était-il possible que je sois en face du clone, et non de Matthias ? Pour en être certaine, une dernière vérification s'imposait à moi. Rapidement, je claquai des doigts, et fus terriblement surprise – mais presque soulagée – de le voir se figer. En effet, jamais Matthias ne s'était figé lorsque j'avais arrêté le cours du temps. J'étais désormais certaine d'être en face du clone.

Je défigeai aussitôt le temps pour lui mettre une énorme claque.

– Garde-la, ta bague, connard, dis-je en lui jetant l'anneau à la figure, je sais qui tu es. Ce que tu m'as fait, ça s'appelle du viol, t'en es conscient ? D'où tu sors ? Pourquoi tu lui ressembles autant ?

Une forme d'hystérie s'empara de moi. Je ne pus résister à l'envie de le rouer de coups, malgré l'expression de surprise ahurissante et criante de sincérité qu'il arborait. Mais je refusais de tomber dans le panneau, cette fois-ci. La seule façon que j'avais de distinguer Matthias de son clone était son insensibilité à mon pouvoir, depuis le départ. Même s'il lui ressemblait terriblement, il était hors de question que je me fasse avoir de nouveau.

J'étais bien sûr moins forte que lui, et il me maîtrisa sans peine. Humiliée, consciente de mon impuissance, je quittai l'endroit plus perdue que jamais.

Devant toutes ces constatations, je repensai soudain à Tim. Malgré son épisode avec Anna, il ne m'avait jamais menti, j'avais toujours pu avoir confiance en lui, et je lui devais de réelles excuses pour mon comportement.

À : Tim
Café ?

De : Tim
T'es calmée ? Ça y est ?

À : Tim
Pardon <3

De : Tim
Viens me chercher à la sortie du cours, si tu veux. D'ailleurs, t'es sérieuse à sécher comme ça ?!

Il avait raison, ces derniers temps, les cours n'avaient effectivement pas été ma priorité. D'autant plus que Delatour me portant une attention toute particulière, il n'était peut-être pas très malin de ma part d'en sécher autant.

À la sortie, Tim me réserva un accueil très mesuré. Pensant qu'il cherchait à se faire désirer, je jouai le jeu de bon cœur, quand il m'interrompit, sévère.

– Bon, on va le boire, ce café ?

– Oui, tranquille, y a pas le feu…

– Si. Allons-y.

Il avait l'air grave et sérieux, et cette attitude n'était pas dans ses habitudes. Inquiète, je le suivis docilement jusqu'à notre café de prédilection qui donnait sur la fac.

– Je t'écoute, commença-t-il, cérémonieux.

– T'es sérieux ? plaisantai-je. C'est pour ça que tu tires une tête de six pieds de long depuis dix minutes ?

Devant son silence religieux, je cédai en rigolant.

– Bon, OK, je suis désolée, mon Tim… je suis sous pression en ce moment et j'aurais jamais dû te parler comme ça. Excuse-moi.

Un éclair de satisfaction illumina son visage l'espace d'une seconde, puis il s'assombrit de nouveau.

– T'as parlé à *ton* Matthias ? lança-t-il, mécontent.

– C'est pas *mon* Matthias, répliquai-je.

– Tu lui as parlé, oui ou non ?

– Oui… admis-je.

– Et alors ? demanda-t-il, triomphant.

– Alors quoi ? T'avais raison, pour la bague, il s'est foutu de ma gueule, j'ai réussi à la lui enlever.

À ma grande surprise, ma révélation ne sembla pas lui plaire, il semblait même plutôt surpris.

– Quoi ? C'est pas ce que tu voulais entendre ? m'agaçai-je. C'est bien ce que tu m'avais dit, tu l'as vu l'enlever pour la montrer à l'autre *bitch* ?

– Oui…

Je connaissais cette expression sur son visage par cœur. Je savais exactement qu'il avait quelque chose à dire, mais qu'il n'assumait pas.

– Tim. Accouche, s'il te plaît.

– Ben moi, j'ai pas réussi à la lui enlever, voilà.

Je réprimai un cri de stupeur alors qu'un incendie se déclarait dans mon ventre : si Tim n'avait pas réussi à la lui enlever, cela signifiait que je m'étais bien retrouvée en face du clone, puisque de mon côté j'avais réussi. Mais s'il s'agissait du clone, comment était-il possible qu'il ait été au courant de la conversation entre Tim et Matthias ? De toute évidence, un élément essentiel manquait à ma connaissance, pour que je saisisse enfin toute cette histoire.

– Et sinon, tu as des connexions particulières avec Delatour ? demanda Tim sans détour.

Cette question sortie de nulle part me parut trop précise pour être honnête.

– Pourquoi tu me demandes ça ?

– Tu vas peut-être me prendre pour un taré obsessionnel, mais je suis quasi persuadé d'avoir vu la même bague que la vôtre au cou de Delatour.

À ces paroles, mon cœur s'accéléra. Ma vision se troubla, et mes oreilles bourdonnèrent. Tim me secoua doucement pour me ramener à la réalité.

– Sam, ça va ?

– T'es sûr de ce que tu racontes, Tim ?

– Oui, enfin après, c'est peut-être juste une ressemblance…

Il m'observa un instant, suspicieux, puis continua :

– Je peux savoir quel est le délire, avec ces bagues ? Ça a l'air bien important pour vous, toute cette histoire, je sens qu'il y a un truc que je comprends pas…

– Laisse tomber, Tim, commandai-je. Tu pourrais pas comprendre. Il faut que je rentre, je me sens pas bien.

– Tu veux que je te raccompagne ? proposa-t-il, toujours gentleman.

– C'est gentil, je vais marcher, ça me fera du bien, le remerciai-je. Ne t'inquiète pas pour moi, promis-je en m'éloignant.

Effectivement, retrouver le plaisir de marcher sans mes béquilles me permit de réfléchir plus calmement à toutes les informations nouvelles que m'avait offertes cette journée. Matthias embrassant Victoire. La bague que Tim était incapable d'enlever, mais que j'avais réussi à récupérer. Delatour…

Devant chez moi, un jeune homme brun terriblement beau m'attendait. Un anneau argenté à l'annulaire droit, sa chemise à carreaux complètement ouverte sur son débardeur noir seyant, il m'attendait, perché sur un rondin de bois abandonné par mon père au beau milieu du jardin. Mon cœur bondit, j'étais incapable de savoir s'il s'agissait de lui ou de son clone. Aussitôt, les yeux fermés, je claquai des doigts, figeant le cours du temps et le monde entier au passage, gardant le suspense de savoir qui j'avais en face de moi pour les quelques secondes à venir.

En ouvrant finalement les yeux, je fus terriblement soulagée de constater que celui qui m'attendait était encore plein de vie. J'étais enfin certaine de me retrouver face à Matthias, *mon* Matthias, le vrai.

XLIV

– Il faut que je te parle, m'intima-t-il sans détour.

Je crevais d'envie de lui sauter dans les bras, de l'embrasser, de pleurer, mais une seule question envahissait mon esprit : est-ce qu'il avait embrassé Victoire le matin même ?

– Matthias, c'était toi, ce matin ? demandai-je, remplie d'espoir.

– Sam. Il faut que je te montre un truc. Donne-moi ta main.

Surprise, je tendis ma main gauche.

– Arrête de faire l'idiote, donne-moi ta main droite. Celle avec la bague. Je veux te montrer un truc.

Je m'exécutai finalement, légèrement contrariée par sa demande. Doucement, il attrapa l'anneau et le retira sans peine de mon annulaire. Impressionnée, sidérée par ce qu'il venait de faire, je fus soudain prise d'une peur panique.

– Matthias, je ne suis pas un clone, je t'en prie, crois-moi ! m'écriai-je en lui sautant au cou.

Son calme légendaire ne le quitta pas. Immobile, il me

rendit mon étreinte avant de m'écarter doucement de lui.

– Je sais, Sam. C'est à moi que tu as enlevé la bague tout à l'heure.

L'incompréhension la plus totale s'empara de moi.

– Mais c'est impossible, je n'ai jamais pu te figer, regarde, même là, tu n'es pas figé, je…

– Sam. Rien ni personne n'a jamais réussi à m'enlever cette bague. À part toi.

Les yeux dans les yeux, il tentait de me faire comprendre ce qu'il venait d'intégrer.

– Je viens de réussir à t'enlever ta bague, commença-t-il, pédagogue.

– … alors que jamais rien ni personne n'a réussi à me l'enlever non plus, complétai-je.

– Tout à l'heure, tu as réussi à me figer…

– … mais j'avais ta bague dans les mains ! compris-je enfin.

– Exactement. Sans bague, plus de pouvoir.

Stupéfaite, j'encaissai l'info, quand une interrogation essentielle me revint à l'esprit.

– C'était pas toi, alors, ce matin, qui roulais d'énormes pelles à l'autre connasse, là ?

– Arrête… dit-il en me rendant ma bague.

– C'était toi, oui ou non ? insistai-je en la saisissant.

– Mais bien sûr que non, c'était pas moi ! s'énerva-t-il, Tim l'a vu enlever sa bague tout seul, je viens de te dire que tu es la seule à avoir jamais réussi à le faire…

– Mais comment ça se fait qu'il n'y ait que nous qui réussissions à retirer ces bagues, alors ? enchaînai-je, consternée.

Il se mura dans un silence pudique, pendant que je continuais à chercher une logique à toute cette histoire. À l'évidence, ni lui ni moi n'avions de réponse probante à cette interrogation.

– C'était quoi, cette histoire de viol ? demanda Matthias, grave, sortant de son silence.

– Delatour aussi a une bague, répondis-je du tac au tac, évitant immédiatement le sujet.

– Quoi ?

Mon changement de sujet fonctionnait à merveille.

– Comment tu sais ? demanda-t-il.

– C'est Tim qui me l'a dit.

– D'où il s'intéresse aux bagues, lui ?

– Oh, ça va, hein ! Laisse Tim tranquille. C'est de savoir si Delatour a vraiment une bague qui nous intéresse.

– Ça ne m'étonnerait pas, répliqua-t-il. Depuis le début, il a toujours eu des comportements bizarres, avec toi, avec moi… Et puis, s'il venait chercher mon clone en bas de chez toi, il a sans doute un rapport avec toute cette histoire.

– C'est pas tout, annonçai-je timidement.

– Quoi, encore ? s'inquiéta-t-il.

– C'est au sujet de Constance…

Concentré, il m'observait en silence en attendant la suite.

– L'autre jour, ma mère est rentrée en pleurs chez moi, commençai-je. Elle avait croisé le mari de Constance…

– C'est pas vrai ? s'exclama-t-il, enjoué. Ils habitent encore ici ?

Je réprimai un sourire tendre : j'avais répondu la même chose, moi aussi.

– Attends, le calmai-je.

Je me rendis compte à cet instant ô combien il était difficile et délicat d'annoncer le décès d'un individu, aussi éloigné soit-il.

– Qu'est-ce qu'il y a ? s'inquiéta-t-il.

– Elle est décédée, annonçai-je, soudain en deuil, moi aussi.

Matthias accusait le coup pendant que je réfléchissais à la façon dont j'allais lui annoncer la suite.

– Y a encore un dernier truc…

Silencieux, il attendit patiemment que je daigne enchaîner. La gorge serrée, le cœur battant, j'appréhendais sa réaction avant de prendre mon courage à deux mains pour lui annoncer enfin :

– C'était la femme de Delatour.

Dans ses yeux, j'aperçus toutes les mécaniques du cheminement de sa pensée. La stupeur, la colère, l'incompréhension, puis soudain la logique. Évidente. Moi-même, en annonçant les faits un à un, j'avais déjà conclu certaines choses qui ne m'étaient pas venues à l'esprit plus tôt.

– Tim ne s'est pas trompé, souffla Matthias.

– Comment ça ?

– Si Delatour était le mari de Constance, il peut très bien avoir une bague, conclut-il.

– Tu crois qu'il a un pouvoir, lui aussi ? m'inquiétai-je.

Après un moment de réflexion, Matthias m'interrogea :

– Tu as déjà réussi à le figer ?

– Non, balbutiai-je, enfin… j'en sais rien, je ne l'ai jamais *vu* figé, en tout cas. Et toi, t'as déjà… ?

– Tu sais bien que je maîtrise rien de ce don, me coupa-t-il, soudain fermé. Moi, c'est pas comme toi… toi, tu l'apprivoises dans le calme, alors que moi, c'est dans l'adrénaline que j'arrive à m'en servir.

– Excuse-moi.

– Tout coïncide… murmura-t-il, pour lui-même. Sam, reprit-il, en sortant de ses pensées, il faut absolument qu'on arrive à figer Delatour pour l'interroger !

Surprise, je le regardai sans comprendre.

– Tu m'as bien dit que les gens que tu figes disent toujours la vérité ? Alors, il faut qu'on l'interroge ! On ne peut pas lui dire les choses comme ça de but en blanc, s'il n'est pas au courant de ce que nous sommes, il ne faut pas qu'on se crame. C'est trop dangereux.

– Mais s'il se fige pas ? m'alarmai-je.

– S'il se fige pas, il faudra qu'on trouve un moyen de lui enlever sa bague, annonça-t-il, déterminé.

L'idée de prendre Delatour comme cobaye me tourmentait. Et si on échouait ? Et s'il nous démasquait ?

– Au moins, pas d'histoire de bague coincée au doigt avec lui, il la porte en pendentif, mentionnai-je.

– Parfait ! Encore plus facile ! s'enthousiasma Matthias.

J'avais peur, mais je n'osais pas lui dire. Devant l'énergie qu'il semblait prêt à déployer pour découvrir l'origine de ces bagues, de nos pouvoirs, je ne pus me résoudre à lui communiquer mes angoisses.

– Il va falloir faire profil bas pendant un moment, annonça-t-il.

– Comment ça, faire profil bas ?

– Ne pas se faire remarquer, si tu préfères.

Je sentais la mauvaise nouvelle arriver à cent kilomètres à la ronde.

– Et qu'est-ce que tu appelles « ne pas se faire remarquer » ? m'agaçai-je.

– Faire comme si de rien n'était, ne pas passer de temps ensemble en public… toi avec Tim…

– Et toi avec Victoire, c'est ça ? explosai-je enfin.

Je ne pus contenir le flot d'émotions contradictoires qui bouillonnait en moi. C'était trop, trop de nouveauté, trop de stress, trop de tout. Aussitôt, il s'avança vers moi pour me prendre dans ses bras et me calmer. L'évidence de son corps contre le mien fut plus efficace que tous les remèdes du monde.

– Sam, je sais que ça n'est pas facile, dit-il, son menton sur ma tête.

Il desserra son étreinte pour me regarder droit dans les yeux.

– Je me fous de Victoire. Je n'aime pas cette fille, je ne l'aimerai jamais. Heureusement, je pense différemment à ton sujet.

Peu rassurée, j'enfouis de nouveau ma tête contre son torse. Amusé par ce comportement de femme-enfant, il patienta, le temps nécessaire à ce que je me calme tout à fait.

– Sam, ça ne sera pas facile, mais il va falloir que tu supportes de me voir avec Victoire. Seulement quelques jours encore, peut-être même moins, s'empressa-t-il d'ajouter.

Mon air dépité ne manqua pas de l'amuser.

– De ton côté, il va falloir que tu réussisses à enlever la bague à Delatour.

– Quoi ? Et toi ? m'insurgeai-je.

– Delatour peut pas me piffrer, remarqua-t-il, alors que toi…

Il marqua une légère pause lourde de sens.

– Toi, c'est différent.

– Tu veux quand même pas que j'aille pécho Delatour, juste pour une histoire de bague ?

– T'es ouf ou quoi ? Je te demande pas de le pécho, je te demande de lui enlever sa bague !

– Et qui te dit que j'arriverai pas à le figer avec sa bague ?

Agacé par ma mauvaise foi, il s'arrêta de parler jusqu'à ce que je daigne saisir l'importance de la situation qui, selon lui, ne prêtait pas à rire.

– De toute façon, on sera vite fixés, reprit-il. Si ça ne fonctionne pas, comme je m'y attends, sans parler de le « pécho » – il mima des guillemets avec ses doigts –, tu peux toujours essayer de jouer de tes charmes pour lui retirer son collier… c'est pas *hyper compliqué*.

Ça n'était pas tant l'idée de « pécho » Delatour, qui m'ennuyait, puisque je l'avais trouvé séduisant à plusieurs reprises, et qu'il s'était lui-même parfois montré légèrement ambigu. C'était plutôt le fait que le garçon dont j'étais amoureuse m'y pousse.

– C'est juste l'histoire de quelques minutes, Sam, me rassura-t-il. Après, tu le figes, tu lui poses toutes les questions nécessaires, et c'est terminé !

À la réflexion, il avait raison. Effectivement, il ne me demandait pas de me glisser jusque dans son lit pour lui soutirer des informations, et l'idée de faire un peu de charme à un homme sexy dans le but de mener à bien notre enquête d'agents secrets avait quelque chose d'excitant. Convaincue, je finis par accepter le deal, aussitôt remerciée par le plus doux des baisers qu'il m'ait jamais donné.

– Après toute cette histoire, c'est juste toi et moi. *Just the two of us*, souffla-t-il.

– J'ai hâte, répondis-je en lui rendant son baiser.

– Si on est bons, demain, c'est plié.

XLV

Ma nuit fut aussi tourmentée que la journée que je venais de passer. Toutes ces informations nouvelles, ce plan d'attaque, tout tournait en boucle dans ma tête en une spirale infernale. Le cours de physique allait être le point de départ de notre bataille. D'un regard entendu, Matthias partit à l'opposé de la salle, puis il commença à m'ignorer merveilleusement. Je bouillonnais de le voir si bon acteur auprès de Victoire. De mon côté, Tim semblait ravi de me voir aussi éloignée de Matthias. Sans le mentionner, il tenta une discrète pêche aux informations.

– Alors ? T'es bien rentrée hier ?

– Ouais… répondis-je, évasive, sans quitter Matthias des yeux.

– T'as bien dormi ?

– Ouais… répétai-je, toujours fixée sur Matthias qui riait aux éclats.

– Ben on dirait pas !

Je fis volte-face sur un Tim qui décidément avait mal choisi son jour pour m'embêter. Aussitôt, je vis ses yeux s'arrondir en direction de Matthias. Avant même de me laisser le temps de me retourner aussi, il s'écria :

– Oh ! putain, il s'embrassent en cours ?!

Évidemment, la blague fonctionna mieux que toutes ses espérances. Fier de lui et mort de rire, il enchaîna :

– C'est bon ? Je peux avoir ton attention, maintenant ?

Terriblement agacée et légèrement honteuse, j'acquiesçai pendant que Delatour entrait dans la salle. Je sentis mon cœur faire des bonds inutiles, appréhendant ce que j'avais à faire. Son arrivée mit fin à ma discussion avec Tim, ainsi qu'à celle de Matthias et Victoire, pour mon plus grand bonheur.

Tim ne resta pas étranger au malaise qui m'habitait durant le cours. Consciente de la mission que j'avais à remplir – enlever sa bague à Delatour par tous les moyens possibles – je trépignais sur ma chaise de gauche à droite, tout en me questionnant sur la façon dont il fallait que j'envisage les choses dès le départ : allais-je la jouer séductrice envoûtante, ou pas du tout ?

– Qu'est-ce que t'as à te dandiner comme ça ? s'impatienta Tim, m'arrachant à mes questionnements.

C'était lui qui m'agaçait, à m'empêcher de vivre. S'il savait ce qui se tramait dans ma tête, il n'aurait pas été aussi chiant.

– Laisse-moi tranquille, répliquai-je.

Bizarrement, il ne trouva rien à répondre et me laissa effectivement tranquille jusqu'à la fin de l'heure. Au moment de quitter la salle, il s'agaça de nouveau en me voyant traîner à ranger mes affaires :

– Laisse-moi deviner, tu comptes rattraper Matthias ? Ou parler au prof ?

– Mais, tu m'emmerdes, à la fin ! lançai-je, presque amusée. Laisse-moi tranquille, je te dis !

Le côté caricatural de Tim avait toujours été ce que je

préférais chez lui, et ce qui m'énervait le plus en même temps. Pour cette fois, ça m'amusait beaucoup. Même, ça m'avait détendue. Parce qu'il restait planté à m'attendre, je le libérai enfin :

– Je dois parler à Delatour, avouai-je, vas-y, je te rejoins plus tard.

Il quitta la salle en soufflant comme un ado de quatorze ans à qui on demande de ranger sa chambre. Quand enfin je fus presque seule avec le prof, il comprit à mon regard que je comptais lui parler. Je m'avançai pudiquement jusqu'à son bureau et restai silencieuse, attendant que les autres élèves s'en aillent. Une fois seuls, il prit la parole le premier.

– Mademoiselle Delorme ! Quel bonheur de vous voir, vous aviez disparu en même temps que vos béquilles ?

Sa répartie m'avait toujours clouée au sol, et ce début de conversation n'échappa pas à la règle. Sans me démonter, j'enchaînai du tac au tac :

– On se vouvoie de nouveau ?

Il me toisa un instant, amusé, pendant que je remarquais la chaîne autour de son cou, qui portait sans doute la bague dont m'avait parlé Tim, mais que je ne voyais pas, dissimulée sous sa chemise noire.

– Qu'est-ce qu'il t'est arrivé pour que tu sois absente comme ça ?

J'hésitai avant de répondre, réfléchissant rapidement à la meilleure stratégie à adopter afin d'atteindre le but que nous nous étions fixé avec Matthias. Rapidement, je choisis ma voie.

– J'ai eu quelques soucis familiaux, mentis-je, rien de grave, mais suffisamment pour ne pas pouvoir venir.

À son regard, je vis rapidement que mon mensonge ne prenait pas. Pourtant, je n'avais d'autre choix que de continuer.

– Et j'ai pris beaucoup de retard, dans beaucoup de cours…

– Laisse-moi deviner, tu veux des cours particuliers ? suggéra-t-il, pince-sans-rire.

J'y étais : l'instant décisif, celui où j'allais réussir – ou pas – à faire basculer les choses. Les paroles de Matthias résonnaient dans ma tête : « Tu peux toujours essayer de jouer de tes charmes pour lui retirer son collier… » Aussitôt, je pris une expression alanguie, charmée et charmante, avant de répondre :

– Tu ferais ça pour moi ?

De nouveau il esquissa un sourire, mais ne répondit pas. J'avais l'impression d'être exactement sur la bonne voie.

– Salvator ? insistai-je, en faisant des yeux de biche.

– Ah ! les femmes ! plaisanta-t-il, bien sûr que je ferais ça pour toi !

J'hésitai une seconde sur la réaction à adopter, avant de me jeter franchement dans ses bras.

– T'es le meilleur ! lui soufflai-je à l'oreille.

– Oui, bon, on va pas abuser non plus, balbutia-t-il en me repoussant, légèrement gêné.

Je sentais l'avantage que j'avais sur lui et n'en perdis pas une miette.

– Ce soir ? proposai-je, mimant l'espoir et la nécessité.

Manifestement sous le charme, il accepta, proposant que nous nous retrouvions chez lui. J'acceptai à mon tour avant de sortir de la salle, juste après avoir osé un dernier regard, élégant mais enjôleur.

Je n'avais aucune idée du pétrin dans lequel je venais de me fourrer, mais j'y étais définitivement bien empêtrée. J'eus soudain très peur de la tournure que pourraient finalement prendre les évènements, quand je me souvins à nouveau des mots de Matthias : « Tu peux toujours essayer de jouer de tes charmes pour lui retirer son collier… c'est pas hyper compliqué. » Voilà. Il s'agissait seulement de lui enlever son collier, et c'était fini, me répétai-je pour me rassurer.

…

Sorti du cours depuis quelques minutes, Matthias n'avait pas réussi à s'éloigner de Victoire qui, manifestement, s'était mis en tête de ne plus le quitter d'une semelle.

– On va toujours au restau, ce soir ? demanda-t-elle, en quête d'être rassurée.

Matthias tiqua, il n'avait aucun souvenir d'avoir promis un tel rendez-vous à sa « petite amie ». Devant son expression dubitative, Victoire réagit vivement :

– Ah ! non, t'as promis hier soir ! T'as promis, Matthias, tu t'en souviens très bien !

Aussitôt, Matthias comprit : c'était son clone qui avait promis un rendez-vous à Victoire, et pas lui. Soudain, ce qu'il appréhenda comme une idée de génie traversa son esprit.

– Désolé Victoire, ce soir je peux pas, mais si tu veux, on y va ce midi ?

Légèrement déçue, la jeune femme accepta malgré tout, pendant que Matthias réfléchissait plus vite que l'éclair : ce soir, il irait au rendez-vous fixé par le clone. De cette façon, ils seraient enfin confrontés l'un à l'autre, et il pourrait découvrir d'où il venait.

* * *

Il était environ 17 heures lorsque je commençai à me préparer pour aller chez Salvator. Je n'avais aucune idée de la façon dont j'étais censée m'habiller, me maquiller, ni même me comporter une fois là-bas. J'étais terriblement nerveuse. Au terme de longues minutes de réflexion, je choisis finalement de rester habillée comme je l'étais déjà, avant j'ajouter seulement un peu de noir sur mes yeux tout en domptant mon énorme crinière, pour une fois, et je fus même ravie de constater que le résultat était concluant.

Une heure plus tard, j'arrivai chez Salvator le cœur battant. Et si j'y croisais Victoire ? Et si mon plan ne fonctionnait pas, et s'il me cramait ? Je me sentais faible et mal à l'aise de n'avoir pas pu raconter à Matthias ce que j'avais prévu de faire. J'aurais voulu avoir son approbation, ou ne serait-ce que son avis, pour être sûre que j'étais sur le bon chemin. La porte s'ouvrit finalement sur un Delatour qui, pour la première fois, n'était pas en noir de la tête aux pieds. Il portait une jolie chemise rose pâle sur un jean bleu.

– T'es beau, en couleur ! m'exclamai-je.

Ma remarque lui arracha un sourire gêné que je trouvais touchant.

– Entre, répondit-il gentiment.

Le salon aussi avait changé. Il me parut plus clair, mieux disposé.

– Tu veux boire quelque chose ? proposa-t-il, enjoué.

Nerveuse, j'acceptai machinalement. Il revint rapidement avec une belle bouteille de vin et deux grands verres à pied.

– Gewurztraminer vendanges tardives, 2015 ! dit-il en me servant un verre, tu m'en diras des nouvelles.

Effectivement, les arômes fleuris du vin, ajoutés à la douceur emblématique des vendanges tardives, me plut beaucoup ; suffisamment pour que nous arrivions rapidement à la fin de la bouteille, plongés dans des discussions passionnantes et sans même avoir encore mentionné les cours que nous avions à rattraper. L'alcool me détendait au fur et à mesure que la bouteille descendait, et je me sentis soudain prête à agir. La première partie du plan consistait à tout d'abord vérifier si Delatour se figeait. Je prétextai la discussion pour claquer des doigts, feignant de chercher mes mots, et sentis aussitôt le temps se figer.

La stupeur m'envahit, glaçant mon cou, ma nuque, mon dos et mon corps tout entier : il ne se figeait pas, lui non plus.

Peinant à garder mon naturel, je défigeai aussitôt le temps, comprenant que Matthias avait raison : j'allais devoir jouer de mes charmes pour lui enlever ce fichu collier. J'avais beau y réfléchir, il n'y avait pas mille façons d'enlever un collier à un homme. Je m'offris un dernière grosse gorgée de vin, avant de me lancer pour de bon dans ma mission.

– C'est un grain de beauté, que t'as là ? demandai-je, en venant m'asseoir près de lui sur le canapé.

C'était nul, mais j'avais rien trouvé de mieux. Je sentis les effets de l'alcool sur lui aussi, parce qu'il était plus calme, moins dur, prompt à l'humour.

– Non, je me suis coupé, répondit-il.

C'était la meilleure excuse du monde pour venir m'approcher de lui, de son visage, surtout, et créer un contact physique. Nous n'étions enfin qu'à quelques centimètres d'écart, lorsque je caressai doucement la plaie sur son visage. Mon cœur s'accélérait au fur et à mesure que l'instant fatidique approchait : j'allais l'embrasser, et, après avoir retiré sa chemise, je lui retirerais son collier. Je figerais le temps immédiatement après, et ce serait fini.

La tête envahie par l'image de Matthias que j'avais l'impression de tromper, je laissai glisser ma main le long de sa joue pour descendre sur son épaule, avant de remonter sur sa nuque. Ses yeux plantés dans les miens traduisaient de la surprise, une petite appréhension et beaucoup de plaisir. Enfin prête, j'approchai dangereusement et lentement mon visage de celui de Salvator, pendant que mon autre main arrivait sur son flanc, quand un brusque bruit de porte me fit sursauter.

Sur le pas de la porte se tenaient Victoire, et celui que j'identifiai comme Matthias.

XLVI

– C'est une blague ? s'écria Victoire, hors d'elle.

Je sentis mon cœur taper contre ma poitrine aussi fort qu'il le pouvait. J'étais prise la main dans le sac, au pire moment possible. Au-delà de la merde noire dans laquelle j'étais désormais, puisque Victoire nous avait vus, j'étais surtout intéressée de savoir si j'avais bien Matthias en face de moi, ou s'il s'agissait de son clone. Je remarquai son anneau à la main droite, et une blessure au poignet que je ne lui connaissais pas. Il avait les cheveux en bataille, et son air ne montrait rien d'agréable… autant dire que j'étais déjà quasi certaine d'être en face du clone. J'aurais voulu figer le temps pour vérifier de qui il s'agissait vraiment, mais puisque Delatour ne se figeait pas lui non plus, c'était beaucoup trop risqué.

– Sors d'ici, Sam ! s'écria celui que je n'arrivais pas à identifier.

Je restai immobile en toisant mon interlocuteur. Puisqu'on s'était mis d'accord sur le plan d'attaque, Matthias n'aurait jamais été à ce point hors de lui. Il n'aurait jamais été dans un tel état de nerfs tout court, d'ailleurs. Sans même lui prêter attention, Delatour se tourna vers Victoire.

– Je suis encore chez moi, je te rappelle, dit-il, glacial.

– Mais… se défendit-elle.

– Tais-toi, ordonna-t-il. Sortez d'ici.

Je jubilais de voir enfin quelqu'un lui fermer son clapet. Docilement, elle emmena le clone – enfin, je crois – jusque dans sa chambre, me laissant seule avec Salvator.

– Je suis désolé, s'excusa-t-il en m'attrapant la main.

Désemparée, je ne sus comment réagir. Ma tentative de rapprochement avait échoué, et j'étais soudain terriblement gênée.

– Je vais peut-être y aller, suggérai-je en attrapant mes affaires.

En se rasseyant dans le canapé, il me regarda enfiler mon manteau avec gourmandise.

– J'aurais voulu que tu restes, avoua-t-il.

Je lui tournai le dos, remettant mes cheveux par-dessus mon imper, avant de lui faire face à nouveau. Pour seule réponse, je me contentai de lui sourire, mutine, avant de claquer la porte derrière moi.

…

Dans une petite ruelle sombre, le clone de Matthias gisait sur le sol, près du café où il avait donné rendez-vous à Victoire la veille. Programmé par son créateur pour n'obéir qu'à lui, il n'avait pas cédé aux menaces de son agresseur, refusant de donner les réponses aux questions essentielles qu'il lui avait posées. Ainsi privé des informations qu'il recherchait activement, Matthias s'était seulement contenté de passer ses nerfs violemment contre celui qui usurpait son identité, se blessant le poignet au passage. Il lui avait ostensiblement amoché le visage, afin de l'empêcher d'agir le plus longtemps possible, immédiatement après quoi il était parti rejoindre Victoire qui l'attendait à la terrasse d'un café voisin, pensant qu'il s'était absenté aux toilettes. Ils avaient quitté l'endroit peu de temps après, et, parce qu'elle l'avait supplié de le faire, Matthias avait fini par accepter de raccompagner Victoire jusque chez elle.

* * *

Depuis sa rupture avec Tim, Anna traînait régulièrement son cœur comme une âme en peine dans les rues sombres de la ville, le soir. Elle s'infligeait avec une douleur nostalgique le pèlerinage des lieux dans lesquels elle avait eu l'habitude de venir avec Tim, qu'elle ne réussissait définitivement pas à oublier. Elle tentait de retenir ses larmes quand elle s'engouffra dans une petite ruelle sombre pour cacher sa peine aux passants, quand une silhouette suffoquant au sol la fit sursauter. Terrifiée, elle s'arrêta un instant, puis s'approcha de l'homme qui semblait dans un sale état, avant de reconnaître son visage qui lui était familier.

– Matthias ! s'écria-t-elle, en courant jusqu'à lui. Matthias, ça va ?

Elle retourna le corps presque inerte du jeune homme, vérifiant s'il respirait normalement. Sa peine se transforma aussitôt en panique.

– Anna… souffla-t-il, sonné.

– Oui ?

Le cœur de la jolie blonde s'emballa. Pour la première fois, elle se retrouvait seule, en tête à tête avec celui qu'elle n'atteindrait jamais. En le redressant doucement contre sa poitrine, elle crut voir pour la première fois de la reconnaissance dans ses yeux.

Un lien.
Quelque chose de fort.

* * *

La situation dont je venais de m'extirper était de loin la plus embarrassante de toute ma vie. Et pourtant, j'en avais déjà vécu de belles. Je repensais à ce connard de clone qui s'était permis de me donner un ordre, sans que je ne puisse réagir. Je m'interrogeais sur le lieu et l'endroit où pouvait se trouver mon Matthias. S'il n'était pas avec Victoire, où était-il ? J'arpentais les rues sombres depuis chez Salvator jusque chez moi, et chacun de mes pas atténuait l'alcool qui s'était légèrement emparé de moi. Mon téléphone vibra. La cœur battant, j'attrapai le portable dans ma poche arrière en priant pour que le message soit de Matthias.

> *De : Salvator*
> *Je suis désolé que les choses aient tourné de cette manière. J'aurais sincèrement aimé que tu restes…*
> *Salvator*

Ce message m'arrangeait autant qu'il me dérangeait. En effet, il me laissait une immense porte ouverte pour la suite, et je savais grâce à lui que je pourrais tenter rapidement une nouvelle fois de passer à l'action. D'un autre côté, la sollicitude de la part de celui qui restait avant tout mon professeur était déstabilisante… Aussi sexy soit-il.

Soudain, je fus prise de remords. Il fallait que je parle avec Matthias, que je lui dise ce que j'avais fait avec Delatour. Que je lui raconte, simplement. Qu'il me soutienne dans mes actes et me promette que j'avais bien fait. J'étais bientôt prête à l'appeler, quand j'aperçus de dos, à genoux, une jeune femme blonde qui ressemblait à s'y méprendre à Anna. Surprise, je m'approchai discrètement d'elle afin de m'assurer qu'il s'agissait bien de ma camarade, quand je vis devant elle un homme allongé et mal en point. En m'approchant davantage encore, je compris qu'elle ne cherchait pas ses clés, ni son tube de gloss, mais qu'elle embrassait le garçon qui était près d'elle. Aussitôt, mon cœur s'emballa. Qui était le jeune homme allongé par terre ? S'il s'agissait de Tim, alors j'étais moi aussi concernée par ce qui se déroulait sous mes yeux. Sans plus prendre de précautions quant à la discrétion dont je faisais preuve jusqu'alors, je m'approchai rapidement, pour m'arrêter brutalement. Le jeune homme au sol qui embrassait langoureusement Anna n'était pas Tim. Je reconnus parfaitement sa chevelure brune, sa barbe mal rasée, son anneau et sa chemise à carreaux ouverte sur un débardeur noir moulant : c'était Matthias.

XLVII

– Je vous dérange pas ? soufflai-je d'une voix blanche.

J'avais le souffle coupé par le choc, mais ils m'entendirent parfaitement et s'arrêtèrent aussitôt avant de se tourner vers moi. Je n'avais pas arrêté le temps, mais ils étaient tous les deux figés comme des animaux pris dans les phares d'une voiture. Anna esquissa un sourire mesquin, pendant que Matthias se redressait aussi rapidement qu'il le pouvait. Effectivement, il paraissait mal en point. Son nez avait doublé de volume, sa lèvre était éclatée et il semblait souffrir de ses côtes.

– C'est pas ce que tu crois, balbutia-t-il en se levant vers moi.

Je n'entendis rien de ce qu'il venait de prononcer. Le seul besoin que j'éprouvais à cet instant était celui de lui mettre une gifle monumentale. Qu'est-ce que j'avais fait de mal pour mériter ça ? J'aurais eu beau crier, pleurer, taper sur ses blessures, rien n'aurait consolé la peine et l'injustice profondes que je ressentais. Au lieu de ça, je choisis de garder mon calme et ma dignité. Alors qu'Anna continuait de jubiler devant mon air consterné, je pris enfin la parole.

– C'est bien, Matthias, je vois que le karma s'est occupé de toi pour moi.

L'amertume dans ma voix était palpable. J'essayais de lui faire mal juste avec mes yeux, mais je n'avais pas ce pouvoir-là.

– Tout est définitivement fini, Matthias, ajoutai-je avant de m'en aller.

– Tu vas où ? s'inquiéta-t-il.

– Régler nos affaires.

S'il avait décidé de tout gâcher entre nous, c'était son problème. Pour ma part, je trouvais essentiel de résoudre l'énigme des bagues et de ces pouvoirs hors normes. Je rentrai chez moi rapidement, et, seule devant mon miroir, le dégoût du monde qui m'entourait me prit à la gorge. Comment était-il possible que je me débrouille pour être trahie par tous ceux à qui j'avais le malheur de faire confiance ? Je tentais de me calmer, en vain. Toute l'énergie de ma déception se traduisait par une bougeotte irrépressible, qui me forçait à faire les cent pas dans ma chambre sans pouvoir m'arrêter.

Plus rien ni personne ne me retenait désormais. J'avais été trahie de tous les côtés, et même par Matthias. Mon portable sonna de nouveau, un message que j'espérais malgré moi être de Matthias, encore une fois.

De : Salvator
J'espère que tu ne l'as pas mal pris…

Décidément, j'avais dû lui taper dans l'œil. Jamais un homme n'avait montré autant de sollicitude à mon égard, encore moins lorsque je ne prenais même pas la peine de répondre à ses messages. Vu l'heure, il souffrait manifestement d'insomnie, lui aussi. Je bloquai une seconde avant de répondre.

À : Salvator
Tu dors pas ?

De : Salvator
Impossible. Trop frustré…

Soudain, l'idée lumineuse de partir le rejoindre me passa par l'esprit. Après tout, vu le comportement de Matthias, je n'avais désormais plus aucune raison de m'en vouloir de me rapprocher de Delatour. De toute façon, il m'avait toujours plus ou moins attirée. Alors j'allais m'amuser, moi aussi, puisque c'était comme ça, puisque c'était chacun pour soi. Non seulement j'allais me venger en faisant ce que j'avais envie de faire avec Delatour, mais en plus, j'allais enfin avoir les réponses à toutes les questions qu'on s'était posées à deux, Matthias et moi. Et mieux, je les garderais jalousement pour moi, et moi seule.

À : Salvator
J'peux passer, alors ?

De : Salvator
Carrément.

Je me sentis soudain l'âme d'une espionne sexy. J'attrapai un tube de rouge à lèvres et redessinai le contour de mes lèvres, avant de faire le même geste autour de mes yeux avec un crayon noir. J'enfilai cette fois-ci un jean serré et un top décolleté. Les bottes que je portais déjà étaient suffisantes ; mettre des talons aurait été vulgaire et peu à propos. Il était tard, et mes parents étaient couchés. Sans scrupules, j'attrapai les clés de la voiture. Une fois garée devant chez Salvator, j'ajustai mon décolleté et mes cheveux avant de sortir de la voiture. Je frappai à la porte discrètement, pour ne pas réveiller Victoire, que j'imaginais toujours ici. J'avais le sentiment de faire une grosse bêtise, mais je m'en fichais. Je trouvais même ça plutôt excitant. La porte s'ouvrit délicatement sur Salvator, qui ne masqua pas sa joie.

– Bonsoir, chuchotai-je, aguicheuse.

Pour toute réponse, Salvator glissa sa main derrière mes hanches pour m'attirer virilement contre lui. Alors, beaucoup moins sûre de moi, je m'affairai à garder une contenance, ressentant la chaleur de son corps contre le mien, à laquelle je ne m'étais pas attendue. Si proche de son visage, je repris rapidement mes esprits et finalement, sans gêne, je l'embrassai la première.

XLVIII

Il était beaucoup plus à l'aise que moi, je le sentais. Malgré mon petit jeu de femme fatale, je doutais qu'il soit vraiment tombé dans le panneau du personnage que je tentais d'interpréter. Sans le mentionner pourtant, il m'emmena à l'étage, et sans bruit m'enferma avec lui dans sa chambre.

Je venais de passer une des journées les plus incongrues de mon existence, et pourtant, je devais rester *focus* sur mon objectif : lui enlever son collier, figer le temps et l'interroger.

Il me colla doucement contre le mur pour continuer de m'embrasser. Sans que la mission ne me déplaise tout à fait, je commençai à déboutonner les premiers boutons de sa chemise. Heureusement pour moi, il fit preuve de plus de patience et se contenta de promener ses mains seulement sur mes hanches et sur mes fesses. J'achevai enfin l'interminable mission de déboutonner sa chemise entièrement, avant de la lui enlever et de la jeter loin, sur le sol. J'étais tellement concentrée sur le collier que j'en oubliais d'être naturelle.

– Ça va ? s'inquiéta-t-il.

– Oui, tout va bien, ne t'inquiète pas, balbutiai-je, consciente de la mini pause que j'avais faite malgré moi. Viens, on va sur le lit.

Il me fit valser jusque sur son lit, se posant au-dessus de moi. À cet instant, à peine un centimètre séparait mon visage de l'anneau qui m'obsédait désormais. Nous étions dans le noir, mais je devinais qu'il était identique à ma bague et à celle de Matthias. En tentant de ne pas faire de « pause » cette fois-ci, j'analysai la situation afin de prévoir les risques : devais-je retirer le collier rapidement et sans lui demander son avis, ou au contraire le faire poliment ?

À l'évidence, la réponse s'imposait à moi, il fallait que je le lui enlève le plus rapidement possible dans le feu de l'action, sans qu'il n'y prête attention. Pour faire illusion, j'accélérai ma respiration en plantant doucement mes ongles dans son dos, que je remontai lentement sur ses omoplates, ses épaules, sa nuque et enfin son cou. Aussitôt, j'attrapai la chaîne aisément et la retirai immédiatement de son cou. Alors que je tentais de me relever rapidement, il lui fallut à peine une seconde avant de comprendre ce que j'étais en train de faire. Je réussis facilement à m'extirper du lit avant de figer le temps. Mon cœur battait à mille à l'heure. J'étouffais sous la pression que je m'étais infligée toute seule. Puis, enfin, stop ! Le monde était silencieux.

Figé, immobile… et Delatour aussi.

Dans le silence froid et glacial qu'infligeait mon pouvoir au monde, je pris un instant pour rassembler mes esprits. Une seconde pour moi, une seconde pour souffler, et pour me préparer à entendre toutes les réponses aux questions existentielles que je me posais depuis le jour de mon anniversaire, depuis que toute cette histoire avait commencé. Dans ma main, la bague de Salvator brillait au bout de la fine chaîne en or qu'il portait habituellement à son cou. En l'observant, je me rendis compte que j'avais eu tort, elle n'était pas tout à fait identique à la mienne. Elle semblait pouvoir s'assembler parfaitement à la mienne. Curieuse, j'allais l'enfiler, pour voir, quand j'entendis un bruit à l'étage. Mon cœur bondit : n'étais-je pas seule, alors ? Les seules personnes qui à ma connaissance ne se figeaient pas étaient Salvator et Matthias. Pouvait-il y en avoir d'autres ? Aussitôt, je réfléchis à Matthias et son clone. Et si je m'étais trompée ? Et si c'était bien Matthias qui m'avait vue chez Delatour, et son clone que j'avais vu embrasser Anna ?

Priant secrètement pour qu'il s'agisse de Matthias, je partis discrètement et à tâtons à la conquête de la chambre de Victoire dont je n'avais aucune idée de l'endroit où elle pouvait se trouver. Je me contentai de suivre les bruits de quelqu'un qui de toute évidence se croyait seul ici. En effet, je ne sentais aucun ménagement dans la lourdeur des pas, des gestes, ni des actions de la personne, qui n'était pas figée. Par précaution, je rangeai la bague de Delatour dans la poche bien serrée de mon jean, avant d'identifier la localisation exacte de l'individu. Les bruits d'eau m'avaient menée jusqu'à la salle de bains à l'étage. Mon cœur battait fort, parce que j'avais peur. En regardant par le trou de la serrure, mon soulagement fut instantané. J'ouvris immédiatement la porte sur le garçon le plus sexy de la Terre.

– Matthias, dis-je calmement, le faisant sursauter.

– Sam !

Sans réfléchir, il m'attrapa immédiatement pour me serrer fort dans ses bras.

– Je suis désolé pour tout à l'heure, j'ai été trop con, je…

– Tout à l'heure quand ? demandai-je, soudain moins agréable, checkant son poignet.

S'il était désolé, c'est qu'il avait fait quelque chose de grave. Or, le seul des « deux Matthias » que j'avais vu qui avait vraiment fait quelque chose de grave était celui qui avait embrassé Anna.

– Quand t'as embrassé Anna ? continuai-je, en l'assassinant du regard.

– Quoi ?

Son incompréhension me parut sincère.

– C'était pas toi, donc ? me rassurai-je en souriant.

– Moi qui quoi, qui embrassais Anna ? Mais où ? Quand ?

– Quand je suis partie d'ici tout à l'heure, je suis tombée sur toi ou pas toi, j'arrivais pas à définir, sur le coup, complètement amoché, qui embrassait Anna. Sauf que j'ai vraiment cru que c'était toi.

– Sam, t'as bien vu que c'était moi tout à l'heure avec Victoire, non ?

Je sentis mes joues rougir. C'était vrai, je m'étais trompée.

– En même temps, t'as vu comment t'as réagi ? Moi, tu m'as dit OK pour aller draguer Delatour, et là tu me coinces chez lui, et tu me cries dessus !

Soudain, il mit sa main sur ma bouche pour me faire taire.

– Chut ! chuchota-t-il. On va se faire éclater, là !

Je sortis lentement de ma poche la chaîne qui portait la bague en pendentif en la faisant danser sous ses yeux, triomphante.

– Comment t'as fait ? s'exclama-t-il, en l'attrapant pour la voir de plus près.

Honteuse, je mis du temps à répondre. Sorti de sa stupeur, il se reconcentra enfin sur moi avant de s'approcher.

– Il t'a touchée ? s'inquiéta-t-il, en caressant mon visage.

Mon silence pudique le laissa entendre la réponse.

– Putain quel fils de pute, quel gros dégueulasse…

– Arrête, Matthias, ordonnai-je. Il ne m'a pas manqué de respect.

Dans les yeux de Matthias se dessina soudain une incompréhension dont je n'aimais pas la couleur.

– Attends, t'es en train de me dire quoi, là ? Me dis pas que t'as kiffé ?

Son air de dégoût me mit hors de moi

– Que j'ai kiffé quoi ? Tu t'entends ? C'est toi qui m'as demandé de faire ça pour lui enlever son collier à tout prix, d'accord ? Donc maintenant que je l'ai fait, contente-toi de me respecter au lieu de te permettre de me prendre de haut !

Il eut la bonne idée et l'intelligence de ne pas répondre tout de suite. Après quelques instants de silence buté, il reprit la parole.

– Excuse-moi, Sam. Je suis trop con, admit-il, en revenant me serrer dans ses bras.

Assis contre le carrelage blanc immaculé de la salle de bains, lui les cheveux trempés et moi maquillée à outrance, je me sentis bien dans ses bras.

– C'est moi qui suis trop conne, Matthias, avouai-je, sentant l'émotion de la sincérité monter en moi. J'ai cru que c'était toi qui embrassais Anna, alors j'ai voulu me venger…

– Tais-toi, Sam. Tu as réussi ta mission avec brio, et c'est tout ce qui compte. Maintenant, on va pouvoir savoir. Où est-il ?

La peur m'envahit de nouveau. Plongée dans ses yeux, je cherchai un réconfort qui n'existait nulle part ailleurs.

– Dans sa chambre, articulai-je.

Dans une énergie pacifique, il m'emmena avec lui jusqu'à l'étage inférieur. En ouvrant la porte, il me fit passer la première dans l'antre de la vérité.

– À toi de jouer, dit-il, cérémonieux.

Dans la chambre, l'atmosphère était restée intacte. Je sentais peser sur moi la culpabilité d'actes que je ne pouvais pourtant pas me reprocher : j'avais accompli ma mission. Enfin, nous allions savoir. Comprendre.

Tremblante, j'approchai ma main de celui qui détenait, j'en étais certaine, toutes les réponses à nos questions. J'hésitai un dernier instant en me retournant vers Matthias.

– Vas-y, dit-il, sûr de lui.

Le cœur battant, je regardai ma main se poser sur l'épaule de mon professeur et mes doigts claquèrent. Aussitôt, Delatour se défigea.

La vérité n'attendait plus que nous.

XLIX

La pièce était sombre, je discernais à peine son visage, et c'était certainement mieux comme ça.

– Comment tu t'appelles ? demandai-je, fébrile.

J'entendis Matthias tousser.

– Salvator Delatour, répondit mon professeur, robotique, pris dans la transe de mon pouvoir.

Piquée, je me retournai vers Matthias.

– On n'est jamais trop prudent, OK ?

En souriant, il me fit signe de continuer.

J'étais enfin prête à poser toutes les questions auxquelles je n'avais pas eu de réponse pendant si longtemps. Toutes mes nuits d'insomnie, toutes mes angoisses, mes doutes, tout ça trouverait enfin un sens. J'allais savoir.

Nous allions savoir.

– Qui êtes-vous ? me lançai-je finalement.

– Salvator Delatour, répéta-t-il.

Derrière moi, je sentais Matthias s'impatienter.

– Tu permets ? m'agaçai-je.

Je continuais d'hésiter. Quelles questions devais-je poser exactement ? Par quoi commencer ?

– Depuis quand me connaissez-vous ?
– Plus de dix ans.
– Étiez-vous le mari de Constance ?
– Oui.
Mon cœur s'emballa. Jusque-là, nous avions tout juste.
– Qui vous a donné votre bague ?
– C'était celle de ma femme.
Fébrile, je me retournai vers Matthias qui s'approcha enfin de moi. Il prit ma main et la serra fort dans la sienne.
– Continue, je suis avec toi, murmura-t-il.
Je fermai les yeux un instant et respirai profondément avant de poursuivre.
– D'où vient ma bague ?
– C'était celle de ma femme, répéta Delatour.
Matthias et moi échangeâmes un regard triomphant. Sans attendre, Matthias continua :
– D'où vient ma bague ? demanda-t-il, excité.
À ma grande surprise, Delatour ne répondit pas. Son regard restait fixé sur moi.
– Pose-lui la question, suggéra Matthias après quelques secondes.
– D'où vient la bague de Matthias ? m'exécutai-je.
– C'était celle de ma femme, répéta une troisième fois mon professeur.
Matthias serra ma main plus fort encore.
– Demande-lui combien il y a de bagues, murmura-t-il à mon oreille.
– Combien y a-t-il de bagues comme celles que nous possédons tous les trois ? demandai-je, anxieuse.
Après quelques secondes de silence, il répondit enfin :
– Les bagues Espalemit sont au nombre de trois.
– Les bagues *Espalemit* ? répéta Matthias à mon intention.
Sans lui prêter attention, je continuai mon interrogatoire.
– Quels sont leurs pouvoirs ?

– Les bagues Espalemit existent au nombre de trois, répéta-t-il, toujours aussi robotique. Une pour le passé, une pour le présent, et la dernière pour le futur. Assemblées, les trois bagues permettent de ramener une personne à la vie.

Mon cœur battait fort dans ma poitrine. Matthias me regarda. Il commençait à comprendre, lui aussi.

– Cherches-tu à récupérer les trois bagues ? lui intimai-je.

– Oui, répondit-il sans détour.

– À tous les coups, pour ressusciter Constance, comprit Matthias, fasciné.

Sans m'interrompre, je continuai, concentrée sur mon professeur.

– Pourquoi ne pas les avoir simplement demandées ?

– À cause de l'amour…

Matthias et moi échangeâmes un long regard d'incompréhension, avant que Delatour ne se fasse plus précis. L'amour, comme nous l'expliqua alors mon professeur, était le seul moyen de donner une des bagues Espalemit. Seul un sentiment d'amour sincère permettait de retirer sa bague à son propriétaire, à condition qu'il soit partagé. De cette façon, Constance avait pu facilement offrir deux des trois bagues à Matthias et à moi : puisqu'elle nous aimait sincèrement, et parce que nous l'aimions sincèrement également, l'échange s'était déroulé sans heurts. Depuis, personne n'avait pu nous retirer nos anneaux, parce que aucune personne que nous aimions suffisamment n'avait tenté de nous les enlever, à part Matthias et moi-même. C'était la raison pour laquelle nous étions les seuls à avoir réussi à nous les enlever. L'amour.

Un élément manquait cependant pour que je comprenne parfaitement son plan.

– Comment comptais-tu récupérer la bague de Matthias, alors ?

– Grâce à Victoire, répliqua mon professeur, le regard toujours aussi lointain.

Bien sûr, s'ils étaient tombés amoureux, Victoire aurait pu ôter la bague, et Delatour aurait pu la lui récupérer sans encombre, puisqu'ils partageaient également un sentiment d'amour sincère d'oncle à nièce.

– Qu'est-ce que c'est que cette histoire de clone, alors ? s'exclama Matthias.

De nouveau, je dus répéter sa question pour que Delatour y réponde.

– J'ai créé ce clone dans le but de récupérer les bagues. Pour la tienne, Sam, j'avais besoin que tu détestes Matthias avant que vous ne vous rapprochiez suffisamment pour qu'il puisse te la prendre. Malheureusement, toutes mes tentatives de vous éloigner sont restées vaines. Même Victoire n'était pas à la hauteur, je l'ai compris en Angleterre. Ainsi, j'ai décidé de profiter du départ de Matthias pour créer son clone. Si tu détestais son clone, Sam, tu détesterais Matthias aussi, sans même t'en rendre compte, et la place aurait été libre. À partir de là, il ne m'aurait plus suffi que de te séduire, puis récupérer l'anneau.

Ces explications me donnèrent la nausée. Comment avait-il pu à ce point me manipuler ? Nous manipuler, tous ? Le cœur serré, je tentais difficilement de contenir mes larmes. Matthias, en revanche, restait parfaitement concentré sur son récit.

– Comment il a fait pour le créer, ce clone, alors ? souffla-t-il à mon oreille.

Après que j'eus répété la question, Delatour enchaîna :

– J'ai créé le clone de Matthias grâce à cette petite idiote qui sert d'amie à ma nièce. Rapidement, j'ai compris qu'elle serait tout à fait du genre à tomber sous son charme. Je me suis arrangé pour qu'elle découvre rapidement qu'il assisterait à mes cours, après quoi il m'a simplement suffi de subtiliser son appareil photo pour mettre un autre objectif à la place du sien, identique, mais possédant des capacités de mémoire, avant de lui suggérer cette idée stupide *Onze cents vols de Matthias*, pour qu'elle morde à l'hameçon.

– Des capacités de mémoire ? répétai-je d'une voix blanche.

– Visuelle, sensorielle, mentale et sonore.

– Comment peut-on créer un clone avec un objectif photo ? insistai-je, perdue.

« Comment peut-on figer le temps avec une bague ? » l'imaginai-je répliquer de sa répartie légendaire. Je me doutais que la réponse allait enfin poser les mots sur ce qui m'arrivait. Ce qui nous arrivait.

– Grâce à la magie, répondit froidement mon professeur.

C'était dit. Le mot avait été prononcé. Je sentis la main de Matthias serrer la mienne encore plus fort. De la magie…

Depuis de longues minutes, Delatour était resté dans cette transe, caractéristique de ceux que je défigeais pendant que le temps, lui, restait suspendu. Matthias était toujours près de moi, et peinait lui aussi à saisir cette histoire d'objectif magique.

– Y a beaucoup d'objets « magiques » comme nos bagues et cet objectif, tu crois ? me demanda-t-il, soucieux.

Apeurée et sans réponse, je me contentai d'interroger encore mon professeur. Il ne put malheureusement pas tout à fait répondre à cette question. En effet, c'était là la limite de ses connaissances. Ses recherches étaient rendues difficiles par l'instinct de discrétion que développaient toutes les personnes possédant ces objets.

Salvator Delatour était un homme froid et logique, c'était d'ailleurs là la raison pour laquelle il avait décidé de devenir professeur de physique. Malheureusement, la réalité l'avait bien vite rattrapé. Comprenant rapidement que les réponses à ses questions concernant les objets Espalemit ne se trouvaient pas dans les sciences, ses espoirs s'étaient envolés, achevant de glacer son cœur, après le décès de sa femme.

Pourtant, elle avait tenté de lui parler des bagues, de lui montrer leurs pouvoirs, de les partager avec lui, mais jamais il n'avait voulu croire à ce qu'il appelait du « charlatanisme », jamais il n'avait accepté d'en enfiler une. Constance était une jeune femme pleine de vie, solaire, rieuse, et ses lubies étaient nombreuses. Elle croyait facilement aux légendes, superstitions et autres drôleries que Delatour ne cautionnait pas. Ce n'est qu'à la mort de sa femme qu'il avait récupéré l'anneau et découvert son pouvoir. À force de recherches interminables au fin fond des archives de nombreuses bibliothèques poussiéreuses, il avait découvert que les trois bagues n'en formaient à l'origine qu'une seule qu'avait possédée Constance. Une bague unique au pouvoir incommensurable, qu'elle tenait de sa grand-mère, disait-elle. Depuis lors, il n'avait eu de cesse de rechercher les deux bagues manquantes pour pouvoir les assembler et rendre la vie à son amour.

– Pourquoi nous a-t-elle donné ces bagues ? demandai-je, émue par le récit de cet homme dont jamais je n'aurais imaginé le passé. Pourquoi nous ?

Incapable de répondre, et malgré son aspect presque robotique, je crus percevoir un soupçon d'émotion sur son visage tapi dans l'ombre. À l'évidence, il n'avait pas la réponse, lui non plus. Il resta muet.

– Comment avez-vous su que nous les possédions ? insistai-je.

– Le 18 mars, le temps s'est figé pendant un laps de temps interminable. Grâce à mes recherches, je savais qu'il s'agissait de l'effet d'une des bagues Espalemit auquel j'étais imperméable, puisque je portais moi aussi une bague autour de mon cou. Parce que c'était la première fois que je subissais une chose pareille, j'ai également compris que cela signifiait que le nouveau propriétaire de la bague venait de fêter ses dix-huit ans, le pouvoir de la bague restant inactif avant. Rapidement, je suis allé chercher dans les dossiers de la fac tous les individus nés aux alentours du 18 mars. Fort heureusement, il n'y en avait qu'une dizaine, et seuls quatre d'entre vous portaient des anneaux. J'étais déjà presque sûr de moi lorsque tu es venue me poser des questions sur la relativité du temps.

– Il connaissait déjà mon nom... me souvins-je

– Quoi ? demanda Matthias qui ne suivait plus.

– Et pour Matthias ? Comment as-tu su ? continuai-je, animée.

– J'étais déjà concentré sur toi, répondit Delatour, pour que tu ne t'approches pas trop de qui que ce soit. J'avais bien saisi que le grand rouquin qui te suivait partout ne serait d'aucun danger...

– Je t'interdis de parler de Tim, répliquai-je, les dents serrées.

– Or, lorsque Matthias est venu se présenter, j'ai aussitôt repéré son anneau, poursuivit-il, imperturbable. Et lors de notre premier entretien, le temps s'est figé de nouveau... mais pas Matthias.

Interloqué, Matthias fouillait dans sa mémoire, à la recherche de souvenirs de cet entretien.

– Il n'avait sans doute encore jamais vécu ce phénomène, ou pas suffisamment pour ressentir les arrêts du temps, puisque son anniversaire n'était arrivé que quelques jours après le tien, Sam. Ainsi, il ne s'est rendu compte de rien, et je me suis simplement servi de sa présence pour en apprendre plus sur votre lien, en discutant, simplement. C'est là que Matthias m'a poliment confirmé que c'était bien vous deux que gardait ma Constance.

Désarmée, je regardai Matthias. Le regard coupable, il fixait le sol, pendant que je repassais le cours de évènements.

– C'était ça, cette copie avec mille fois ton prénom marqué dessus, compris-je.

– De quoi tu parles ? s'inquiéta Matthias.

– Dans un tiroir, j'ai retrouvé une copie avec plein de notes sur toi. L'objectif d'Anna, la lettre que je croyais t'avoir donnée… tout ça, c'était seulement pour pouvoir nous séparer, en fait.

Émue, je me jetai dans les bras de Matthias qui me serra fort contre sa poitrine, et lui cachai mes yeux embués de larmes. Je sentis son cœur battre fort, presque aussi vite que le mien.

– Qu'est-ce qu'on va faire, maintenant ? demandai-je, toujours blottie dans ses bras.

À ces mots, sans que je ne me sois pourtant adressée à lui, Delatour s'agita.

– Assemblez-les, vous saurez.

Soudain, il s'écroula sur le sol. Matthias et moi échangeâmes un regard perplexe pendant lequel je sortis de ma poche la bague en or rose qui avait appartenu à Constance et que Delatour avait portée jusqu'alors. Je constatai que les trois anneaux pouvaient effectivement s'assembler parfaitement les uns aux autres pour ne former qu'un seul bijou. Mes mains tremblaient pendant que Matthias me tendait la sienne pour que je retire sa bague. Fiévreuse, je lui tendis la mienne, puis il me rendit mon anneau. J'avais les trois bagues.

Dans ma main, étaient déposés le passé, qui avait appartenu à Matthias, le présent, qui m'appartenait encore, et le futur, que possédait autrefois Constance. Fébrile, j'assemblai les bagues dans un geste précis que je ne dirigeai pas, comme si c'étaient elles qui disposaient de moi.

Clic.

Le monde se mit soudain à tourbillonner autour de moi. D'abord lentement, puis de plus en plus vite. Dans une tension infinie, je sentis mon cœur exploser dans ma poitrine quand mon corps trouva refuge dans l'évanouissement.

Puis, le noir infini. Le néant.

En ouvrant les yeux, je ne reconnus ni les murs, ni mes vêtements, ni même mon corps. La tête lourde, je tentai de comprendre et me retournai avec une légèreté que je ne me connaissais pas. J'étouffai un cri de stupeur. À côté de moi, Salvator Delatour dormait paisiblement.

Je regardai ma main droite, à laquelle les trois bagues entrelacées trônaient, magnifiques. Cette main n'était pas la mienne, et pourtant, je ne me sentais pas stressée, ni même inquiète. Des souvenirs qui n'étaient pas les miens envahirent ma tête jusqu'à la remplir, quand je sentis les siens n'en devenir qu'un seul.

Je redevenais enfin moi-même.

Je suis Constance Waszkiewicz Delatour.

Et je suis maîtresse du temps.

Remerciements

Merci à mes parents, ma sœur et mes frères, pour tout.

Merci à mes grands-parents.

Merci à David Hourrègue, Kevin Tran, Alexis Barat, Sabine Perraud, Slimane-Baptiste Berhoun, Ludivine Mathis, Inès Lombardo, Elodie Roussel et Justine Perrier pour leur amitié, leur présence et leur soutien.

Merci à Guillaume Talavera d'avoir cru en cette histoire.

Merci à toute ma communauté, sans qui rien de tout ça n'existerait.

Mise en pages

PRESS·PROD

IMPRIM'VERT® PEFC™ 10-31-1510

Imprimé en France
par Corlet Imprimeur
14110 Condé-sur-Noireau
Dépôt légal : juin 2017
N° d'impression : 189163
ISBN : 978-2-7499-3260-6
LAF : 2372